अंतिमा

(उपन्यास)

अंतिमा

मानव कौल

हिन्द युग्म

ISBN: 978-81-946538-5-1

प्रकाशक :
हिंद युग्म
सी-31, सेक्टर-20, नोएडा (उ.प्र.)-201301
फ़ोन- +91-120-4374046

मुद्रक : थॉमसन प्रेस, दिल्ली

पहला संस्करण : दिसंबर 2020
पाँचवाँ संस्करण : जुलाई 2025
मूल्य : ₹249

Antima
A novel by *Manav Kaul*

Published By
Hind Yugm
C-31, Sector-20, Noida (UP)-201301
Phone- +91-120-4374046
Email- sampadak@hindyugm.com
Website- www.hindyugm.com

Cover Design : Varun Chawla

First Edition: Dec 2020
Fifth Edition: Jul 2025
Price: ₹249

मुझे उपन्यास लिखने के सपने आते थे। कहानियाँ लिखने में, जब भी किसी कहानी से उपन्यास की ख़ुशबू आने लगती तो मेरे हाथ काँपने लगते। क्या यह उपन्यास है? मैं बार-बार उस कहानी से पूछता। कहानी को उपन्यास होने में कभी कोई दिलचस्पी नहीं थी। वह मुझे ऐसे ताकती मानो मैंने कोई अपराध कर दिया हो। कहानी को भूलकर मैं उपन्यास की ख़ुशबू के पीछे भागना शुरू कर देता। मैं जल्दी से कहानी के उस हिस्से में पहुँचना चाहता था जहाँ से उपन्यास की ख़ुशबू का फूटना शुरू हुआ था। जैसे कई बार वीरान सड़क पर चलते हुए अचानक आपको रातरानी की ख़ुशबू आती है और तब आपके भीतर एक रिरियाती-सी इच्छा जागती है कि काश मैं उस रातरानी के पेड़ को एक बार देख सकूँ। मैं बस एक बार उस रातरानी के गले लग जाना चाहता था, उसे उपन्यास के इंतज़ार में ज़ाया हो जाने के क़िस्से सुनाना चाहता था। शायद कहानी में उपन्यास की ख़ुशबू के पीछे भागते हुए मैं एक दिन उपन्यास तक पहुँच जाऊँगा का भ्रम ही मेरी ग़लती रही थी। मैं कहानी की वीरान सड़कों पर भटकता ही रहा। मुझे वह रातरानी का पेड़ कभी नहीं दिखा। कुछ देर में कहानियों से उपन्यास की ख़ुशबू भी आनी बंद हो गई थी और कहानियाँ अपनी नाराज़गी में जहाँ थीं वहीं अनशन पर बैठ गई थीं। ऐसी जाने कितनी कहानियाँ उपन्यास की ख़ुशबू तलाशने की बलि चढ़ी हैं। पर मैंने अपने छिछले बचकाने प्रयत्न कभी नहीं छोड़े।

बहुत वक़्त तक मैं मेरे भीतर की चंचलता और अपने बचकानेपन को ही उपन्यास ना लिख पाने का मुख्य कारण मानता रहा था। इसलिए शायद मैं जल्दी से बूढ़ा हो जाना चाहता था। एक वक़्त के बाद मेरे लिए यह तय करना मुश्किल हो गया था कि मैं अब इंतज़ार किसका कर रहा हूँ? उपन्यास का या

अपने बूढ़े होने का? जल्दी से बूढ़ा होना मुमकिन नहीं था और जीने के ढर्रे में उपन्यास का इंतज़ार कहीं बहुत पीछे छूट चुका था।

यह पिछले साल की बात है जब मैं यूरोप के छोटे गाँवों से गुज़रते हुए अपना यात्रा वृत्तांत लिख रहा था। कहानी, यात्रा और उसके वृत्तांत में मैं इतना व्यस्त हो चुका था कि जहाँ भी मुझे रातरानी की ख़ुशबू आई, मैंने उस ख़ुशबू के पीछे भागने से बेहतर उसे दर्ज करना ठीक समझा। रातरानी के पेड़ की तलाश मैंने अपने बूढ़े होने तक स्थगित कर दी थी। मुझे याद है जब मैं अपने यात्रा वृत्तांत को अंतिम रूप दे रहा था तब मैं पहाड़ों में था। उन दिनों मैं जिससे भी मिलता वह मुझसे पूछने लगता, "क्या तुम्हें ख़ुशबू आ रही है?"

"कैसी ख़ुशबू?" मैं कहता।

"रातरानी की।"

मैं देर तक सूँघने की कोशिश करता, पर मुझे कभी रातरानी की ख़ुशबू पहाड़ों में नहीं आई। बहुत वक़्त तक लगता रहा कि मेरी रातरानी को सूँघने की क्षमता मेरी कहानियों की नाराज़गी ने मुझसे छीन ली है। एक बारगी यह शंका भी हुई कि कहीं वह रातरानी की ख़ुशबू मेरे पास से ही तो नहीं आ रही है? क्योंकि जो भी मुझसे मिलता वह रातरानी की ख़ुशबू का ज़िक्र ज़रूर करता। फिर हँसकर मैंने यह बात टाल दी क्योंकि बचपन में भी मैं ख़ुद को बहुत वक़्त तक फैंटम समझता रहा था।

यूरोप प्रवास के बाद मेरी निजी व्यस्तताएँ इतनी बढ़ गई थीं कि मैं चाहकर भी अपना कहानी-संग्रह ख़त्म नहीं कर पा रहा था। 'चलता-फिरता प्रेत' मेरे चारों तरफ़ मँडराता रहता। तभी कोरोना वायरस आया और सारा कुछ जैसा-का-तैसा फ्रीज़ हो गया। मुझे लगने लगा कि बहुत बड़ा वैज्ञानिक आविष्कार चल रहा है और हम सब चूहे हैं जिन्हें जाँच के लिए घर में बंद रहने को कहा गया है। मैं कई दिनों तक लैब में इस्तेमाल किए जाने वाले चूहों की अवस्था के बारे में सोचता रहा। कुछ दिनों के अविश्वास के बाद मुझे लगा कि असल में यह घटना कितनी महत्त्वपूर्ण है। कितना महत्त्वपूर्ण है हम सब लोगों का रुकना और साँस लेने की जगह देना इस नीले ग्रह को, जो सदियों से चली आ रही इंसानी क्रूरताएँ चुपचाप सहता आया है। हम सबने इस लॉकडाउन को बहुत जल्दी स्वीकार भी कर लिया क्योंकि यह साथ बूढ़ा होने जैसा था, कोई

अकेला बूढ़ा नहीं हो रहा था।

मेरे जैसे घरघुसरे लेखक के लिए यह वक़्त किसी वरदान से कम नहीं था। मैं अपने लिखे के आस-पास भटकने लगा। मैंने जल्द ही अपना कहानी-संग्रह ख़त्म करके अपने संपादक (शैलेश भारतवासी) को भेज दिया। अब संग्रह लॉकडाउन की समस्याओं में फँसा पड़ा था, पर मेरा काम ख़त्म हो चुका था और मेरे पास बहुत सारा ख़ाली वक़्त था। मेरे संपादक ने मुझसे कहा, "इस वक़्त कुछ अगर सूझ रहा हो तो लिख डालिए।"

मेरे संपादक हमेशा इतनी सहजता से मुझे अगला कुछ लिखने के लिए हल्का धक्का देते हैं कि मुझे पता नहीं चलता कि मैं यह अपनी मर्ज़ी से लिख रहा हूँ या उनके कहने पर।

"अभी कुछ भी लिखने का मन नहीं है।" मैंने कहकर बात टाल दी।

पर उनका वाक्य बहुत वक़्त तक मेरे ज़ेहन में चक्कर काटता रहा। तभी मुझे याद आया कि ठीक इसी वक़्त, पिछले साल मैं यूरोप के छोटे गाँवों में घूम रहा था। मैंने इस बात की कभी कल्पना भी नहीं की थी कि यूरोप यात्रा के ठीक एक साल बाद मैं अपनी मर्ज़ी के ख़िलाफ़ घर में नज़रबंद पड़ा रहूँगा। मुझे किसी यात्रा पर जाने की कुलबुलाहट हो रही थी। मैं पिछले साल की अपनी यात्रा की तस्वीरें देखने लगा। 'बहुत दूर कितना दूर होता है' के पन्ने उलटने-पलटने लगा। तभी मुझे रातरानी की ख़ुशबू आई। जाने कितने दिनों बाद वह इतनी क़रीब महसूस हो रही थी कि लगा अगर मैं अपने हाथ आगे बढ़ा दूँ तो उसे छू लूँगा, वह आस-पास ही है कहीं। मैं छू सकता था पर छू नहीं पा रहा था। मैंने एक कोरा पन्ना खोला और अपने भीतर के सूख चुके जंगल में, आग बुझाने की ललक से लिखना चालू किया। 'इसी जंगल में कहीं एक रातरानी का पेड़ हुआ करता था'- कहानी का शुरू होना इसी वाक्य के आस-पास कहीं था, पर मैंने इसे लिखा नहीं। क्योंकि मैं कुछ भी बाँधना नहीं चाहता था। मैं सारे बंधनों के परे, मुक्त ख़ुशबू को दर्ज करना चाह रहा था।

'मैं एक हारे हुए लेखक को जानता था जिसका नाम रोहित था'- मैंने शुरुआत इस वाक्य से की पर इसे भी लिखा नहीं। मैंने इस वाक्य का बीज बनाकर इसे अपने भीतर पल रहे सूखे जंगल में गाड़ दिया।

हमेशा लगता है कि इंतज़ार, समय के लिफ़ाफ़े में बँधा पड़ा एक रहस्य

है। मैं एक अच्छा इंतज़ार करने वाला हूँ, क्योंकि मेरी दिलचस्पी हमेशा रहस्य के बजाय लिफ़ाफ़े में ज़्यादा रही है। मैं एक मूक दर्शक-सा, बहुत देर तक रोहित का तिड़कना सुनता रहा। फिर अचानक लगा कि कहीं से बहुत पहचानी ख़ुशबू फूटना शुरू हुई है। मैं सालों से इस ख़ुशबू का इंतज़ार कर रहा था। रातरानी, नहीं यह रातरानी के जैसी है पर ठीक रातरानी की ख़ुशबू नहीं है। तभी मुझे लगा किसी ने मेरा नाम पुकारा- 'अंतिमा'। जब मैं पलटा तो मुझे अपने सूखे पड़े जंगल में एक हरा पौधा दिखा- अंतिमा। यह उपन्यास इसी पौधे और इसी की ख़ुशबू के आस-पास का भटकना है, तो कभी देर तक इसकी छाया तले सुस्ताना है।

मानव कौल

I want to write a novel about silence.
The things people don't say.

—**Virginia Woolf**

बाहर खुला नीला आकाश था
और भीतर एक पिंजरा लटका हुआ था।
बाहर मुक्ति का डर था
और भीतर सुरक्षित जीने की थकान।
उसे उड़ने की भूख थी
और पिंजरे में खाना रखा हुआ था।

मुझे एक बहुत ही अजीब-सा डर सताता रहता था, ख़ुद के ख़र्च हो जाने का डर। नहीं, मैं कंजूस नहीं था कभी भी। मुझे पैसों की भी कभी कोई चिंता नहीं रही। मुझे तो निज के ख़र्च हो जाने का डर सताता रहता। मैं ख़ुद को बचाने में लगा रहता था हमेशा। हमेशा लगता था कि मुझे अपनी चवन्नी हमेशा अपने पास बचाकर रखनी है। यह चवन्नी वाली बात सालों पहले मुझे माँ ने कही थी कि 'बेटा हम सबके पास सिर्फ़ एक रुपया है ख़र्च करने के लिए। अब पूरी ज़िंदगी आप उसको कैसे ख़र्च करते हो, इसी बात पर, आप कैसे जियोगे, की ज़मीन तैयार होती है। जैसे चार आने दोस्तों और परिवार में बाँट देना, आठ आने अपने काम और भविष्य की सुरक्षा में गँवा देना पर वह अंतिम चवन्नी अपनी मुट्ठी में दबाकर रखना। वह किसी पर भी ख़र्च नहीं करना, वह बस अपने लिए ही रखना।' जब तक मेरी माँ थी मुझे यह बात कभी समझ नहीं आई। मुझे लगा वह अपने बारे में कुछ कहना चाहती थीं। फिर यही बात एक दिन मैंने 'इंशा-अल्लाह' नाम के नाटक में देखी। मैं अपने कुछ दोस्तों के साथ वह नाटक देखने गया था। मुझे लगा काश इस वक़्त मेरी माँ ज़िंदा होतीं तो मैं

उन्हें कहता कि आपकी बात किसी ने नाटक में इस्तेमाल की है। मैंने तभी तय कर लिया था कि मैं अपनी चवन्नी कभी ख़र्च नहीं होने दूँगा। मैं अपनी चवन्नी अपने पास हमेशा सँभालकर रखूँगा।

लेकिन, अब लगने लगा है कि असल में हमें कितना ज़्यादा ख़र्च होना पड़ता है तब कहीं जाकर हम ख़ुद का थोड़ा-सा हिस्सा बचा पाते हैं। एक वक़्त के बाद, ख़र्च हो जाने और बचाने की लड़ाई में हम किस तरफ़ से लड़ रहे थे, यह तय कर पाना मुश्किल हो जाता है। ऐसे युद्ध के बाद, अपने बचे हुए हिस्से की, उस चवन्नी की चौखट पर सिर टिकाकर बैठे रहते हैं, बहुत वक़्त तक समझ नहीं आता कि इस बचे हुए का हम करेंगे क्या? पूरी ज़िंदगी जिस चीज़ को बचाने में ख़र्च कर दी वह चवन्नी मुँह बाए हमें ताकती है, किसी स्याह अनंत की तरह। अगर हमारा बचा हुआ अनंत है तो हम तो अभी तक उस अनंत की चौखट भर पहचानते हैं। क्या हम उसके भीतर घुसकर उन दरवाज़ों को खोल पाएँगे, जिन दरवाज़ों को छुपाए रखना, पूरी ज़िंदगी चली आ रही लड़ाई का एक अहम हिस्सा था? या थककर उस चौखट पर पड़े-पड़े ही अपना दम तोड़ देंगे? यह अनंत है, इस अनंत के दरवाज़े से जो अभी तक बाहर छलता था, आज तक उसे ही लिखता आया था। आज तय किया था कि शुरुआत ही चौखट लाँघने से करूँगा।

मैं अपनी चवन्नी निकालता हूँ और उसे अपने निज पर ख़र्च करने के लिए उछालता हूँ। एक दरवाज़ा खुलता है। जिन जगहों पर कभी नहीं गया, जिन जगहों को भीतर कहीं दबाए रखा था, उन जगहों के अँधेरों में मैं अपना पहला क़दम रखता हूँ।

- - -

भीतर दोपहर का वक़्त है। बाहर चिड़िया चहक रही है। भीतर पुराने गाने भूली-सी बातों को लिए टहल रहे हैं और बाहर एक चिड़िया दिख रही है। वह बाहर नहीं थी, वह भीतर और बाहर के बीच की मुँडेर पर बैठी थी। कभी बाहर देखती, कभी भीतर। बाहर खुला नीला आकाश था और भीतर एक पिंजरा लटका हुआ था। बाहर मुक्ति का डर था और भीतर सुरक्षित जीने की थकान। उसे उड़ने की भूख थी और भीतर पिंजरे में खाना रखा हुआ था।

मैं रोज़ सुबह उठता हूँ और पता चलता है कि यह सपना नहीं है, पूरी

मनुष्य जाति लॉकडाउन में है, यह सच में हमारे साथ घट रहा है। हमारी सारी भविष्य की बातें धीरे-धीरे हमारी आँखों के सामने झड़ती जा रही हैं।

बहुत वक़्त तक तो एक उत्साह था कि हम पहली बार किसी ऐसी ऐतिहासिक घटना का हिस्सा हैं जिससे पहली बार पूरा-का-पूरा विश्व जुड़ा है। किसी एलियन के हमले वाली घटिया विदेशी फ़िल्म जैसा। पर अब वह उत्साह भी जाता रहा है। अब सिर्फ़ ख़बरें हैं और बोरियत भरी बातचीत जिसमें सबके पास ढेरों अनुमान हैं कि क्या होने वाला है। इस अनिश्चितता में ख़ुद के भीतर से उभर रहे विचारों पर भी विश्वास करना मुश्किल हो जाता है। फिर एक प्रलोभन घर कर गया कि इस तरह के ख़ाली वक़्त की तलाश मुझे कब से थी, ऐसे ही वक़्त में लिखने की कल्पना किया करता था। पर बहुत कोशिशों के बाद भी इस अविश्वसनीय से समय में उस विश्वास को कैसे जमा करूँ जिसमें लिखना संभव हो सके। बिना विश्वास के सारा लिखा खोखला-सा लगने लगता है। शब्द हैं... ढेरों, जो लैपटॉप पर छपने पर ठीक भी लगते हैं। एक कहानी का माहौल भी बन जाता है, पर एक झूठ इस सारे लिखे में इतना ज़्यादा आवाज़ कर रहा होता है कि जब तक मिटा न दो, डिलीट न कर दो तब तक आप सो नहीं सकते। फिर तय किया था कि ये सारे कठिन दिन पड़े-पड़े गुज़ार दूँगा। जब सब वापस अपनी सामान्य स्थिति में आएगा तो किसी यात्रा पर जाऊँगा और वहाँ लिखना शुरू करूँगा। पर अब लगता है कि वे दिन अभी बहुत दूर हैं।

मेरा नाम रोहित है और मैं मुंबई में क़रीब बीस सालों से रह रहा हूँ। स्क्रिप्ट कंसल्टेंट हूँ और कभी-कभी डॉयलाग राइटिंग करके अपनी जीविका चला लेता हूँ। अपने गाँव से जब निकला था तो बहुत कुछ करने का उत्साह था। अपने सारे उत्साह को मैंने साल-दर-साल अपने घर से जाते हुए देखा था। एक दिन अपने लिए लिखूँगा मैं, इंतज़ार ने सारे तारों को बादलों की तरह ढाँक रखा था। पर अपनी हार को गरियाते हुए, मैंने कुछ ही दिनों पहले अपनी पहली कहानियों की किताब को अंतिम रूप देकर उसे अपने संपादक को भेज दिया था। मेरी इससे पहले (क़रीब बीस साल हो चुके हैं इस बात को) कविताओं की दो किताबें प्रकाशित हो चुकी थीं- 'त्रासदी' और 'कोरे दिन'। कविताओं की इन किताबों के छपते ही मुझे कविताओं से घृणा हो चुकी थी, जिसके इतने

सारे कारण थे कि मैं उन पर पूरी एक किताब लिख सकता हूँ। एक विचार आया भी कि क्यों न अभी जो कहानी लिखने बैठा हूँ, वह इस बारे में लिखी जाए, जब कविता पहली बार भीतर फूटी थी; पर उन दिनों के बारे में सोचते ही एक सिहरन मेरी रीढ़ की हड्डी में हरकत करने लगती है। मैंने चौखट पार की है, पर कुछ दरवाज़े खोलने की हिम्मत मेरे भीतर अभी भी नहीं है। मेरे संपादक चाह रहे थे कि मैं एक और कविताओं की किताब लिखूँ, पर मैंने इस बार उन्हें कहानियाँ भेजी थीं। इस लॉकडाउन की वजह से उसकी छपाई में थोड़ा विलंब हो रहा था। मेरे संपादक नयी किताब छापने के लिए बेक़रार थे, क्योंकि उन्हें लगता है कि इस कठिन वक़्त में लोगों के पास पढ़ने के लिए किताबों का होना ज़रूरी है और नयी किताबों को उन तक पहुँचाना उनकी ज़िम्मेदारी है।

क्या कहानी और कहानी लिखने की जद्दोजहद, उसकी लिखने की प्रक्रिया, एक साथ किसी कहानी में नहीं पिरोई जा सकती? बिना काँट-छाँट के सारा का सारा लेखा-जोखा। मुझे हमेशा से लगता रहा है कि किसी कहानी को लिखने की जो प्रक्रिया है, उस प्रक्रिया का एक बहुत ही खुला हुआ संसार है, जिसमें पात्र अपनी मर्ज़ी से विचर सकते हैं। मेरे लिए यह प्रक्रिया, कहानी लिखने के बराबर ही दिलचस्प होती है। मैं कहानी लिखने में, हर बार उस कहानी की प्रक्रिया भी साथ लिखता चलता हूँ, पर संपादक को कहानी भेजने से पहले उस प्रक्रिया को कहानी से अलग कर देता हूँ। ठीक भी है, इस प्रक्रिया में किसकी दिलचस्पी हो सकती है!

कभी लगता है कि प्रकृति ने हम सबको सज़ा दी है कि अब हम सबको अपनी स्मृतियों की जेल में ही रहना है। अपनों के साथ या अकेले अपने घरों में। इसके असर बहुत अजीब हैं। क्या इनके असर को लिखा जा सकता है? हम सब आपस की बातों में अपने इन जेल के दुखों को छुपा ले जाते हैं। क्योंकि यह ठीक दुख भी नहीं है, क्योंकि यह ठीक जेल भी नहीं है। हम सब अपने घरों में हैं और पूरी दुनिया अपनी ख़ूबसूरती में बाहर फैली पड़ी है, पर हम उसे छू नहीं सकते, अपनी मर्ज़ी से विचर नहीं सकते। हमने अपनी पूरी आज़ादी को समेटकर अपने घर के कपड़ों की तरह अपने शरीर से लपेट रखा है। तभी हमें पता चला कि हमारे पास घर के कपड़े बहुत कम हैं। हमने कभी सोचा नहीं था कि हमें घर के कपड़ों की इतनी ज़रूरत होगी। हम तो बाहर

के कपड़े पहने हुए ही सोते थे। उन्हीं में अपने घरों में भटकते थे। हम अपने घरों में रहते हुए भी कभी घर में थे ही नहीं। हम हमेशा बाहर जाने या बाहर से आने के बीच की तैयारी में सुस्ताने के लिए यहाँ रुकते थे। उस सुस्ताने में हम बार-बार घड़ी देखते थे, कैलेंडर की तारीख़ों में अपने भविष्य को टटोलते थे। अब यह आदत ही हमें खाए जाती है। क्या वक़्त है ? क्या तारीख़ है ? कौन-सा वार है ? यह सब बेमानी हो चला है।

मई के इस महीने में शरीर पूरा पसीने में नहा चुका है। नहाना स्थगित रखा, क्योंकि अभी खाना भी बनाना है। आलस हमेशा खिचड़ी बनवाता है। मैंने फ्रिज खोलकर बाक़ी सारी सब्ज़ियों को देर तक देखा, इसलिए नहीं कि मैं कोई सब्ज़ी बनाना चाहता हूँ; मैं उन्हें देखता रहा था क्योंकि फ्रिज की ठंडक बहुत अच्छी लग रही थी। कुछ देर में फ्रिज को बंद करके मैंने खिचड़ी बना डाली, पर खिचड़ी खाने का मन नहीं था सो एक कप चाय बनाई और कुछ टोस्ट लेकर मैं खिड़की के पास आकर बैठ गया। गर्मी... पसीना... और बाहर चिड़ियों का कलरव। सारी चीज़ें अपना सेंस खो चुकी-सी लगती हैं। कल रात मेरी नींद तीन बजकर दस मिनट पर खुली थी। मुझे विश्वास नहीं हुआ। जब से मैंने अपनी कहानियाँ अपने संपादक को भेजी हैं, रोज़ मेरी नींद तीन बजकर दस मिनट पर खुलती है। मैं उठता हूँ, घड़ी देखता हूँ, पानी पीता हूँ और फिर सो जाता हूँ। पर कल रात मुझे वापस सोने में बहुत वक़्त लगा।

शुरू में दोस्तों के बहुत फ़ोन आया करते थे। हम ग्रुप वीडियोज़ में इन दिनों पर बहुत हँसते थे। फिर कहने को कहे जाने वाले सारे लतीफ़े ख़त्म हो गए और धीरे-धीरे सबने इस अजीब स्थिति को स्वीकार लिया। अब बात कभी-कभार होती है और वह भी अपने भारीपन में मनोरंजन को आगे धकेलने का श्रम लगने लगती है। यूँ भी किसी के पास ज़्यादा कुछ कहने को नहीं है। अब जो ख़बरें आती हैं, वो मज़दूरों की हैं जो अपने गाँव वापस लौट रहे हैं- हज़ारों किलोमीटर पैदल, साइकिल पर, अपने बच्चों को कंधे पर लादे चले जा रहे हैं। इन तस्वीरों और समाचारों ने भीतर तक झँझोड़ दिया है। इन बातों पर जब भी अपने दोस्तों से बात की है तो हम अंत में एक खलनायक चुनकर अपना पलड़ा झाड़ते पाए गए हैं। पर क्या किया जा सकता है ? अपने आस-पास जितनी सहायता हम कर सकते हैं कर रहे हैं, पर एक असहायता और

उस असहायता का ग़ुस्सा हमारी बातों में लगातार बना रहता है। सारी बातों को कह लेने के बाद एक चुप्पी में हम खिसियाकर अपनी बातचीत बदल लेते हैं।

पूरा दिन अलग-अलग वक़्त पर लिखने की कोशिश की, पर मज़दूरों की पीड़ा के सामने कुछ भी लिखा नहीं जा रहा था। सो लिखना कुछ वक़्त के लिए स्थगित कर दिया।

कामू की किताब में
बोर्खेज़ की कविता का सुनाई देना

ख़ुद को व्यस्त रखने में एक अजीब-सा भारीपन है। दिन गुज़रता हुआ दिखता है और हम उसे किसी भी तरह बचा नहीं पाते हैं। किसी एक किताब को पढ़ते हुए बार-बार ध्यान उचट जाता है। पिछले कुछ दिनों से तीन-चार किताबों को लिए कभी ड्रॉइंग रूम में जाता हूँ तो कभी बेड रूम में चला आता हूँ। अधिकतर किताबें पुरानी, पढ़ी हुई हैं। नयी कहानियाँ भीतर के भटकने में गुम जा रही हैं। यह बिलकुल वैसा ही है कि किसी भी नये व्यक्ति का जब फ़ोन आता है, जिससे मैंने पहले कभी बात नहीं की है, उससे मैं बहुत देर तक बात नहीं कर पाता हूँ। लगता है जल्दी से वह अपनी पूरी बात कहे और मैं फ़ोन काट दूँ। फ़ोन काटने के बाद बहुत देर तक ख़ुद को कोसता हूँ कि ऐसा क्या ज़रूरी काम था कि उससे बात भी नहीं की ठीक से। मैं इन बंद दिनों में एक छलाँग लगाना चाहता हूँ। छलाँग उन बातों की जिन्हें हम अपनी कहानियों से दूर रखते हैं। जिन्हें हम अंत में किताब छपने के ठीक पहले एडिट करके निकाल देते हैं। क्या वह लिखा जा सकता है?

आज पागलों की तरह पूरा घर साफ़ करने में जुट गया। यूँ लग रहा था कि अगर सब कुछ साफ़-सुथरा और ख़ाली होगा तभी तो कुछ नया भीतर प्रवेश कर सकेगा। भले ही वह नयी धूल के रूप में ही क्यों न आए। जब तक कुछ भी नया है, मुझे कोई दिक़्क़त नहीं है। पूरे घर को साफ़ करके मैं अंत में अपनी किताबों की अलमारी पर गया। उसे साफ़ करते हुए कितनी ही पुरानी किताबों पर निगाह गई, जो यहाँ अभी भी मेरे पास हैं, इसका मुझे कोई अंदाज़ा नहीं

था। स्तानधाल, तुर्गनेव, मायकोवस्की... ये सारी किताबें मैंने अपने शुरुआती लिखने के दिनों में रादुगा प्रकाशन के छोटे से स्टॉल से ख़रीदी थी। रशियन साहित्य बहुत सस्ते दामों पर मिलता था। मुझे लगता था कि सस्ता साहित्य है तो ज़रूर अच्छा साहित्य नहीं होगा। पर घर में किताबें मैं रखना चाहता था ताकि लड़कियों और दोस्तों पर मेरा अच्छा प्रभाव पड़े। इन रशियन किताबों को मैं पीछे की तरफ़ रखता जिससे लोगों को ये कम दिखें... आगे की तरफ़ उन लेखकों को रखता जिन्हें सब जानते थे। शुरुआती लेखन के कठिन ख़ाली दिनों में इस रशियन साहित्य ने ही मुझे सहारा दिया था और मैं इसे किसी बदचलन दोस्त की तरह लोगों से छुपाता रहा। बाद में इन लेखकों की महानता का पता चला। बदचलन दोस्त असल में सच्चा दोस्त निकला। इस दोस्ती का गिल्ट अभी तक है मुझे। इसलिए मैं किताबें बाँटने में आज भी इन किताबों को देने की हिम्मत नहीं जुटा पाया था। ये उस भोले वक़्त के साथी थे, जब अकेलापन रेंगता हुआ धर दबोचता था और मेरी समझ में नहीं आता था कि इस अकेलेपन का क्या करूँ? गोर्की की 'मदर', पेलाग्या निलोवना... यह नाम मुझे अभी भी झुरझुरी पैदा कर देता है। मैं बहुत देर तक उन किताबों को छूता रहा। हर पुरानी किताब से कोई-न-कोई कहानी जुड़ी हुई है। तभी मेरी निगाह कामू की 'आउटसाइडर' पर पड़ी और उसमें से झाँकता हुआ उनका आख़िरी ख़त दिखा। उस ख़त को खोलते ही दालचीनी की महीन ख़ुशबू मेरे भीतर प्रवेश कर गई। इस ख़त में लिखी हौर-हे लुईस बोर्खेज़* की कविता 'यू लर्न' दिखी। मैंने डर के मारे उस ख़त को किताब में वापस रखा और उस किताब को बहुत-सी मोटी किताबों के नीचे घुसा दिया। मैंने महसूस किया कि मेरे माथे से पसीने की एक बूँद बहती हुई मेरे गालों तक पहुँच गई थी।

मैंने लैपटॉप खोला और लिखने बैठा। बार-बार हौर-हे लुईस बोर्खेज़ की कविता 'यू लर्न' दिमाग़ में हरकत कर रही थी। मैंने सारी स्मृतियों को समेटा और कोरे पन्ने पर कुछ शब्द लिखने की कोशिश की, वक़्त क्या हुआ है? कौन-सा दिन है? कुछ देर में वह वक़्त और दिन भी उन स्मृतियों में घुसकर मुझे चिढ़ाने लगते हैं। मैं किसी जर्जर बंद दरवाज़े के सामने ख़ुद को खड़ा पाता

---

*Jorge Luis Borges

हूँ! खोल दूँ? प्रवेश करूँ? महज़ यह जानने के लिए कि उस दरवाज़े के पार कौन-सा वक़्त है? स्मृति के कौन-से साल वहाँ दुबके बैठे हैं? चर्र-मर्र की आवाज़ से वह दरवाज़ा खुलता है और मैं दसवीं कक्षा में पढ़ने वाले रोहित को वहाँ बैठा हुआ देखता हूँ।

वह कविता पढ़ रहा है- 'यू लर्न...' मैं एक गहरी साँस भीतर लेता हूँ और वह दरवाज़ा बंद हो जाता है। मानो मैं सो चुका हूँ और कहानी ने अपनी आँखें खोल ली हैं।

जब मैं रात में पेशाब करने को उठा था तो लगा था पीछे कोई खड़ा है, मैंने पलटकर लाइट जलाई तो कोई नहीं था। घड़ी देखी तीन दस हो रहे थे... फिर तीन दस? कॉफ़ी पीते हुए उस आकृति के बारे में सोचता रहा जो लाइट जलाने के ठीक पहले मुझे दिखी थी। लग रहा था कि वह वही है। हमेशा सुबह होते ही रात के सारे डरों पर हँसी आती है, पर रात में वे सारे डर आपके एकदम बग़ल में सो रहे होते हैं। लगता है कि आप एक ग़लत करवट लेंगे और उनसे सामना हो जाएगा।

फ़ोन पर अंतिमा के मैसेज बार-बार पढ़ता रहा। जब वह कुछ दिनों के लिए अपने कंपनी के काम से मुंबई आई थी तो दिल ख़ुश हो गया था। हम डिनर पर मिले थे। इतने सालों बाद उससे मिलना इतनी ज़्यादा ख़ुशी देगा, यह अनुमान नहीं था मुझे। उसका संबंध दिल्ली में एक लड़के से चल रहा था, जिसकी मुझे बेहद ख़ुशी थी। बहुत सारी पुरानी बातों और हँसी-ठिठोली के बाद मैंने उसको उसके दोस्त के घर छोड़ दिया था, जिसके साथ वह यहाँ रह रही थी। जाते हुए मैंने उसकी और अपनी तस्वीर खींच ली थी, जिस पर उसने कहा था कि इसे प्लीज़ सोशल मीडिया पर मत लगाना; उसे अच्छा नहीं लगेगा कि मैं तुमसे मिली हूँ। हम पहले भी प्रेमी कम और दोस्त कहीं ज़्यादा अच्छे थे। आज भी जो हमारे बीच एक-दूसरे के प्रति अथाह स्नेह था, वो बहुत सुंदर वक़्त साथ में बिताने का गवाह था। मैं देर तक उसे देखता रहा... उसने इस बात के लिए माफ़ी भी माँगी। मैंने उस वक़्त कहा था कि मैं समझता हूँ, पर मैं नहीं समझा था कि उसे उससे झूठ बोलने की क्या ज़रूरत थी? फिर हमारी कोई बातचीत नहीं हुई थी। अभी कुछ दिनों पहले उसका मैसेज आया तो पता लगा कि वह मुंबई में ही फँस गई है, लॉकडाउन की वजह से, और जिस दोस्त

के साथ वह यहाँ रह रही थी वह अपने बॉयफ्रेंड के साथ रहने चली गई है इन दिनों। मैंने अपने दोस्त की मदद से उसके घर किराना और ज़रूरी सामान भिजवा दिया था, फिर उसने कहा कि वह मिलना चाहती है। इस पर मैंने उसे जवाब नहीं दिया। उसके कई मैसेज आ चुके हैं, पर मुझे भीतर से कुछ ठीक नहीं लग रहा था सो मैंने जवाब नहीं दिया। मैं उसे लिखना चाहता था कि हम चोरी से नहीं मिलेंगे, पर इतने सालों बाद इस तरह की बातें करने से आप अपने बिताए अच्छे दिनों का स्वाद ही ख़राब करेंगे, सो मैं अपने फ़ोन से दूर ही रहा।

मैं कब सोया था, मुझे पता नहीं चला। जब उठा तो देखा दरवाज़े से एक छिपकली भीतर प्रवेश कर रही है। क्या वक़्त है, कौन-सा दिन है—मैं इस विचार को झटकता हूँ। मैं पसीने में लथपथ हूँ। मैं जाकर नहाता हूँ। फ़ोन पर मैसेज की घंटी बजती है। मैं फ़ोन देखता हूँ। अंतिमा का मैसेज है कि उसके दोस्त ने उसे स्कॉच लाकर दी है और वह आज शाम को मेरे साथ पीना चाहती है। उसे पता था कि मैं मैसेज देख रहा हूँ। अब मैं सिर्फ़ इतना कर सकता था कि अंतिमा को ब्लॉक कर दूँ, पर ब्लॉक करते ही सारा-का-सारा अतीत एक कड़वाहट में बदल जाएगा। किसी भी संबंध में, उस संबंध के सुंदर क्षणों का एक बोझ होता है। हम किसी भी हद तक साथ बिताए उन पलों को सहेजकर रखना चाहते हैं। कई बार इस कोशिश में हम उस व्यक्ति का बोझ सालों तक अपने कंधे पर ढोते रहते हैं, इस डर से कि कहीं वह हमारे जिए हुए पर थूककर न चला जाए। अंतिमा का मैसेज फिर आया, 'you don't want to meet me ?' मुझे अंतिमा के मैसेज में कड़वाहट दिख रही थी। अब इसे और टाला नहीं जा सकता था। मैंने उसे मैसेज किया, 'Not today, may be tomorrow, not feeling good.' उसने तुरंत एक स्माइली भेजी और लिखा, 'okay, take care, see you tomorrow.'

मैंने फ़ोन दूर फेंक दिया।

छिपकली प्रक्रिया है और शिकार कहानी

मैं रोज़ शाम को अपनी आँखें नीची करके, मुँह पर मास्क लगाकर और कान में संगीत के साथ क़रीब एक घंटे चलने की कोशिश करता हूँ। बीच-बीच में आसमान देख लेता हूँ जो पहले से कहीं ज़्यादा उजला दिख रहा होता है। शाम का धीरे-धीरे चले जाना और रात का खिसकते हुए आने का असर मैं रोज़ अपने चलने में महसूस कर सकता हूँ। मेरा शरीर आगे की तरफ़ बढ़ रहा होता है लगातार, पर दिमाग़ को पता है कि हम कहीं पहुँच नहीं रहे हैं; हम बस एक ही जगह घूम रहे हैं। मुझे एक ही जगह घूम रहे विचारों का प्रवाह बहुत सुकून देने वाला लगता है। कभी नज़र लोगों के मास्क लगे चेहरों पर जाती है, लगभग एक जैसे ही चेहरे जो आपकी आँखों में रोज़ दिख जाने की पहचान टटोल रहे होते हैं। अगर आपने किसी को भी देखकर मुस्कुरा दिया या हाथ उठाकर अभिवादन किया तो इसकी एक ज़िम्मेदारी बन जाती है। अब रोज़ उस व्यक्ति से जब तक आप अपने अभिवादन का रिचुअल पूरा नहीं कर लेते, तब तक कुछ खटकता रहता है। सारे विचार बुत बने खड़े रहते हैं, मानो अभिवादन करना एक काम हो जिसके पूरा होने के बाद ही सारे विचार अपनी बातचीत शुरू करेंगे। मैं इन अभिवादनों और मुस्कुराहटों से बचने के लिए या तो अपनी आँखें झुकाए रहता हूँ या आसमान ताक रहा होता हूँ, पर फिर भी आप कितना बच सकते हैं!

पवन, बहुत पुरानी जान-पहचान का एक आदमी, जिसने मेरे विचारों के क़िले को तहस-नहस करने की जैसे क़सम खा रखी हो। शुरू में वह मेरे सामने आकर खड़ा हो जाता था। मुझे मुस्कुराना पड़ता, फिर वह मुस्कुराकर

अभिवादन करता और कुछ वाक्य कहता। मैं इशारे से उसे कहता कि हेडफ़ोन लगे हैं, कुछ सुनाई नहीं दे रहा और वह आगे बढ़ जाता। फिर कुछ दिनों बाद वह अभिवादन के बाद मेरे साथ चलने लगा। मैं जब उसे देखता तब वह खिसियाता हुआ मुझे यूँ देखता कि मानो मैंने ही उसे घूमने के लिए बुलाया है। मैंने अपने घूमने का वक़्त बदलने की कोशिश की, पर तब या तो बहुत धूप होती है और या बहुत अँधेरा हो चुका होता है। मुझे उसी समय में रहना पड़ा। फिर एक दिन मैंने सोचा कि मैं आज पवन को कह दूँ कि भाई मैं अकेले टहलना चाहता हूँ। वह बग़ल में चल रहा था। मैंने अपने हेडफ़ोन निकाले, उसकी तरफ़ मुख़ातिब हुआ। मेरे पलटते ही उसने कहा, "मैंने चार छिपकलियाँ मार दीं।" यह कहकर उसने अपना सिर झुका लिया।

"क्या? क्यों?" मैं जब तब ख़ुद को रोक पाता ये दोनों शब्द मेरे मुँह से निकल गए।

"कई महीनों से दो छिपकलियाँ थीं सो मुझे इस पर कोई आपत्ति नहीं थी। और आप तो जानते हैं कि मुझे जानवरों से कितना प्रेम है।"

मैं कहना चाह रहा था कि मैं नहीं जानता हूँ। मैं तुम्हें भी ठीक से नहीं जानता हूँ। पर पवन अपने बोलने में एक साँस की भी जगह नहीं छोड़ रहा था कि मैं उसमें अपनी बात रख सकूँ। सो मैं चलता रहा और उसे सुनता रहा, इस आशा में कि जब वह मुझे मौक़ा देगा तो मैं उसे कह दूँगा कि भाई मैं तुम्हें नहीं सुनना चाहता हूँ।

"फिर एक दिन मैंने देखा उसका एक बच्चा हो गया है। मैंने सोचा चलो-छोटा परिवार सुखी परिवार है। फिर मुझे एक और बच्चा दिखा। आप यक़ीन करेंगे इस बात का... मतलब एक तो वे दूसरे के घर में हैं और एक, दो नहीं... पूरे चार बच्चे पैदा कर चुके हैं। मतलब यह तो ठीक नहीं है न। छिपकली और उसके पति को तो पता है कि कहाँ जाना है और कहाँ नहीं जाना है। पर बच्चे! वे तो कहीं भी घुस रहे हैं। अब मैं तो उन्हें सिखाऊँगा नहीं कि भाई देखो ये दाल है, ये दूध है, तुम्हारी जगह दीवारों के कोनों में है! ख़ासकर बिस्तर पर तो मत घुसो। चलो बच्चे हैं एक दिन सीख जाएँगे सो मैं उन्हें डाँट-फटकारकर सिखाता रहा, पर फिर कल दोपहर को तो भाई साब ग़ज़ब ही हो गया।"

यह कहकर वह अपना सिर हिलाने लगा और कुछ देर के लिए चुप हो

गया। यह मेरा मौक़ा था उसे चुप कर देने का और यहाँ से निकल जाने का, पर अगर मैं चला गया तो 'क्या ग़ज़ब हुआ है' यह खटकता रहेगा और मैं कुछ भी लिख नहीं पाऊँगा। मेरे लिए इस छिपकली की कहानी का अंत जानना ज़्यादा ज़रूरी था। पवन की उम्र लगभग चालीस-पैंतालीस के क़रीब होगी। लॉकडॉउन के कारण उसकी दाढ़ी बहुत बढ़ गई थी और बहुत से बाल भी सफ़ेदी प्राप्त कर चुके थे। मैं कुछ देर इंतज़ार करता रहा, पर वह कुछ नहीं बोला। फिर मुझे ही उससे पूछना पड़ा, "क्या ग़ज़ब हो गया ?"

उसने मुझे बिना देखे जवाब दिया।

"क्या बताऊँ... दोपहर को मैंने देखा कि एक नयी छिपकली खिड़की से झाँक रही है। और मेरे घर की दोनों छिपकली उसे देखने में व्यस्त हैं। मुझे लगा चलो मेरे घर की छिपकली उस बाहर वाली छिपकली को भगा देंगी। पर मेरी छिपकली खिड़की के बाहर गई और उस नयी छिपकली के साथ अंदर आ गई। अब मैं इनकी पूरी कहानी समझ गया था। देखिए, कोई फ्री में आपके साथ रहे तो ठीक है, पर वो आपको चूतिया भी समझने लगे, ये बात तो बर्दाश्त नहीं की जा सकती है। मतलब उस छिपकली ने ज़रूर बाहर जाकर बोला होगा कि बड़ा ही भोला है, बुड़बक है, आ जाओ और यहीं रहो और ख़ूब बच्चे करो। यह गधा कुछ नहीं बोलेगा और बच्चों को मैनर्स सिखाएगा सो अलग। इस बात पर मैंने उठाई चप्पल और सबसे पहले मादा छिपकली को मारा, फिर उसके तीन बच्चों को... पर जब मैं नर छिपकली को मारने गया तो छिपकली पलटी और उसने मुझसे कहा..."

पवन फिर चुप हो गया। मुझे लगा कि यह उसकी ट्रिक है मुझे फँसाने की। मैं उसे घूरता रहा, पर उसके चेहरे पर कोई भी परिवर्तन नहीं आया, शायद परिवर्तन आया भी होगा; पर मुझे उसके मास्क के कारण कुछ दिख नहीं रहा था। यह ट्रिक नहीं हो सकती, पर वह इतने सस्पेंस पर कहानी कैसे रोक सकता है ? मुझे ग़ुस्सा आने लगा और मैं उससे कहना भी चाहता था कि छिपकली कैसे बात कर सकती है ? पर मैंने कहा, "छिपकली ने क्या कहा ?"

"उसने कहा कि हमने तुम पर विश्वास किया था। मतलब उसने कहा नहीं आप तो समझते हैं कि छिपकलियाँ बात थोड़े ही कर सकती हैं। पर जब आप कुत्तों के साथ रहते हैं और आप उनसे इंसानों की तरह बात करने लगते

हैं। बाहर से देखने वाले को तो यही लगता होगा कि क्या कुत्तों से बात करता है, पर सिर्फ़ कुत्तों से प्रेम करने वाला ही समझ सकता है कि बात बाक़ायदा होती है। वैसे ही जब छिपकली पलटी उसने कहा कि हमने तुम पर विश्वास किया था, मेरे हाथ काँपने लगे। आप समझ रहे हैं न... महीनों... शायद सालों का यह संसर्ग था। हमने कितनी चुप घड़ियों में एक-दूसरे को घंटों निहारा था। कितने ही कीड़ों को उन्होंने मारकर ख़त्म किया था मेरे लिए। मैं अंत में इंसान ही निकला।"

इसके बाद हम दोनों ने एक-दूसरे से कोई बात नहीं की, पर दोनों साथ चलते रहे। मैंने अपने हेडफ़ोन वापस नहीं लगाए। पवन चप्पल, पैंट और शर्ट पहने हुए था। मुझे लगा उससे पूछूँ कि जूते क्यों नहीं पहने, पर यह सवाल करते ही एक तरह की ज़िम्मेदारी बढ़ जाएगी और उसके बाद के सवालों पर, हमारे संबंध की एक कहानी शुरू हो जाएगी, जिससे मैं हमेशा बचता चला आया हूँ, सो मैं चुप ही रहा। जाते वक़्त पवन ने कहा, "आज मैंने बैंगन बनाए हैं। आपको बैंगन पसंद हैं?"

मैंने इसका जवाब 'वाह!' में दिया और वहाँ से चल दिया। यह जवाब देर तक मुझे चुभता रहा, पर और क्या जवाब हो सकता था!

सारा कुछ इतना ख़ाली और इतना सारा है कि
हर क़दम का आगे रखना,
देर तक गूँजता रहता है।
कहीं भी न पहुँच पाने की निरर्थकता में...

रात को देर तक बालकनी में बैठा रहा। चाँद आज पूरा है आसमान में। तारे भी धुले हुए साफ़ दिखाई दे रहे हैं, पर हवा नहीं चल रही है। सलीम का मैसेज आया कि कुछ पैसे चाहिए। मैंने जवाब दिया कि कल ट्रांसफ़र कर दूँगा। पिता को फ़ोन लगाया और देर तक उनकी दिनचर्या सुनता रहा। सलीम आजकल दिन भर उन्हीं के साथ रहता है। पिता ने कहा, "अगर तेरी माँ होती न इस वक़्त, तो उससे तो घर में बंद रहना सहन ही नहीं होता। उसके तो पैरों में भँवर है तेरे जैसी।" कल रात देर तक सोचता रहा कि क्या मेरी समस्या मेरे पैरों में के भँवर में है?

"क्यों नींद नहीं आई रात में?" मैंने पूछा था।

"अरे आई, पर तीन बजे के क़रीब उठ गया। फिर बैठा रहा बिस्तर पर और सुबह होने का इंतज़ार करता रहा।"

यह सुनते ही मुझे सन्नाटा सुनाई दिया जिसमें पूरा चाँद था, तारे थे और हवा का नामो-निशान नहीं था। उस सन्नाटे में मैं पिता के कमरे के कोने में ख़ुद को खड़ा पाता हूँ और वह बिस्तर पर अँधेरे में बैठे दीवारें ताक रहे होते हैं। कभी-कभी इच्छा होती है कि पिता से पूछूँ कि क्या सोचते हैं वह उन चुप घड़ियों में? क्या वह जो सोचते हैं, मैं भी वही सोच रहा होता हूँ? जब मैं देर तक पंखे को ताकता रहता हूँ। क्या तीन बजे के आस-पास नींद खुलना हमारी

ख़ानदानी बीमारी है ? एक उम्र के बाद कैसे हम माँ-बाप की तरह दिखने लगते हैं। उनके आदतों की झलक हमारे होने में बढ़ती चली जाती है। ख़ासकर वे आदतें जो हमें क़तई पसंद नहीं आती थीं, अब इस उम्र में कैसे वे हमारे दैनिक जीवन में आकर बैठ जाती हैं। आप कितना भी उन्हें झटककर अलग करने की कोशिश करें, वे बार-बार पलटकर वापस चली आती हैं, जब तक आप उन्हें स्वीकार न कर लें।

मैंने बहुत सोचा कि अपने पिता को अपने लिखे में न आने दूँ। लिखने की यही समस्या होती है कि सारे दरवाज़े आपको खोलकर रखने होते हैं... कौन, कब, कहाँ, कैसे प्रवेश करेगा इसका आप पर कोई वश नहीं होता है। अगर सामान्य दिन होते तो मैं शायद यह रोक भी सकता था पर इस वक़्त अपनी ही स्मृतियों में क़ैद होकर वह वश भी छूट चुका है। अब मेरे पिता मेरे लिखे का हिस्सा थे और वह अपनी सारी बातों के साथ यहीं रहेंगे। कैसे रहेंगे ? इसे वह स्वयं तय करेंगे, क्योंकि मैं उनसे ज़्यादा बातें करना पसंद नहीं करता हूँ। मेरे और मेरे पिता की कभी बनी नहीं, क्योंकि मैं कभी भी उनका वह आदर्श बच्चा नहीं हो पाया था जिसे वह समाज को दिखाकर ख़ुशियाँ लूट सकें। मैंने उनकी ख़ुशियों के दरवाज़ों पर बहुत पहले ही ताले लगा दिए थे, जिसकी वजह से हमारे घर के अंदर बची रह गई कड़वाहट पर लगातार बहस हो जाती थी। पहले माँ बीच में सब कुछ सँभाल लेती थीं, पर उनके जाने के बाद, अब बीच-बचाव वाला कोई नहीं बचा था सो हमारा लड़ना भी बंद हो गया। माँ जब तक थीं उन्होंने हम दोनों को लगातार एक-दूसरे की बुराई करते सुना था। एक दिन उन्होंने कह दिया कि अगर बुराई करनी है तो मुझसे बात मत किया करो और हम दोनों के संवाद माँ से एकदम कम हो गए। माँ के न रहने पर लगा कि कितनी ही बातें थीं जो उनसे हम दोनों अपने लड़ने के चक्कर में नहीं कर पाए थे।

रात फिर नींद खुली। इस बार मैंने टाइम नहीं देखा। मुझे पूरा यक़ीन था कि तीन दस ही हो रहा होगा। मैं उठकर पलंग पर बैठ गया। फिर लगा क्या पिताजी भी इस वक़्त अपने पलंग पर यूँ ही बैठे होंगे ? मैंने पानी पिया और लेट गया। पर लगा अगर बाथरूम नहीं जाऊँगा तो फिर एक बार उठना पड़ेगा। सो मैं बाथरूम जाने के लिए उठा। चाँद पूरा था, रौशनी खिड़कियों से भीतर कुछ

ऐसे आ रही थी कि मानो बाहर ट्यूबलाइट जल रही हो। तभी लगा पीछे ड्राइंग रूम की तरफ़ कोई खड़ा है। मैं पलटा तो मुझे एक आकृति हिलती हुई दिखी। मैंने तुरंत लाइट जलाई और ड्राइंग रूम में गया, पर वहाँ कोई नहीं था। डर के मारे मैंने लाइट नहीं बुझाई और वापस पलंग पर आकर लेट गया। जब तक लाइट जली रहेगी, मुझे नींद नहीं आएगी। मैं फिर उठा और लाइट बंद करके कुछ देर ड्राइंग रूम में ही बैठा रहा। कौन हो सकता है? एक उम्र के डर क्या हमारे मरने तक, पूरे जीवन में पसरे रहते हैं!

बाहर से रौशनी भीतर आ रही थी। एक ठंडक थी। घर के कोनों में अँधेरा था, पर लगभग पूरा कमरा साफ़ दिखाई दे रहा था। मैं वहीं सोफ़े पर लेट गया। बहुत देर तक आँखें बंद करने की हिम्मत नहीं हुई, पर फिर कब आँख लग गई पता नहीं चला। कुछ देर में लगा कि कोई आकर बग़ल में बैठ गया है। सोफ़ा मेरे कानों के पास से थोड़ा दब गया था। मैं डरपोक भी हूँ और भूत-प्रेत में विश्वास भी नहीं करता हूँ। मैं जानता हूँ कि यह विरोधाभास है। इस विरोधाभास की वजह से मैं ख़ुद को कोसता भी हूँ, पर इससे छुटकारा नहीं है। मुझे पता है कि मैं अगर अपनी आँखें खोलूँगा तो बग़ल में कोई भी नहीं होगा। पर बंद आँखों में मैं उनकी मौजूदगी पूरी तरह महसूस कर सकता था। तभी उन्होंने मेरे बालों को सहलाया। मैं अपना हाथ, अपने माथे की तरफ़ ले गया, उनका कोमल हाथ मेरे हाथों से छू गया। इच्छा हुई कि आँखें खोल दूँ, पर मैं उनके हाथों को सहलाता रहा। उनके हाथ में कोई रेखाएँ नहीं थीं। मेरे हाथ उनकी कलाई तक गए और मैंने उस धागे को छुआ जो अभी भी उनकी कलाई पर बँधा हुआ था। उस धागे को छूते ही मेरे हाथों ने टटोलना बंद कर दिया। मैं जड़ हो गया। हरा धागा। मेरी धड़कनें बढ़ने लगीं और मैं साँस कुछ यूँ लेने लगा मानो मैं नदी के भीतर छुपा बैठा हूँ।

"पहचान लिया?"

उनकी आवाज़ आई और मैंने अपनी आँखें खोल दीं।

सुबह हो चुकी थी। बाहर कोई दरवाज़ा खटखटा रहा था। मैं पसीने में लथपथ उठा और देखा कचरे वाला है। मैंने उसे कचरा दिया। उसने शिकायत की कि आपके घर की घंटी बंद है। मैंने देखा बटन बंद था। उससे माफ़ी माँगते हुए मैंने बटन चालू किया। उसने कहा कि क्या आप कपड़े पहनकर नहाते हैं?

मैंने दरवाज़ा बंद कर दिया।

अभी कितना बजा है? मैं कहाँ हूँ? कौन-सी तारीख़ है? क्या असल में सारा कुछ काल्पनिक है? क्या मैं सो रहा हूँ? या मैंने अपने जीने की बोरियत में इस तरीक़े की ज़िंदगी की कल्पना की है? या सच में हम एक ऐसे अविश्वसनीय समय से गुज़र रहे हैं कि सोफ़े पर किसी हाथ का मुझसे बात करना एकदम सामान्य बात लग रही है?

दिन भर मैं उनके बारे में सोचता रहा और हरे धागे के रेशों में उलझा पड़ा रहा। वायरस फैलता जा रहा था। देश-दुनिया की ख़बरें चली आती थीं-बिन बुलाए, मैं उन्हें अपने पास से झिड़कता चलता था। बार-बार घूमते-फिरते अपने लैपटॉप पर आता हूँ, चंद वाक्य जोड़ता हूँ और उससे कहीं ज़्यादा काटकर अलग कर देता हूँ। पर इस बार मेरा काटना अलग है। इस बार काटना उन चीज़ों का है जिन्हें सामान्य दिनों की लेखनी में मैं अपने लिखे में सहेज लेता था। मुझे लगता है कि अभी सब कुछ इतना असामान्य-सा अगल-बग़ल चल रहा है तो लिखना कैसे सामान्य रह सकता है!

यूँ लगता है कि मैं बहती नदी के किनारे खड़ा हूँ। बहते पानी के समान दिन बीत रहे हैं। किसी एक को दूसरे से अलग करके देखना बहुत कठिन है। क्योंकि सारे-के-सारे बिलकुल एक समान एक ही गति में चले जा रहे हैं। चाय बनाता हूँ तो लगता है अभी तो बनाई थी चाय, जबकि वह बीते दिन की बात होती है। इस बार चाय के बजाय कॉफ़ी बनाता हूँ और पिता को फ़ोन करता हूँ। दूसरी तरफ से 'बेटा...' आवाज़ आती है। मैं इस आवाज़ के सुनते ही धँसने लगता हूँ। कुछ देर कोई जवाब नहीं देता हूँ। पीछे गाने सुनाई दे रहे हैं। मैं पूछता हूँ, "कौन-से गाने चल रहे हैं?" ये जानते हुए कि पिता असल में क्या सुनना पसंद करते हैं। कुछ देर उनकी साँसों की आवाज़ आती है फिर वह कहते हैं, "रफ़ी... रफ़ी के एवरग्रीन हिट्स।"

"सलीम ने नाश्ता बनाया?"

"बना रहा है।"

"आज लेट हो गए।"

"ये बाहर सब्ज़ी लेने गया था।"

"उससे कहना कि सब्ज़ियों को कुछ घंटे धूप में रखे।"

पिता चुप रहे। मेरे शब्दों में जब भी वह ऐसे संवाद सुनते हैं जिनसे ऐसा लगे कि मैं उनका ख़याल रखता हूँ तो वह बिदक जाते हैं। जब माँ थी तो एक बार की हमारी लड़ाई में उन्होंने कहा था कि मैं बचना नहीं चाहता हूँ। मुझे बार-बार मत बताओ कि वॉक करो, ये खाओ, ये मत खाओ... मुझे ज़िंदा बने रहने में कोई दिलचस्पी नहीं है। इस बात पर हम दोनों लड़ते रहे और कब हमारे बीच से माँ चली गई, यह पता ही नहीं चला।

"तुमने क्या खाया?"

"कुछ नहीं। अभी कॉफ़ी पी रहा हूँ। मैं भी रफ़ी के गाने लगाता हूँ।"

"हाँ सुनो।"

मुझे पता है कि उन्हें क्या ख़ुशी देता है। जो चीज़ उन्हें बहुत पसंद है अगर मैं वही चीज़ें करता पाया जाता हूँ तो वह एकदम प्रसन्न हो जाते हैं। जबकि मैं उनकी लगभग हर पसंद की हुई चीज़ से बचपन में ही इतना पक चुका था कि अब उन्हें मैं सह नहीं सकता था। कुछ देर की चुप्पी में मैंने रफ़ी के गाने लगा दिए। उन्हें जब वे सुनाई देने लगे तो उन्होंने सलीम को आवाज़ लगाई कि ले इससे बात कर ले।

"हाँ जी!"

"सलीम, बाहर ज़्यादा मत निकला कर... एक बार में सब ले आ।"

"भाई इन्हें ताज़ी सब्ज़ी अच्छी लगती है। आप चिंता न करो।"

मुझे पता है कि इस वक़्त पिता सलीम को घूर रहे होंगे। उन्हें बिलकुल पसंद नहीं है कि मैं यहाँ से बैठा हुआ उनका संसार कंट्रोल करूँ। मैंने पिता के स्वास्थ्य के बारे में पूछा तो सलीम चुप हो गया। मुझे सलीम से अलग से बात करनी पड़ेगी, वह पिता के सामने कुछ नहीं कहेगा। कुछ देर में सलीम ने फ़ोन काट दिया।

किस स्पेस में था मैं अभी। फ़ोन काटते ही मैं गाँव में था... पिता सलीम को घूर रहे थे और सलीम मुझे आश्वासन दे रहा था। मैंने अपना घर देखा। कब मैं वापस इस संसार में पहुँचा?

चुप्पी की आँखें अलग होती हैं। वे देखती कम और सोचती ज़्यादा हैं।

अंतिमा का लंबा मैसेज आया। उसकी बिल्डिंग में कोई भी गेस्ट अलाउड नहीं है। उसने सुझाव दिया कि वह अपनी दोस्त की कार लेकर मेरी बिल्डिंग

के कंपाउंड में आ जाएगी और हम गाड़ी में बैठकर पी लेंगे। शाम को सात बजे तैयार रहना... से उसने मैसेज का अंत किया। इसका मतलब था कि वह कोई भी बहाना नहीं सुनना चाहती थी। मैंने बस एक मैसेज किया, "अपने बॉयफ्रेंड को बता देना कि तुम मुझसे मिलने आ रही हो, see you!" उसका कोई जवाब नहीं आया।

मैं एक स्थान पर खड़ा हूँ और दूसरे स्थान तक पहुँचने का जो रास्ता है- ख़ाली है। रास्ता इतना ख़ाली है कि हर क़दम का रखना गूँजने लगता है, कहीं तक भी पहुँचने की निरर्थकता में। पर कितनी देर तक एक जगह टिका जा सकता है! मैं चलना शुरू करता हूँ, जैसे लिखना शुरू करता हूँ। जैसे ही दूसरे स्थान पर पहुँचता हूँ तो अपना सारा प्रयास सुकून देता है। छोटे क़दम, छोटे सुख जैसे दिखने लगते हैं, जो बहुत वक़्त तक साथ देते हैं। पर दूसरे स्थान पर ज़्यादा देर अगर टिका रहा तो वह पहले स्थान के सपने में क़ैद हो जाएगा। और सपनों में क़ैद होना त्रासदी है। मुझे तीसरे स्थान का कोई अंदाज़ा नहीं है, पर जब भी अँधेरे में क़दम बढ़ाया है, गिरने के ठीक पहले किसी ठोस चीज़ ने पैरों को सहारा दिया है। मैं हिचकता नहीं हूँ और लिखना आगे बढ़ाता हूँ।

हमारे बीते हुए का हम पर
हमेशा थोड़ा ज़्यादा हक़ होता है, हमारे वर्तमान से

"चियर्स..."

अंतिमा ने कहा। वह ग्लास, स्कॉच, बर्फ़... सब लेकर आई थी। मैं समझ सकता था उसकी बोरियत उससे यह सब करवा रही है। उसने अपने पसंदीदा अँग्रेज़ी गाने लगा दिए और हम मेरी बिल्डिंग के नीचे, कार के अंदर पीने बैठ गए। बहुत दिनों बाद मुझे स्कॉच मिली थी तो पहला पेग मैंने बहुत जल्दी ख़त्म कर दिया। तभी पवन का मैसेज आया, "बंधु, आज नहीं आओगे क्या?" अंतिमा ने भी मैसेज देखा। "तुम तो कह रहे थे कि तुम किसी से भी नहीं मिल रहे हो?"

"मैं वॉक पर जाता हूँ। वहाँ ये ज़बरदस्ती गले पड़ गए हैं... जाने दो।"

"दोस्त होगा... तुम्हारा नंबर है उसके पास।"

"बहुत पहले उसके नाटक देखने जाया करता था। बहुत कमाल का थिएटर करता था, पर दोस्त तो नहीं था कभी भी।"

"तुम्हारा कोई दोस्त है?"

"मतलब?"

"मतलब कोई है जिसे तुम अपना दोस्त कह सको?"

मैंने कभी इसके बारे में नहीं सोचा था। बहुत देर तक सोचने पर भी मैं जिन लोगों के नाम ले सकता था, उनसे मैं बहुत कम ही बात करता हूँ। दोस्त हैं, पर जिस दोस्ती की परिभाषा की अंतिमा बात कर रही थी; उस तरीक़े के दोस्त नहीं हैं। मैंने खिसियाते हुए कहा, "तुम हो ना!"

"मैं तुम्हारी दोस्त नहीं हूँ! दोस्त होती तो मिलने की पहल तुम करते।"

"तुम जानती हो कि मैं क्यों नहीं मिलना चाह रहा था तुमसे।"

"कितने बचकाने हो तुम अभी भी! मुझे हँसी आती है तुम्हारी हरकतों पर।"

अचानक उसके चेहरे में मुझे हमारे पुराने संबंध के चिह्न दिखने लगे। कितना ख़ूबसूरत वक़्त था जो हम दोनों ने साथ गुज़ारा था। कितनी यात्राएँ साथ की थीं। मैंने उसके चेहरे से आँखें हटा लीं। मुझे ज़्यादा नहीं पीना चाहिए।

"मैं अपनी पर्सनल लाइफ़ को कैसे हैंडल करती हूँ, उसमें तुम्हारा कोई दख़ल नहीं होना चाहिए।" उसने अगला पेग बनाते हुए कहा।

"मैं बिलकुल भी दख़ल देना नहीं चाहता हूँ।"

"तो मैं तुमसे मिल रही हूँ, इस बात की ख़बर मैं अपने बॉयफ्रेंड को दूँ या न दूँ; यह मेरा निजी मामला है। मैं तुमसे मिलना चाहती हूँ, ये मेरे और तुम्हारे बीच की बात है, जिस पर तुम जब चाहे तब मना कर सकते हो। पर तुम्हें मेरे निजी मामले में किसी भी प्रकार का मॉरल स्टैंड लेने का कोई हक़ नहीं है।"

मैंने पीते हुए अपना सिर हिला दिया। कुछ देर में अंतिमा ने सॉरी कहा और मैं उसे देखकर मुस्कुरा दिया। हमारे बीते हुए का हम पर हमेशा थोड़ा ज़्यादा हक़ होता है, हमारे वर्तमान से। अभी भी कार में बैठे हुए कुछ क्षण के लिए हम बहुत पीछे हो आते हैं। वह बहुत जवान दिखने लगती है और मेरी आँखें तुरंत बदल जाती हैं। हम कितनी देर वर्तमान का हिस्सा होते हैं? क्या वर्तमान हमारी कल्पना में रहता है? और हम अतीत और भविष्य के बीच में भागते-दौड़ते रहते हैं। ठीक इस वक़्त जब अंतिमा अपने काम के बारे में इतने उत्साह से बात कर रही थी, तब मैं उसकी गर्दन पर बैठे हुए उस तिल को देख रहा था, जो मुझे हमेशा से ही बहुत अपना-सा लगता था। क्या मैं उसे छू सकता हूँ? मैंने अपने हाथों की उँगलियों को मोड़कर अपने क़ाबू में किया। मैं बिलकुल नहीं चाहता था कि उसे पता लगे कि मेरी निगाह उसके तिल पर थी। वह तीसरा पेग बनाने लगी तो मैंने मना कर दिया।

"क्यों?"

"मैं बहुत वक़्त से किसी से मिला नहीं हूँ और इसके बाद का नशा मेरे लिए बिलकुल ठीक नहीं रहेगा।"

अंतिमा बहुत ज़ोर से हँसी।

"तुम कितने फ़िल्मी हो!"

"मैं बचकाना हूँ और फ़िल्मी हूँ... धन्यवाद इतनी तारीफ़ों के लिए।"

ये मुझे वह पहले भी कहा करती थी। मुझे भी बहुत ज़ोर से हँसी आ गई। तभी कार की खिड़की पर किसी ने खटका मारा। मैंने देखा वॉचमैन खड़ा था, "सर ये बिलकुल एलाउड नहीं है। आप समझते हैं... प्लीज़।"

"अरे पर घर पर किसी को लाना एलाउड नहीं है, यहाँ तो बैठ सकते हैं।"

"एलाउड है सर... मैडम को कहिए कि कार बाहर पार्क करें और बिलकुल आप इन्हें अपने घर ले जाएँ।"

"ठीक है।"

वॉचमैन थोड़ी-सी दूरी बनाकर खड़ा हो गया। हम दोनों ने एक-दूसरे को देखा और मुस्कुरा दिए। दोनों को पता था कि इतना पीने के बाद घर में अकेले रहना दोनों के लिए ठीक नहीं होगा। मैं कार से बाहर निकला। अंतिमा ने एक पेग बनाकर मुझे दिया और कहा, "ऐश करो..." और वह चली गई। अंतिमा को जाता हुआ देखना आज भी मुझे वही दुख देता है जो दुख मैंने उसे आख़िरी बार विदा कहते हुए बटोरा था। उस विदा के ठीक पहले तक वह अरु थी मेरे लिए... मैंने कभी उसे अंतिमा नाम से नहीं पुकारा था। अरु चली गई थी और जब वह वापस लौटी तो वह एक अच्छी दोस्त अंतिमा हो चुकी थी।

हमारा अतीत बस एक करवट भर की दूरी पर रुका हुआ था और हर बार अतीत से वर्तमान तक आने में एक छोटी छलाँग लगाने की ज़रूरत बनी रहती थी।

किसी घटना के घटने की बेक़रारी मैं महसूस कर सकता हूँ- अपनी थका देने वाली दिनचर्या में। पर यह तय नहीं कर पा रहा था कि उस घटना का क़रीब आना मैं अपनी कहानी में महसूस कर रहा हूँ, या अपने जीवन में? तभी मैं सोचने लगा कि कई रातों से मुझे सपने नहीं आए। न ही तीन दस पर मेरी आँख ही खुली। मैं कुछ रातों से बहुत गहरा सो रहा था। दिन में भी नींद की परछाईं इतनी पास होती कि बस लेटने भर की देर थी कि मेरी आँख लग जाती थी। मैं इतना क्यों सो रहा हूँ? घर बुरी तरह बिखरा पड़ा था। काम टालते-टालते बहुत बढ़ गया था। कुछ दिनों से शाम को भी घूमने नहीं गया। पवन के मैसेज आते रहे, जिसका मैंने कोई भी जवाब नहीं दिया। एक मैसेज में उसने कहा था कि कोई मुझसे मिलना चाहता है, अगर वॉक पर आओ तो बताना।

मैं पवन से ही बेज़ार था। किसी और से मिलना अभी मेरे लिए संभव नहीं था। मेरे एक दोस्त ने कहा था कि बहुत सोना डिप्रेशन की निशानी है। क्या मैं डिप्रेस्ड हूँ? सोचा ऐसे किसी व्यक्ति से पूछना पड़ेगा जो डिप्रेस्ड रह चुका हो। पर हमारे देश में डिप्रेशन को शर्मनाक माना जाता है। कौन मानेगा कि वह कभी डिप्रेस्ड रह चुका है!

मुझे मनोरंजन की सख़्त ज़रूरत थी और इन दिनों के लॉकडाउन में मेरा एक मात्र मनोरंजन शाम की वॉक था। मैं बहुत दिनों तक उसे टाल नहीं पाया। वॉक करना शुरू ही किया था कि पवन की आवाज़ कानों में पड़ी, "अरे यार

तुम भी एकदम फ़ोन से दूर ही रहते हो। मैंने तुम्हें कितने मैसेज किए... तुम्हें मिले नहीं? फिर मुझे लगा कि मेरे ही फ़ोन में गड़बड़ है! आजकल मुझे मैसेज के जवाब नहीं आते हैं। नया फ़ोन लेना पड़ेगा।"

पवन ने पूरी बात एक साँस में कह दी। और मुझे ग्लानि होने लगी। मुझे जवाब दे देना था। पवन दिल का बहुत ही अच्छा आदमी है। जो भी भीतर होता है, वह उसे तुरंत बाहर कह देता है।

"असल में मैं दिन-रात बस सोता रहता हूँ।"

"क्यों?"

"पता नहीं... मुझे लगता है कि मैं डिप्रेस्ड हूँ। इसलिए किसी भी मैसेज के जवाब नहीं दे पाया।"

"डिप्रेस्ड!"

पवन चुप हो गया। मुझे याद आया मैंने बहुत दिनों से अपने पिता से भी बात नहीं की है। सलीम के कहने पर कुछ पैसे मैंने ट्रांसफ़र कर दिए थे। मुझे अचानक लगा कि मैं पवन से कहूँ कि मैं संवाद नहीं कर पा रहा हूँ किसी से भी। मैं डिप्रेस्ड नहीं हूँ! एक घोर रिक्तता है। मैं अपने पिता को फ़ोन करना चाहता हूँ, पर मैं ज़्यादा सहज होता हूँ; जब हम दोनों चुप रहते हैं। मैं देर तक उनकी गहरी साँसें अपने फ़ोन पर सुन सकता हूँ, पर ज्यों ही वह पूछते हैं कि और कैसा चल रहा है? मेरे पास कुछ भी बताने को नहीं होता। एक अच्छे संवाद की तलाश में सारा स्नेह बह जाता है और सिर्फ़ भारीपन रह जाता है। कभी-कभी इच्छा होती है कि पिताजी को फ़ोन करूँ और एक अच्छा जोक सुना दूँ... मैंने कब से उनकी हँसी नहीं सुनी है।

पवन ने मुझे इशारे से रुकने को कहा और वह किसी से फ़ोन पर बात करने लगा। मैं यह किस चक्कर में फँस गया हूँ। पवन मेरा दोस्त नहीं है। मैं उससे यह क्यों नहीं कह सकता कि तुम फ़ोन पर बात करो, मैं चलता हूँ। मैं सिर्फ़ पवन के नाटक देखने जाया करता था, पर नाटक तो मैं सभी के देखने जाता था। मुझे अच्छा लगता है थिएटर देखना। अब नाटक देखने का यह तो प्रायश्चित नहीं हो सकता कि मैं नाटक करने वाले को भी सहन करूँ?

पवन शायद नाटक करना छोड़ चुका है। आजकल क्या करता है, मुझे नहीं पता और मुझे यह पता करने में कोई दिलचस्पी नहीं थी। मैं यह दोस्ती

अपनी वॉक के आगे नहीं बढ़ाना चाहता था। पवन ने फ़ोन काटा और हम फिर साथ चलने लगे। पवन की चाल में उछाल थी।

"मेरी एक बहुत अज़ीज़ दोस्त है अरु। वह तुमसे मिलना चाहती है। उसी को फ़ोन किया था। वह आती ही होगी।"

पवन ने बात पूरे हक़ से कही थी। अरु नाम सुनते ही मेरी हृदय-गति में मैंने परिवर्तन महसूस किया। मैं इसका विरोध करना चाह रहा था, पर अपनी पूरी कोशिशों के बाद भी शब्द मुँह छोड़ने को राज़ी नहीं हुए। मैंने एक उदास-सी मुस्कुराहट से पवन की बात पर रज़ामंदी दी जो वह तलाश नहीं रहा था।

"क्या करती हैं अरु ?" मैंने न चाहते हुए भी अरु के बारे में जानना चाहा।

"जब वह आए तो ख़ुद पूछ लेना। मेरी बहुत अज़ीज़ हैं।"

जब कोई एक पुरुष किसी दूसरे पुरुष को अपनी महिला मित्र से मिलवा रहा होता है और अज़ीज़ जैसे शब्दों पर ज़्यादा ज़ोर देता है तो इसका मतलब होता है कि आप मिल लें उनसे पर मैं उनके प्रेम में हूँ, तो अपने हाथ दूर रखें। मैं पवन से कहना चाह रहा था कि मैं क़तई ख़तरा नहीं हूँ- तुम्हारी प्रेम कहानी में, पर हर बार की तरह वह वक़्त निकल गया जब मुझे यह कह देना चाहिए था।

"तुमने कभी अभिनय करने के बारे में नहीं सोचा ?"

इस प्रश्न पर मैं हँस दिया। पवन मुझे देखता रहा। उसे उत्तर शब्दों में चाहिए था।

"बिलकुल भी नहीं।"

"तुम मुंबई साहित्य रचने आए थे ?"

"नहीं आया तो फ़िल्में लिखने था। पर कुछ दिनों तक टी.वी. में काम करने के बाद मोहभंग हो गया। अब बस स्क्रिप्ट सुपरविज़न करता हूँ और डॉयलाग लिख लेता हूँ जिससे घर चलता रहे। पर कुछ समय से अपना कुछ लिख रहा हूँ।"

"क्या ?"

"कहानियाँ।"

"कहानियाँ किसके लिए ?"

"ख़ुद के लिए।"

फिर इच्छा हुई कि कहूँ और जो ख़ुद के लिए लिखता हूँ उसे हर बार जला देने का मन करता है। पर मैं चुप रहा।

"मैं आजकल अभिनय करना चाहता हूँ। कहते हैं कि ये सफ़ेद-काले बाल वालों की बहुत डिमांड है। एक अभिनय की वर्कशॉप में ही मेरी अरु से मुलाक़ात हुई थी।"

"अरु अभिनेत्री है ?"

"वह अभिनेत्री भी है।"

पवन अरु नाम लेता और मेरे दिमाग़ में, मैं और अंतिमा, वियना के एयरपोर्ट पर एक-दूसरे को विदा कहते दिखते। मैं इस अरु की छवि से अंतिमा को निकालने की कोशिश करने लगा। तभी अरु पीछे से आई।

"हैलो, मैं अरु हूँ।" वह सीधा मुझसे मुख़ातिब होती है। अरु ने अपना हाथ आगे बढ़ाया मिलाने के लिए, पर मैंने नमस्ते कहा। मैंने देखा उसका मास्क भी गले में उतर आया था। सुंदर साँवला चेहरा और उस पर ख़ूबसूरत मुस्कुराहट। मैं अरु को देखते ही डर गया, मानो मेरा अतीत अचानक मेरे सामने खड़ा हो गया था। मैंने अपनी आँखें झुका लीं। मेरे नमस्ते के बाद वह पवन से गले लगती है और अब हम तीनों साथ चलने लगते हैं। उसके गले लगते ही मेरे दिमाग़ में वायरस और उससे बचाव के कुछ नुस्ख़े गूँजने लगे। पर फिर मैं चुप ही रहा। आप उन्हीं लोगों को अपनी तरफ़ आकर्षित करते हो जैसे आप हो, न कि जैसे आप बनना चाहते हो। किसी भी नये व्यक्ति से मिलते ही पता नहीं क्यों यह बात मेरे दिमाग़ में एक बार ज़रूर घूमती है।

"अरे भई क्यों मिलना चाहती थी बताओ अब ?" पवन ने चुप्पी को तोड़ा।

"मैं आपकी दोनों किताबें लाई हूँ- आपके हस्ताक्षर चाहिए।"

उसने बैग से दोनों किताबें निकालकर मुझे दीं और फिर वह क़लम तलाशने लगी। उसे वह मिल नहीं रही थी। मैं अपनी किताबों के साथ झेंपा हुआ, सिर नीचे किए चल रह था। इनमें लिखी सारी कविताएँ ग्लानि से भरी हुई हैं। ऐसा झूठ जिसके बारे में सिर्फ़ मैं जानता था। मैं इन्हें ज़्यादा देर अपने पास नहीं रख सकता था। तभी उसे क़लम मिल गई। मैं जल्दी से यह हस्ताक्षर वाला काम ख़त्म करके यहाँ से निकल जाना चाहता था। जब मैं हस्ताक्षर करने लगा तो उसने कहा, "प्लीज़ मेरे लिए दो शब्द भी लिख देना।"

"पर मैं तो आपको जानता नहीं हूँ।"

"अरे लिख दो, दो शब्द की तो बात है।" पवन ने बात को बीच में काटते हुए कहा।

"मैंने आपकी दोनों किताबें कई बार पढ़ी हैं। कितने लोगों को गिफ़्ट भी की हैं। मुझे लगता है कि अगर मैं कविताएँ लिखती तो कुछ ऐसी ही लिखती।"

अरु बोले जा रही थी और मुझे कुछ सुनाई नहीं दे रहा था। जो उस वक़्त दिमाग़ में आया वो मैंने लिख दिया। हम चल रहे थे और मैं अजीब-से सन्नाटे में था। मुझे बार-बार बोर्खेज़ की कविता यू लर्न, उस ख़त में लिखी हुई दिखाई दे रही थी जिसे मैंने कामू की किताब के बीच दबाकर, मोटी किताबों के पीछे फेंक दिया था। कुछ ही देर में अरु की बात काटते हुए मैंने एक घटिया बहाना बनाया और वहाँ से चल दिया। जाते वक़्त मैंने अरु की तरफ़ देखा भी नहीं। पवन ने पीछे से चिल्लाकर कहा कि कल मुलाक़ात करेंगे... मैं पलटकर मुस्कुरा दिया। मुझे पूरा विश्वास था कि अब मैं वापस वॉक करने नहीं आऊँगा।

घर पहुँचकर मैंने हाथ धोए क्योंकि मैंने अपनी ही किताब को हाथ लगाया था, अरु से पेन लिया था। इस वायरस के माहौल में मुझे थोड़ा और सचेत रहना चाहिए। मुझे पसीना आ रहा था, बहुत असहज तरीक़े से। जब कोई मेरे लिखे की तारीफ़ करता है तो मैं छुप जाना चाहता हूँ। चाहता हूँ कि मैं किसी ऐसी जगह चला जाऊँ जहाँ से मुझे कुछ सुनाई और दिखाई न दे।

इच्छा हुई कि अपने पिता को फ़ोन लगाऊँ और उनकी साँसें देर तक सुनूँ। मैंने फ़ोन निकाला, मगर फ़ोन किया नहीं। एक ड्रिंक बनाकर बालकनी में चला आया। तभी फ़ोन की घंटी बजी। अननोन नंबर...

"हैलो... जी मैं अरु बोल रही हूँ। अभी आपसे मिली थी पवन के साथ।"

"हाँ, जी बोलिए।"

"सॉरी, आपको डिस्टर्ब करने के लिए। आप लिख रहे होंगे और मैंने सीधे फ़ोन लगा लिया। असल में मुझसे रहा नहीं गया।"

"बोलिए... क्या बात है?" मेरी आवाज़ में थोड़ी चिड़चिड़ाहट आ गई।

"सॉरी! आपने हस्ताक्षर के पहले जो लिखा वो बहुत अजीब है... मुझे बहुत अजीब लगा सो मैंने सोचा आपको फ़ोन कर दूँ।"

मुझे याद भी नहीं कि मैंने क्या लिखा था। कहीं कुछ ग़लत तो नहीं लिख दिया।

"अच्छा... कुछ ग़लत लिखा है क्या मैंने ?"

"नहीं ग़लत नहीं... आपने लिखा है कि कविताएँ झूठ हैं।"

कुछ देर हम दोनों चुप रहे। मुझे विश्वास नहीं हुआ कि मैंने यह लिखा था। मुझे लगा मानो किसी ने मुझे रंगे हाथों पकड़ लिया हो। मेरे मुँह से बच्चे-सी आवाज़ निकली।

"अरे माफ़ी चाहता हूँ। आप जब भी दोबारा मिलेंगी तो मैं फिर से हस्ताक्षर कर दूँगा।"

"आपसे दोबारा मिलने का मौक़ा मैं गँवाना नहीं चाहती हूँ। आप तो रोज़ वॉक करते हैं तो कल मैं ये किताबें लेकर फिर आ आऊँगी।"

मैं कुछ देर चुप रहा और उसने फ़ोन काट दिया।

- - -

रात को नींद खुली। मैंने फ़ोन पर टाइम देखा, फिर तीन दस हो रहा था। मैं उठकर बैठ गया। फ़ोन पर एक मैसेज भी आया हुआ था जिसे मैंने खोला नहीं। पूरे कमरे में बाहर से आई हुई रौशनी अलग-अलग जगह बैठी हुई थी। मुझे लगा कि मैं असल में सो रहा हूँ और उठकर बैठ जाने का सपना देख रहा हूँ। इस बात पर मैं मुस्कुरा दिया और एक झटके में चित्त गिर पड़ा। अभी आँखें बंद ही की थीं कि लगा बग़ल में कोई लेटा हुआ है। मुझे शराब नहीं पीनी चाहिए थी। मैं वापस उठकर बैठ गया। लगा कोई मेरे बग़ल में उठकर बैठ गया है। मैं पलंग से उतरकर ड्राइंग रूम में गया और सोफ़े पर बैठ गया। किचन की तरफ कोई मुझे खड़ा दिखा। इस बार कल्पना जैसा कुछ नहीं था। एक आकृति मुझे साफ़ दिख रही थी। सीधे तने हुए कंधे, घुँघराले बाल और वह पतली लंबी कलाई जिस पर हरा धागा बँधा हुआ था।

"आप यहाँ क्या कर रही हो ?" मेरे पूछते ही मेरा डर हल्का कम हो गया।

किचन का दरवाज़ा थोड़ा हिला और वह दिखना बंद हो गईं। अपने डरों को सामने बिठाकर उनसे बात कर लो तो पता चलता है कि वह कितने दयनीय हैं। मैं जानता था मुझे क्या दिख रहा है। मैं उठकर किचन में गया। वहाँ कोई नहीं दिखा। मैंने अपना लैपटॉप उठाया और सोफ़े पर बैठकर एक नया वर्ड

डॉक्यूमेंट खोला। मैं सामने पसरे पड़े सफ़ेद कोरेपन को देखता रहा। मेरी साँसें थोड़ी सहजता पर पहुँचीं और मैंने अपनी आँखें बंद कीं। कुछ देर में लगा कि वह बग़ल में आकर बैठ गई हैं। रहस्य और भय के कपड़े उतर चुके थे। मैंने धीरे से आँखें खोलीं और लिखना शुरू किया।

"वर्मा मैडम उसकी दसवीं क्लास की हिंदी टीचर थीं। वर्मा मैडम के घर की छत और उसकी छत, एक छलाँग भर दूरी पर थीं।"

"फिर तुम झूठ लिख रहे हो!" वर्मा मैडम की फुसफुसाहट कान में आई। मैं जानता था बग़ल में वह बैठी हुई हैं। अभी मैंने कहानी का पहला वाक्य ही लिखा था और उन्हें झूठ की भनक लग गई।

"पूरा झूठ नहीं है।"

"आधा सच झूठ ही होता है।"

"आप मेरी टीचर थीं। मैं दसवीं में पढ़ता था और हम जब मिलते थे तो साहित्य पर बातें करते थे।"

"पर मैं तुम्हें गणित पढ़ाती थी।"

"जो मुझे क़तई पसंद नहीं थी।"

"तुम्हें फ़्री में मैं ट्यूशन पढ़ाती थी ताकि तुम्हारी गणित में रुचि बढ़े।"

"पर हम बातें तो सिर्फ़ साहित्य पर ही करते थे।"

"साहित्य नहीं... कविताओं पर... कवियों पर।"

उनकी आवाज़ आनी बंद हुई तो मैंने आगे लिखना शुरू किया।

"उनकी छतें आपस में मिली हुई थीं। उसे कुछ दिन तक बड़ी ख़ुशी रही कि उसके घर के बग़ल में कोई बहुत ख़ूबसूरत महिला रहने आई है। पर जब स्कूल चालू हुए तो उसे पता लगा कि वह उसकी टीचर हैं। एक शाम दोनों छत पर थे और उनकी बातचीत शाम की चाय से शुरू हुई थी।"

“नहीं गणित से। मैंने क्लास में कुछ सवाल पूछे थे और तुम मुझे बस घूर रहे थे।” वर्मा मैडम ने फिर फुसफुसाया।

“आपको पता है कि मैं कभी दूसरों के लिए क्यों नहीं लिखता हूँ ताकि इस तरह के संवादों से बच सकूँ।”

“मैं तो फ़ैक्ट्स पर बात कर रही हूँ।”

“फ़ैक्ट्स बोरिंग होते हैं, जिए हुए रोज़मर्रा के जीवन की तरह।”

“तो क्या हमारा जिया बोरिंग था?”

मेरी आँखें बार-बार उनकी कलाई पर बँधे हरे धागे पर चली जातीं। इन कठिन दिनों में जब वक़्त और जगह का कोई महत्त्व नहीं रह गया है, लगा हमारा अतीत बस पलटने भर की दूरी पर रुका हुआ है और हर बार अतीत से वर्तमान तक आने में एक छोटी छलाँग लगाने की ज़रूरत है।

“बोरिंग तो क़तई नहीं था।”

“तो वह क्यों नहीं लिखते जो घटा था!”

“मैं कहानी लिखना चाहता हूँ... एक यात्रा, एक मुक्त उड़ान-सी।”

“तो क्या उसमें दरगाह, हिरन, तैरने और डूब जाने की बातें छुपा लोगे?”

“मुझे नहीं पता...!”

“तुम्हें पता है! अगर सारा कुछ नहीं लिखना चाहते तो इन दरवाज़ों को मत खोलो... मैं तुम्हें इस घर को अपने लिखने की करतबी सजावट से भरने नहीं दूँगी।”

“अगर मैं सारा कुछ लिखूँगा तो आपको पता है यह कहानी कहाँ जाएगी।”

“यह कहानी जिसकी है, उसके पास ही जाएगी।”

“मैं वहाँ नहीं जाना चाहता हूँ।”

“क़िले के पास, नदी किनारे, पीपल की पेड़ की छाया तले...”

“चुप हो जाओ। मैं नदी के इस तरफ़ ही रहना चाहता हूँ।”

“इस कठिन वक़्त में सरल लिखना चाहते हो?”

“हाँ, बहुत सरल... सीधा... सामान्य।”

“तो राजा-रानी की कहानियाँ लिखो। अगर सूरजमुखी की कहानी लिखोगे तो उसका मुरझाना भी दर्ज करना पड़ेगा।”

“लेखक के पास इतनी क्षमता तो होती है कि वह अपने लिखे में अपना

अतीत बदल सके?"

"यह वह कहानी नहीं है। इस कहानी से तुम बचकर नहीं निकल सकते।"

"देखते हैं।"

"देखते हैं।"

मैं इस पर चुप हो गया। मैंने लैपटॉप बंद किया और देखा वर्मा मैडम बग़ल में नहीं थीं। मेरी टाँगें काँप रही थीं और मेरे होंठ बिना मेरी मर्ज़ी के हिल रहे थे। मैंने ध्यान दिया कि मैं कुछ बुदबुदा रहा हूँ। मेरे पैर हिलने की रिद्म में मेरे मुँह से बोर्खेज़ की कविता 'यू लर्न' फूट रही है। मुझे आश्चर्य हुआ कि अभी तक मुझे यह कविता शब्दशः याद थी।

बच्चों का बड़ा होना जितना माँ-बाप को खलता होगा,
उतना ही बच्चों को खलता होगा,
माँ-बाप का लगातार बूढ़ा होते जाना।

आज कुछ पानी-पानी-सा माहौल था। शायद बारिश होगी। मैं देर तक कौओं के एक झुंड को उनकी व्यस्तता में निहारता रहा, फिर कहीं से कुछ नयी आवाज़ें आईं! यह कौन-सी चिड़िया है? यह आवाज़ मैंने इससे पहले कभी सुनी नहीं थी। मैं देर तक उस आवाज़ का पीछा करता गया, पर पेड़ों के झुंड में कोई हरकत नहीं दिखी। मैं चिड़िया को भूल गया और मेरा ध्यान कौओं और उस आवाज़ से हटकर अचानक सूरज की पहली किरण पर चला गया। मानों एक तरफ़ से कोई इस सुबह पर सुनहरा रंग फेंक रहा हो। तभी एक पीली और कत्थई रंग की चिड़िया आकर मेरे सामने बैठ गई। बहुत क़रीब आकर वह उछलने-कूदने लगी थी, बहुत छोटी और अपनी संपूर्णता में अति सुंदर। मानो कह रही हो चलो फिर से लुका-छिपी का खेल खेलते हैं। यह दुनिया कितनी सुंदर है, और कितना कम पता है हमें इसके बारे में। एक अँधेरे ब्रह्मांड में कई अलग ग्रहों के साथ यह हमारा नीला ग्रह लटका हुआ चक्कर काट रहा है! हम कितना जानते हैं उस विशाल अँधेरे के बारे में? पर हम विश्वास कर लेते हैं कि सालों-साल सूरज यूँ ही निकलेगा और हम अपने भविष्य के भी भविष्य में पूरी योजना के साथ, फ़ायदे और नुक़सान के तराज़ू में ऊपर-नीचे होते हुए, सफलता की मीनार पर चढ़ते चले जाएँगे। और तभी अचानक एक दिन चमगादड़ से फैला हुआ वायरस पूरी दुनिया को रोक देता है। हमारा रुक जाना कितना ज़रूरी था। हमें पता चलता है कि सारी भविष्य की

मीनारें काल्पनिक थीं। सच सिर्फ़ सुबह का होना है, जिसमें हमारी हिस्सेदारी आजकल कम है; इसलिए वह और भी ख़ूबसूरत है। चिड़िया वापस छुप गई थी पर अब मैं उसे ढूँढ़ नहीं रहा था।

- - -

मैंने अपने पिता को फ़ोन लगाया।

"हैलो... कैसे हो बेटा?" पिता की थकी हुई आवाज़ आई।

मैं अपने पिता के कश्मीर के बारे में कितना कम जानता हूँ। मैं कुछ देर चुप उनकी साँसें सुनता रहा। काश मैं उनसे कह पाता कि हम कुछ देर यूँ ही चुप रह सकते हैं? मैंने ही उन्हें फ़ोन लगाया था और मैं अब कितनी देर चुप रह सकता था!

"मेरी आवाज़ आ रही है तुम्हें?" कुछ देर में उनकी आवाज़ फिर आई।

"हाँ, एकदम साफ़ सुनाई दे रही है।"

"इतनी सुबह?"

"मुझे लगा कि आप उठे होंगे?"

"मुझे तो रात भर नींद ही नहीं आई। उलटता-पलटता रहा।"

मैं कहना चाह रहा था कि 'मैं भी', पर फिर चुप रहा।

"आज लग रहा है यहाँ बारिश होगी।" मैंने कहा।

"तुम्हें कश्मीर की वह सड़क याद है जिसके दोनों तरफ़ ऊँचे-ऊँचे पेड़ थे-लंबी क़तारों में उगे हुए।"

"हाँ।"

"रफ़ी का एक गाना वहीं फ़िल्माया गया था।"

"क्या वह सड़क अभी भी वैसी-की-वैसी होगी?"

"वहाँ कुछ नहीं बदला है। जब सब ठीक हो जाएगा तो हम दोनों जाएँगे वहाँ और उसी सड़क पर चलते हुए रफ़ी का गाना सुनेंगे।" उनकी आवाज़ में ख़ुशी किसी ख़राब हो चुके बल्ब-सी चमकने लगी।

"हाँ। आपकी कश्मीर में किसी से बात हुई है क्या?"

मेरे इस सवाल पर उन्होंने बात पलट दी। उनकी ख़ुशी का बल्ब बुझ गया। बस मुझे इससे ज़्यादा कश्मीर पर बात करने की अनुमति नहीं थी। हमारी बातें अब दैनिक दिनचर्या पर पहुँच गई थीं जिसमें मेरा दिमाग़ भटक रहा होता

था। जब माँ थीं तो लगता था क्यों उनसे और बात नहीं कर पाया? अब पिता बचे हैं तो बहुत बात करने की कोशिश में एक दीवार सामने आकर खड़ी हो जाती है। उसे भेदना हमेशा असंभव बना रहता था। जब उनसे मिलने जाता था तो लगता था जितने क़दम मैं उनके क़रीब पहुँचने के लिए उठाता हूँ, वह उतने ही कड़क हो जाते हैं। कभी-कभी भय लगता था कि कहीं मेरे बहुत क़रीब पहुँचने पर वह इतने कड़क न हो जाएँ कि मैं किसी मृत ठंडी देह को छूता दिखूँ। मैं उसके लिए क़तई तैयार नहीं था। क्या हम कभी भी मृत्यु के लिए तैयार हो सकते हैं? इसलिए शायद हमारे मिलने पर भी एक क़िस्म की दूरी बनी रहती थी। मानो हमारी भाषाएँ अलग हों... हम दोनों किसी अलग ग्रह में वास करते हों। शायद बच्चों का बड़ा होना जितना माँ-बाप को खलता होगा, उतना ही बच्चों का माँ-बाप को लगातार बूढ़े होते देखना। पर ये बचकानी बातें हम एक-दूसरे से कहते नहीं कि बड़े मत हो या बूढ़े मत हो... हम बस एक-दूसरे से आँखें चुराने लगते हैं।

"तुम रफ़ी के गाने सुना करो। उदासी कुछ नहीं देती।" पिता ने सारी बातों के बीच में अपनी बात कह दी।

"हाँ।" मैं जानता था कि यह बात कहाँ जाएगी।

"और शादी कर लो। बाद में जब मैं भी फ़ोन करने के लिए नहीं होऊँगा तो क्या करोगे?"

"हम्म।"

जैसे उनकी दीवारें थीं, वैसे मेरी भी दीवारें थीं। और यूँ भी हमारी इन सारी बातों पर हर तरीक़े की बातें हो चुकी थीं। ये बातें अंत में एक लड़ाई की शक्ल अख़्तियार कर लेती थीं, जिससे माँ के चले जाने के बाद हम दोनों बचा करते थे। मैं चुप रहा और पिता दूसरी तरफ़ मेरा अकेलापन सुनते रहे। कुछ देर में उन्होंने कहा, "कम-से-कम एक जॉब ही अच्छा-सा ढूँढ़कर उस पर बने रहो। एक घर ख़रीदो, कब तक यूँ ही किराए के घरों में भटकते रहोगे। घर ख़रीदोगे तो शादी ख़ुद ही हो जाएगी।" मुझे आश्चर्य हुआ! बहुत दिनों बाद वह दीवार पर अपना सिर मार रहे थे।

"अभी सब लोग घरों में बंद हैं। कहीं भी जॉब नहीं हैं। यह सब ठीक होते ही काम शुरू होगा।"

"मैंने सलीम से कहकर तुम्हारी किताबें मँगवा ली थीं। आजकल पढ़ रहा हूँ धीरे-धीरे। तभी तुम्हें बोला रफ़ी के गाने सुनो।"

"अरे क्यों पढ़ रहे हो आप? और सलीम ने..."

मैं इस बात पर विश्वास ही नहीं कर पाया। अब कैसे उनसे कह दूँ कि जो कविताएँ हैं, वह मैं नहीं हूँ। मुझे पता है कि वह कविताएँ पढ़कर मेरे अकेलेपन, मेरे प्रेम और संबंधों पर टिप्पणियाँ करेंगे। उन्हें समझाना कितना कठिन है कि लिखता कोई दूसरा है। मैं तो बस उसे सहता हूँ। अब हर कविता को पढ़कर, वह मुझे डीकोड करना शुरू करेंगे। मैं कैसे उन्हें रोकूँ?

"एक लड़की है अरु नाम की... बहुत अच्छी है। कभी आपसे उसकी बात कराऊँगा।"

"अरु... अच्छा नाम है। उसे मेरा आशीर्वाद देना और बात कराना... मैं इंतज़ार करूँगा।"

"जी।"

मैं और गड़बड़ न कर दूँ इस डर से मैंने फ़ोन काट दिया। अपना सिर कंधे पर लटकाया और ज़मीन में अपने किए का कमीनापन तलाशता रहा।

जो मैसेज आया हुआ था उसे खोला तो देखा अंतिमा का मैसेज है, "फ़ोन करो, ज़रूरी है..." यह कल रात का आया हुआ मैसेज था। मैंने फ़ोन किया, पर उसने उठाया नहीं। मैंने रफ़ी के गाने लगाए और बिस्तर पर चित लेट गया। बहुत पहले माँ ने एक बार मुझे पिताजी का एक फ़ोटो भेजा था। वह अपना मोटा चश्मा लगाकर मेरी किताब के पन्ने उलट-पलट रहे थे। मैंने उसी वक़्त माँ को फ़ोन किया था और उनसे मेरे मरने की क़सम कहकर बोला था कि उनसे अभी मेरी किताबें छीन लो। माँ मेरे मरने की क़सम पर हमेशा बहुत डर जाया करती थीं। उन्होंने वही किया और अपने रहते उन्होंने कभी भी मेरी किताबों को उनके हाथ नहीं लगने दिया। अब सलीम में इतनी हिम्मत नहीं थी कि वह उनकी गुफा में घुसकर उनसे किताबें छीन ले। अगर मेरा बस चलता तो मैं अभी गाँव जाता और वे किताबें उनके सामने जला देता। पर इस लॉकडाउन में लगता है कि सब कुछ असंभव है।

एक सफल व्यक्ति बनने के जितने क़ायदे बचपन से हमें सिखाए जाते थे, उनमें पैसे और प्रसिद्धि का मुकुट उस व्यक्ति के सिर पर हमेशा सजा हुआ

दिखता था। बचपन के सीखे क़ायदे असल में किसी काम के नहीं होते, वह एक उम्र पर आकर ताश के पत्तों-से ढेर होते दिखते हैं और फिर भ्रम टूटना शुरू होता है। जो बचपन में यह सोचा करता था कि बहुत ज़िद करने पर अंत में उसे वह मिल ही जाता है जिसकी वह इच्छा रखता है, उस व्यक्ति के लिए उसका पूरा बचपन एक बड़ा धोखा दिखाई देता है। वह अब ऐसी दुनिया का हिस्सा होता है जिसमें सरवाइव करना ही मुख्य मुद्दा है। वह सरवाइव कर रहा होता है, पर उसे सपने उस सफल व्यक्ति के मुकुट के आते हैं। हम पूरी ज़िंदगी क्या पढ़ते हैं और अंत में काम क्या आता है, इसका कोई सीधा संबंध नहीं है। पर फिर भी हम अपने बच्चों को उसी ढर्रे से गुज़ारना चाहते हैं। एक तरह का बदला-सा लेते हैं हम सब आने वाली पीढ़ी से, जो हमने सहा है वो इन्हें भी सहना पड़ेगा। और हम एक जैसे कहाँ बड़े होते हैं? हमारे बड़े होने में कई सारे दायरे फूटते हैं- पॉसिबिलिटी के। कभी हमारा एक दायरा बहुत बढ़ जाता है कि लोग आश्चर्य करते हैं तो दूसरा दायरा बचपन में ही कहीं फँसा रह जाता है। कोई सीधा बड़ा होता है तो कोई तिरछा और कोई अपनी क्षमता के बाद भी बौना रह जाता है। इन सबमें हमारे बचपन के अलग-अलग हिस्से हमारे बुढ़ापे तक रेंगते हुए चले आते हैं। हम बार-बार अपने सीखे हुए क़ायदों के ताश के पत्तों को उलट-पलटकर देखते हैं... कभी उन क़ायदों का राजा हम पर हँस रहा होता है, तो कभी हम क़ायदे के जोकर को जेब में रखकर मज़दूरी पर निकल जाते हैं।

मैं बचपन में बहुत रोता था। माँ ने बताया था कि उनके एक और बच्चा होने वाला था-मेरा छोटा भाई या बहन, पर वह मृत पैदा हुआ था। क्या उसे माँ के पेट में ही मेरा रोना सुनाई दे गया होगा और उसने डर के मारे भीतर ही आत्महत्या कर ली। बहुत बाद तक मेरे पिताजी उस मृत छोटे भाई की दुहाई देते रहते कि अगर वह होता तो सब सही होता। मैं टेबिल-टेनिस बहुत अच्छा खेलता था, पर पिता मुझे तैराक बनाना चाहते थे। वह मुझे अपने साथ नदी ले जाते और गुर्जे पर खड़े होकर मुझे पानी में फेंक देते। बाहर लोग चिल्लाने लगते कि अरे बस, डूब ही जाएगा, बस करो... जब मेरे हाथ-पैर चलना बंद हो जाते और मैं बेहोशी में नीचे जाने लगता, तब जाकर वह बचाने के लिए आते। मुझे पानी का डर बचपन से ऐसा बैठ गया था कि मैं कई दिनों तक

नहाता भी नहीं था। पर बाद में अपने दोस्तों के साथ मैं नदी में पैसे ढूँढ़ना सीख गया था। नदी के नीचे का संसार मुझे नदी के ऊपर के संसार से हमेशा ज़्यादा पसंद था। मेरा बस चलता तो मैं पूरा दिन नदी के नीचे पड़ा रह सकता था।

मुझे नींद का झोंका आया ही था कि अंतिमा का फ़ोन आ गया।

'हैलो... कल जल्दी सो गए थे?"

"हाँ।"

"अच्छा हुआ... वरना मैं तुम्हारी रात ख़राब कर देती।"

"तुम चाहो तो सुबह पर भी धावा बोल सकती हो, यूँ भी सुबह इतनी कमाल जा नहीं रही है।"

"सुबह नशे की मदद नहीं है... कल रात बहुत शिकायतें थीं तुमसे, पर अभी तुम्हें लेकर थकान है।"

"ऐसा मत बोलो।"

"सॉरी कल रात का हैंगओवर है।"

हम दोनों कुछ देर चुप रहे। मेरे पास कुछ भी बोलने को नहीं था। और उसके पास मुझे लेकर एक चिड़चिड़ाहट थी। अंत में उसी ने बोला, "क्या हम पहले की तरह मिल नहीं सकते?"

"तुम जानती हो कि हम पहले की तरह नहीं मिल सकते हैं।"

"नहीं मैं इस लॉकडाउन की बात नहीं कर रही हूँ।"

"मैं भी इसकी बात नहीं कर रहा हूँ।"

"सुनो मैं तुम्हारे साथ घूमना चाहती हूँ, चलो कहीं चलते हैं।"

मैं कितना ज़्यादा अंतिमा के साथ घूमना चाहता हूँ, यह बात वह जानती है। इस बात का जवाब देने के लिए मैं बहुत कमज़ोर हूँ सो चुप ही रहा।

"हम जब पहले मिला करते थे तो लगता था कि हम एक-दूसरे के लिए सुख हैं, इसलिए उस सुख को मैं बार-बार छूना चाहती थी। छोटे-बचकाने बहानों के साथ लगातार हम मिल लेते... सुबह-दोपहर-शाम। हम जाने कितने शहरों और देशों में साथ भागे-दौड़े हैं। कैसे मैं ये सहन करूँ कि इतने सालों बाद मैं तुम्हारे शहर में फँसी हूँ और तुम मुझसे बीस मिनट की दूरी पर हो और हम मिल नहीं रहे?"

"शायद तुम्हारा बॉयफ्रेंड तुम्हारी इस आदत को जानता है, इसलिए तुम्हें उससे झूठ बोलना पड़ रहा है।"

अंतिमा कुछ देर चुप रही और उसने फ़ोन काट दिया। मैं इस चुप्पी को पहचानता था। जब हम अलग हो रहे थे तो फ़ोन पर अपनी भावनाओं की तीव्रता को रोकने की कोशिश में अधिकतर चुप रहते थे। जब आप किसी से बहुत प्रेम करते हों तो उसे ख़ुश देखना चाहते हैं। हम दोनों ने अंत तक कोशिशें की थीं कि हम अपने इस सघन प्रेम को स्नेह में बदल दें। यूँ कहने में यह बहुत सरल लगता है, पर ये परिवर्तन कई साल माँगता है-पीड़ा में डूबे हुए साल।

बॉयफ्रेंड वाली बात कहना मुझे देर तक चुभता रहा। अंतिमा मुझे जानती थी। उसे पता है कि मैं बहुत कोशिश कर रहा हूँ कि उससे न मिलूँ। और मैं ख़ुद को भी जानता हूँ कि मैं कितना कमज़ोर हूँ। मुझे टूटने में बहुत वक़्त नहीं लगेगा। इसलिए एक दूरी बनाए रखना बहुत ज़रूरी था।

निजी जीवन में झूठ और छल आसान है,
पर लिखे में...
आपके पात्र आपको कभी माफ़ नहीं करते।

बाहर कुछ भी बदल नहीं रहा है। मैं इन्हीं चुप सुबहों में उठता हूँ- खिंची हुई दोपहरों में गोल-गोल घूमता हूँ और शाम पूरे दिन की बची-खुची ऊर्जा का उजाला घर से खींच ले जाती है। इन सबमें रातें हैं जो राहत देती हैं... वे सारे बाहर को सपने में खींच लाती हैं। वहाँ पहुँचकर लगता है कि पूरा दिन असल में सपने का वह हिस्सा है जिसे मैं सोते ही देखना शुरू करूँगा। बाक़ी वक़्त मैं एक प्रेत-सा पूरे घर में मँडराता रहता हूँ। बीच में कश्मीर के बड़े सपने आए। सोचा इन सपनों को अपने पिता को सुना दूँगा, पर लगा वह मुझसे कश्मीर पर इतनी कम बातचीत करते हैं कि कहीं इन सपनों से वह बिदक न जाएँ। मैंने अपने सपनों को अपने पास ही रखा, उन्हें पिता से चल रहे संवादों तक नहीं पहुँचने दिया।

वर्मा मैडम के नाम का जाप भीतर मन कर रहा है, कुछ इस तरह कि सतह पर इसकी कोई भी भनक नहीं थी। बहुत ध्यान देने पर पता चलता कि भीतर यह नाम, हल्की बुदबुदाहट में लगातार हरकत कर रहा है। क्या हुआ था और क्या लिखा जाना चाहिए? हमेशा ऐसा लगता है कि यह चुनाव सिर्फ़ लेखक के हाथ में होता है। पर असल में उसके हाथों में कुछ नहीं होता है। वह अपने पात्रों से ईमानदार रहने के चक्कर में मारा जाता है। निजी जीवन में झूठ और छल आसान है, पर लिखे में आपके पात्र आपको कभी माफ़ नहीं करते। आपको बार-बार अपने लिखे पर वापस जाना होता है और जब तक आप सारे छल

को काटकर बाहर नहीं कर देते, तब तक पात्र अपने निज में आपका प्रवेश रोके रखते हैं। अंत में मुझे वर्मा मैडम की कहानी में हमारी पहली मुलाक़ात को क्लास रूम में ही रखना पड़ा, जहाँ मैं उन्हें घूर-घूरकर देख रहा था और उनके सवालों का उत्तर नहीं दे पाया था।

इस बीच अरु के फ़ोन आए, पर मैंने उठाए नहीं। मैंने उसे मैसेज करके कहा कि व्यस्त हूँ, जल्द फ़ोन करता हूँ।

अरु मेरे पिता से बोले मेरे झूठ का हिस्सा हो चुकी थी। अब कैसे मैं ख़ुद को समेटकर उससे बात करूँ? मुझे चीज़ों को टालना बहुत अच्छे से आता है। मुझे लगता है कि अगर वह टलती रहेंगी तो एक दिन ख़ुद ही सुलझ जाएँगी। मैं इस मामले में कितना अपने देश जैसा हूँ। पवन के आए संदेशों को भी टालता रहा। मुझे ख़ुद से चिढ़ होने लगी। मैं क्यों काटता रहता हूँ ख़ुद को सबसे... पवन दिल का बहुत अच्छा आदमी है और शाम की वॉक का एक सहारा भी है, पर मुझे हमेशा डर बना रहता है कि वह वॉक धीरे-धीरे एक ज़िम्मेदारी में बदल जाएगी और इस ज़िम्मेदारी से भागते ही मैं एक स्वार्थी छिछले आदमी का तमग़ा लेकर फिर ख़ुद को अकेला खड़ा मिलूँगा। मैं इस तरह के विचारों से भी त्रस्त हो रहा था। कब तक अपने दिमाग़ के अंदर ही जीता रहूँगा? हर कुछ समय में दूसरों को लेकर एक गिल्ट भर जाता है। मैं ख़ुद को बदल देना चाहता था। मैं अंतिमा, अरु, पवन, पिता, सलीम, वर्मा मैडम सबसे माफ़ी माँगना चाहता था। इस माफ़ी माँगने में एक स्वार्थ भी था, असल में इस चिढ़, इस गिल्ट की वजह से वर्मा मैडम की कहानी आगे नहीं बढ़ पा रही थी। मुझे कहानी आगे बढ़ाने के लिए वर्मा मैडम की ज़रूरत थी। कहानी में स्वच्छंदता न आने का कारण मेरे भीतर ख़ाली जगह की कमी थी। मुझे सफ़ाई की ज़रूरत थी।

सबसे पहले मैंने अपने पिताजी के लिए दो पैकेट क्रैकजैक बिस्कुट पहुँचवाए। शुगर के कारण उन्हें ये खाने की मनाही थी और सलीम को बोला कि एक दिन कम मसाले का चिकन खिला देना। मुझे पता है कि इस बात से पिताजी कितना ज़्यादा ख़ुश होंगे और शायद वह अरु वाली बात भूल जाएँ। फिर मैंने अंतिमा को फ़ोन लगाया, "हैलो... मुबारक हो!"

"किस बात की?"

"अगले हफ़्ते से फ़्लाइट्स शुरू होने वाली हैं।"

"मैंने बुक करवा ली है।"

"अरे वाह!"

"हाँ तुम्हें ख़ुशी तो होगी!"

"सुनो आज रात वॉक पर चलोगी?"

"रात में?"

"दिन में बहुत गर्मी होती है। बाहर चल नहीं पाएँगे। पीछे की सड़क पर वॉक करेंगे। जैसे हम अपनी यात्राओं में किया करते थे।" वह कुछ देर चुप रही।

"रोहित, मैं तुमसे बहुत नाराज़ हूँ। मैं सोचकर जवाब दूँगी।"

"ठीक है... मैं तुम्हें मिलूँगा अपनी कॉलोनी के गेट पर नौ बजे।"

"अरे... मैंने तय नहीं किया है अभी।"

"इतना तो तुम्हें जानता हूँ... see you!"

मैंने बाय कहकर फ़ोन काट दिया। उसका जाना सहन करना मेरे लिए कठिन था। अंतिमा यह बात जानती थी और वह मेरे कहने पर मुझसे मिलने ज़रूर आएगी, यह बात मैं जानता था। किसी का भी जाना कितना तकलीफ़देह होता है! चाहे जीवन में अब उससे संबंध उतना सघन नहीं हो तो भी... एक सतही संबंध का भी जाता हुआ चित्र एक पिटारा खोल देता है और हमें आश्चर्य होता है कि कैसे हमने जीवन में आए सारे संबंधों के अंत की एक फ़िल्म सँभालकर रखी है। हमें संबंधों के पहले दिन बहुत कम याद रहते हैं, पर अंतिम दिन में एक भयानक नाटकीयता है, उससे छुटकारा नहीं है कभी। जिस वक़्त अंतिमा ने कहा कि उसने फ़्लाइट बुक कर ली है, मुझे लगा अभी जाकर उससे मिल लूँ। अभी उससे कह दूँ कि चलो कहीं दूर यात्रा पर निकलते हैं। अभी उसको इतना प्रेम दूँ कि वह कुछ देर और रुक जाए।

सुख की ख़ुशबू के आते ही,
पीड़ा के टूटे पड़े, बासी क्षण,
इस क़दर ज़िंदा हो जाते हैं कि लगने लगता है,
यह क्षण कितना पराया है,
जबकि ख़ुशबू कितनी अपनी है।

रात को मैं साढ़े आठ बजे ही अपनी कॉलोनी के गेट पर पहुँच गया था। भीतर उसके इंतज़ार में ख़ुद को कोसता रहा कि मैं फिर वही कर रहा हूँ जो हमेशा करता आया हूँ। जब मुझे पता है कि वह जाने वाली है, क्यों मैं उस वक़्त सबसे ज़्यादा उसके प्रति प्रेम महसूस करता हूँ? तभी अरु का फ़ोन आया। इस बार मैंने उसे इग्नोर नहीं किया।

"हैलो?"

"नमस्ते! मुझे लगा आप फिर फ़ोन नहीं उठाएँगे। सॉरी मैं आपको डिस्टर्ब तो नहीं कर रही हूँ न?"

"मुझे सॉरी बोलना चाहिए आपसे। मैं थोड़ा व्यस्त हो गया था। आप कल शाम क्या कर रही हैं?"

मैंने यह बोला ही था कि मुझे अंतिमा की कार आती हुई दिखी।

"कल शाम को पवन घर आ रहे हैं। वह पास्ता बना रहे हैं। मुझे बहुत अच्छा लगेगा अगर आप भी आ जाएँ। मेरा घर आपके घर से पाँच मिनट की वॉक पर है। प्लीज़... बहुत अच्छा लगेगा।"

अरु बोले जा रही थी और अंतिमा वहाँ इशारे से पूछ रही थी कि कार कहाँ

पार्क करूँ। मैंने अंतिमा को इशारे से कहा पीछे की तरफ़। वह पार्क करने लगी और मैं उसकी तरफ़ बढ़ रहा था।

"ठीक है, मैं सोचता हूँ।"

"मैं आपको अपने घर का पता मैसेज करती हूँ। कल सात बजे के बाद आप कभी भी आ सकते हैं।"

"ठीक है।"

"थैंक्यू! मिलते हैं कल।"

बात कल की थी तो मैं उतना ज़्यादा घबराया नहीं और यूँ भी मुझे अंतिमा से मिलने का उत्साह था। मैंने वक़्त देखा अंतिमा नौ बीस पर पहुँची थी। वह जींस और सफ़ेद टी-शर्ट पहने हुए थी। मुझे देखते ही उसने मास्क उतार दिया। मैंने कहा, "मास्क लगाकर ही रखो! हम वॉक पर जा रहे हैं।" और हम पीछे की अँधेरी सड़क पर चलने लगे। वह बहुत ख़ूबसूरत लग रही थी। मुझे लगा मैं अपनी पुरानी अंतिमा को देख रहा हूँ। पीछे की तरफ़ जाने वाली सड़क ख़ाली थी। सिर्फ़ कुछ कुत्ते लैंपपोस्ट की पीली रौशनी में यहाँ-वहाँ टहलते दिख जाते थे। कुछ देर में एक पुलिस की गाड़ी निकली। पुलिसवाले हमें देखते हुए आगे निकल गए। मुंबई इतना ख़ाली कभी नहीं था। इस वीरानी के कारण यह शहर बीमार लग रहा था।

"कल मैं तुम्हारी कविताएँ पढ़ रही थी और मुझे अचानक इतनी हँसी आने लगी। तुम कितना बदल गए हो!"

"तुम मेरी कविता की किताब क्यों अपने साथ लिए घूम रही हो?"

"रोहित, किताब नहीं, तुमने मुझे शुरुआत में बहुत-सी कविताएँ मेल की थीं। वे अचानक सामने आईं और मैं हँसती रही।"

"हम कितना छुपाने और किसी के जैसा बनने में कितना झूठ लिख देते हैं- ख़ासकर कविताओं में।"

"कविता अच्छी थी, पर वह तुम नहीं थे।"

"यही तो दुख है।" इस पर मैं खिसिया दिया।

"पर फ़िक्शन है... और फ़िक्शन तो झूठ ही होता है, कोई जज नहीं कर रहा।"

"पर हमारे ख़ुद की ईमानदारी का क्या? हमें तो पता है न कि दूसरों की

वाहवाही से निकली है यह बात।"

"पर हमें एक क़िस्म के अनुमोदन की आवश्यकता तो होती ही है। कविताओं में ही नहीं, जीवन के सभी पक्षों में। मैं जिस ऑफ़िस में काम करती हूँ, मुझे अच्छा लगता है कि जब मेरे ड्राफ़्ट किए हुए मेल पर मेरे बॉस सिर्फ़ Approved के पहले Good लगाते हैं।"

"तुम सही कह रही हो, पर एक लेखक का बॉस कौन है? या कौन होना चाहिए? मुझे नहीं पता, बस यह जानता हूँ कि नया कहने में कोई भी सहायता नहीं करता। आप उस दुनिया में एकदम अकेले हैं।"

"हम दोनों एकदम विपरीत चीज़ों की बात कर रहे हैं। मैं वान गॉग जैसे कलाकार की तपस्या समझती हूँ और उस यात्रा में आपको ज़ाया होना ही पड़ता है। पर ऐसे भी तो बहुत से कलाकार होंगे जो उस यात्रा पर निकले हों और गुम गए हों और कोई उनके बारे में नहीं जानता हो। मुझे इस बात से ही सिहरन आ जाती है।"

"पर शायद वह गुम न हुआ हो? बस हम लोग उस कलाकार को नहीं जानते हैं।"

"तुम्हें अपनी कविताएँ इसलिए नहीं अच्छी लगतीं, क्योंकि शायद तुम अब उस व्यक्ति से ईर्ष्या करते हो जो कविताएँ लिखा करता था।"

मैं अंतिमा को देखता रहा। वह कितना गहरे तक मुझे जानती है और मैं उसके साथ में कितना सहज रहता हूँ। कितना ज़्यादा मुझे इस तरह की बातों की कमी महसूस हुई है- पिछले कुछ सालों में। कितने दिनों बाद अचानक बातचीत का गहरा स्वाद आना शुरू हुआ है। आपके डरों से आपके ख़ुद के संवाद बहुत भयावह होते हैं। अंत में कौन जीतेगा इसका फ़ैसला हमेशा सबसे कमज़ोर घड़ियों में होता है।

"मैंने बहुत दिनों से तुम्हारा नया लिखा हुआ नहीं पढ़ा। मैं सच में देखना चाहती हूँ कि तुम कितना बदल गए हो।"

"अब कहानियाँ पढ़ना, बस छपने ही वाली हैं।"

"पहला कहानी-संग्रह... I am excited! वो तो आने ही वाला है ना?"

"हाँ, अगर ये लॉकडाउन नहीं होता तो आ जाता, पर अच्छा ही हुआ वो रुक गया है। अभी-अभी प्रेस का काम शुरू हुआ है, पर मुझे लगता है कि

उसमें एक कहानी कम है।"

"तो? लिख रहे हो वह कहानी?"

"यही तो यक़ीन नहीं है कि मैं कहानी लिख भी पाऊँगा कि नहीं। मुझे अपने संपादक से इस बारे में बात करनी है।"

"क्या मैं हूँ तुम्हारी कहानियों का हिस्सा?"

"जैसे लड़कियों से उनकी उम्र नहीं पूछनी चाहिए, वैसे ही किसी लेखक से यह प्रश्न कभी नहीं करना चाहिए।" अंतिमा हँस दी और मैं उसे हँसता हुआ देखकर मुस्कुरा दिया।

"मैं कितना बदल गई हूँ! कभी-कभी मैं सोचती हूँ कि क्या मैं वो हूँ जो तुम्हारे साथ बैग उठाकर हिमाचल गई थी... ऑस्ट्रिया घूमी थी? अगर हम उन तस्वीरों को अभी देखें तो सच कहती हूँ यक़ीन करना मुश्किल होगा कि हम वही दोनों हैं जो अभी इस वीराने में टहल रहे हैं।"

उसी वक़्त एक कुत्ता अंतिमा के पास भागता हुआ आया, उसकी उत्साही पूँछ तेज़ी से हिल रही थी, मानो वो दोनों एक-दूसरे को पहले से जानते हों। अंतिमा घुटनों के बल बैठ गई और देर तक उस कुत्ते से खेलती रही। उसके आस-पास कुछ और कुत्ते जमा हो गए। अंतिमा ने सबको प्यार दिया। मुझे हमेशा से अंतिमा को दूर से इस तरह देखना बहुत सुंदर लगता था। हर आदमी कितना ख़ूबसूरत दिखने लगता है, जब वह अपनी पूरी तल्लीनता से किसी काम में घुसा हुआ होता है! कुछ देर में अंतिमा ने सारे कुत्तों को आदेश दिया, "बस चलो, अब जाओ।" और सारे के सारे कुत्तों ने अपनी पूँछ हिलाकर अंतिमा की आज्ञा का पालन किया।

"सॉरी!"

"अरे सॉरी क्यों बोल रही हो? कितना अच्छा लग रहा था मुझे तुम्हें ऐसे देखते हुए।"

वह जिस तरह कुत्तों को सहला रही थी ठीक उसी तरह उसने मेरे बालों पर भी हाथ फेर दिया। और वह हँसने लगी।

"क्यों हँस क्यों रही हो?"

"उन कुत्तों की तरह तुम्हें भी प्यार की ज़रूरत है।"

"है न? मुझे भी लगता है।"

"किसी को डेट कर रहे हो?"

"वर्मा मैडम..."

"मैडम?"

"जो नयी कहानी लिख रहा हूँ। वर्मा मैडम... उसका ही भूत रात भर जगाए रहता है। Literally..."

हम पीछे की सड़क से होते हुए, एक पार्क के बग़ल से गुज़र रहे थे। पार्क के बाहर एक अकेली बेंच लगी हुई थी। मैंने सोचा अंतिमा के साथ यहाँ बैठना चाहिए, पर जब तक मैं उससे यह कहता, हम उस बेंच को क्रॉस कर गए। मैं कह सकता था पर हम दोनों के बीच एक मौन का घेरा खिसक आया था। मैं उस मौन में वर्मा मैडम के बारे में सोचने लगा और वह शायद अपने दिल्ली के जीवन के बारे में। कुछ वक़्त बाद, हम दोनों ने अपने मौन में बने रहकर एक-दूसरे को देखा और अचानक लगा कि कितने दूर हैं हम दोनों एक-दूसरे से। मुझे लगा कि मैं इस लड़की को कभी नहीं जानता था, जो इस वक़्त मेरे साथ चल रही है। इस अनजानेपन की इतनी तीव्र पीड़ा मुझे होने लगी कि मुझे लगा मैं छूकर देखना चाहता हूँ कि क्या ये वही अंतिमा है जिसे मैं जानता था? मैंने उसके बालों पर अपना हाथ फेरा और अंतिमा रुक गई। मैं उसके क़रीब आया और उसने अपनी आँखें बंद कर लीं। मैंने उसे हल्के से चूम लिया। यह वही है, मेरी अंतिमा... इसके होंठों की कोमलता में अपनेपन की नदियाँ अभी भी बहती हैं। मेरे चूमते ही उसने मुझे यूँ देखा मानो पहली बार देख रही हो। मैं थोड़ा दूर हट गया। उसने मुझे अपने पास खींचा और हम कुछ देर तक एक-दूसरे को चूमते रहे।

सुख की एक ख़ुशबू होती है। उस ख़ुशबू के आते ही पीड़ा के टूटे पड़े बासी क्षण इस क़दर ज़िंदा हो जाते हैं कि लगने लगता है यह क्षण कितना पराया है जबकि ख़ुशबू कितनी अपनी है। एक दिन भूखे रह जाएँगे की कल्पना में हम अपने में से पराया निकालना भूल जाते हैं। बाद में हमारी डकारों में देर तक सुख बसता रहता है।

हम वापस घर की तरफ चलने लगे थे।

"मैं उससे कहकर आई हूँ कि मैं तुमसे मिलने जा रही हूँ।"

"अच्छा! तो क्या कहा उसने?"

"तुम न सारे पुरुष एक जैसे हो। तुम्हें कभी नहीं समझ आएगा कि एक लड़की कैसे सोचती है।"

"मैं उसका साथ नहीं दे रहा, पर देखो वह ग़लत तो नहीं था।"

तभी अंतिमा ने मेरा हाथ छोड़ दिया।

"देखा... तुम सब कितना एक जैसे हो!"

"सॉरी! मेरे मुँह से निकल गया।"

"नहीं सॉरी बोलने की ज़रूरत नहीं है। मैं और मेरे जैसी हर लड़की इस तरह की बातों की आदी है। मैं जब पिछली बार तुमसे मिलने आई थी तो उसे नहीं बताया था, पूरे वक़्त एक गिल्ट बना रहा। अपने पुराने दोस्त के साथ एक ड्रिंक पीना... इसमें इतनी ग़लती लग रही थी कि मानो मैं तुम्हारे साथ सो रही हूँ। मैं सोचती रही कि यह गिल्ट मुझे क्यों हो रहा है? मैंने तो कुछ नहीं किया। ख़ैर, उसके बाद हम नहीं मिले; पर वह लगातार तुम्हारे बारे में पूछता रहा जो शुरू में मुझे अच्छा लग रहा था। मैंने सोचा उसे बता दूँ कि मैं तुमसे मिली थी। पर फिर समझ में आया कि वह तो असल में टोह ले रहा है कि तुम मुझे कितने मैसेज करते हो? कितना फ़ोन करते हो? क्या तुम मुझे मिलने के लिए घर बुला रहे हो? उसकी बातों में अविश्वास की इतनी ज़्यादा बदबू भरी हुई थी कि मुझे लगा उससे कह दूँ कि मैं तुमसे बात नहीं करना चाहती हूँ, पर मैं चुप रही। क्या वह मुझे जानता भी है? या वह मेरे बारे में बस इतना जानता है कि अगर मैं उसकी निगाह से दूर हूँ तो ज़रूर वो सब कर रही हूँ जो गंदगी असल में उसके दिमाग़ में है। तुमने भी पिछली बार मेरे बॉयफ्रेंड की बात पर मुझे ताना मारा था। कितने तुम सब एक जैसे हो!"

अंतिमा जैसे ही चुप हुई मैंने उससे माफ़ी माँगी। जितनी तरह से मैं उससे माफ़ी माँग सकता था, उतने तरीक़े से माफ़ी माँगी। वह चुप रही। पहली बार वह ये सब कहते हुए रो भी नहीं रही थी। उसकी आँखें ठंडी थीं। मैं अपनी कही हर बात पर पछता रहा था। छोटे शहरों से आए लड़कों को बहुत वक़्त लगता है-एक अच्छा इंसान बनने में। नहीं बात छोटे शहरों की भी नहीं है। इस पुरुष समाज से आए लोगों को बहुत ज़्यादा वक़्त लगता है-औरतों को इंसान मानने में। हमें लगता है कि हम बदल गए हैं, पर ये पुरुषप्रधान समाज के सारे दाँव-पेच इतने ज़्यादा ख़ून में रचे-बसे हैं कि अगर हमें बदलना है तो हमें

लगातार सचेत रहना पड़ता है अपने कहे में, वरना ये गंदगी के साँप जो हमारे ख़ून में हैं, ये हर बार मौक़ा देखकर डस लेते हैं; जैसे कि अभी मेरे भीतर की गंदगी ने मुझे फिर डस लिया था। और हम इतने गले-गले तक इस गंदगी में धँसे हुए हैं कि इसकी माफ़ी पर हमारा हक़ नहीं है।

अंतिमा फ़ुटपाथ पर बैठ गई। मैं पास में ही खड़ा रहा। सोचा उसके कंधे पर हाथ रखूँ, पर हिम्मत नहीं हुई सो मैं चुप ही रहा। कुछ देर में मैं भी उसके बग़ल में बैठ गया।

"आज जब तुमने मिलने को कहा तो मैंने उसे बता दिया।" कुछ देर में अंतिमा ने बुदबुदाते हुए कहना शुरू किया, "मैं किसी दूसरे के घर में अकेली बंद हूँ। दिन भर कुछ भी करने को नहीं है। अकेलापन खा रहा था, पर सिर्फ़ अपना संबंध बचा रहे; इसके चक्कर में तुम्हें फ़ोन तक नहीं किया। वह आज दिन भर मुझसे लड़ता रहा। मुझे यहाँ आने में देर भी इसी वजह से हुई। फिर ग़ुस्से में मैंने उसे बता दिया कि मैं तुमसे एक बार और मिल चुकी हूँ। उसने वही कहा जो तुमने मुझे कहा था। मैंने उससे अंत में कहा कि I am going to kiss him today."

उसकी आँखों से अब आँसू आए। मुझे ठीक लगा कि वह बह जाने दे रही है सब कुछ। मैंने उसका हाथ अपने हाथों में लिया और कहा, "चलो घर चलते हैं। मैं तुम्हारे लिए एक अच्छी चाय बनाता हूँ।"

हम दोनों घर आ गए। वह घर में घुसते ही सोफ़े पर लेट गई। मैं किचन में चाय बनाने चला गया। जब तक चाय बनाकर लाया तब तक वह सो चुकी थी। मैंने उसको गोदी में उठाया और बेडरूम में लिटा दिया। बाहर आकर मैं सोफ़े पर चित लेट गया। मैं अपने पिता के बारे में सोचता रहा कि कैसे वह मेरी माँ को ट्रीट करते थे। फिर बचपन में अपने पड़ोसियों के बारे में सोचने लगा-रैना अंकल, सोनी जी, तिवारी जी, पराशर बाबू, चौबे जी, दुबे साहब, लोहिया जी... इनकी पत्नियाँ इनके घरों में गुम रहती थीं। इन सबने भी किस तरह अपने बड़ों से सीखा होगा कि घर की औरतों को कैसे रखना है। पीढ़ी-दर-पीढ़ी हम सबने अपनी माँओं को पूजा है और बदले में उन्हें मुफ़्त का नौकर बनाकर रखा है। सामने दो कप चाय रखी थी जिसे छूने का भी मन नहीं किया। अपने बचपन की गलियों में भागते-दौड़ते कब आँख लग गई पता नहीं चला।

कुछ ज़ंग लगे तालों को कभी नहीं खोलना चाहिए, उनके खुलते ही सुंदर अतीत के मुरझाए सूरजमुखी, ज़ार-ज़ार नज़र आते हैं।

देर रात एक आहट से नींद खुली... कितना बज रहा है? आज दिन कौन-सा है? मैं कहाँ हूँ? वक़्त देखने गया और ख़ुद को रोककर पीठ पर पसीने की बूँद को बहता महसूस किया और एक विश्वास-सा हो गया कि तीन दस ही हुए होंगे। मैं सोफ़े पर उठकर बैठ गया। एक हल्का हवा का झोंका मेरे कानों के पास से गुज़र गया। मुझे लगा कि वर्मा मैडम आस-पास ही हैं। मैंने बिना वक़्त ज़ाया किए अपना लैपटॉप खोला और लिखना शुरू किया...

"वर्मा मैडम ने अपना सवाल फिर से दोहराया और वह आँखें फाड़े उनको घूरता रहा। वर्मा मैडम ने चॉक फेंककर मारी जो सीधा उसके सिर पर लगी तब उसका मोहपाश टूटा। तब तक पूरी क्लास उस पर हँस रही थी। वर्मा मैडम चलकर उसके पास आईं।

"क्या नाम है तुम्हारा?"

"रोहित, मैडम।"

"लगी तो नहीं?" वर्मा मैडम ने मुस्कुराते हुए पूछा।

"क्या नहीं लगी?" रोहित ने पूछा।

पीछे से एक लड़के ने चिल्लाया- 'पेशाब...' और पूरी क्लास हँस दी। वर्मा मैडम ने डाँटकर सबको चुप कराया। रोहित ने अपना सिर नीचे कर लिया। वर्मा मैडम ने रोहित के सिर पर हाथ फेरा और उसे सॉरी कहकर वापस

क्लास को पढ़ाने में लग गईं। पहली बार गाँव में किसी टीचर ने उसके स्टूडेंट को सॉरी कहा था। इस बात का क़िस्सा बहुत वक़्त तक स्कूल में गूँजता रहा था। रोहित क्लास में सबसे पीछे वाली सीट पर बैठने वाले उन बच्चों में से था जो हमेशा क्लास में अदृश्य रहना चाहते थे। पर इस क़िस्से से सब लोग उसकी तरफ ज़्यादा ध्यान देने लगे थे, ख़ासकर बाक़ी शिक्षक। उसे क्लास में खिड़की के बाहर देखना सबसे अच्छा काम लगता था। पर अब उसे पूरे वक़्त अपने टीचर को देखना पड़ता था। हर बात पर उससे सवाल कर लिया जाता। वर्मा मैडम को चॉक मारने का गिल्ट था सो वह रोहित से ज़्यादा अच्छा बरताव करने लगी थीं, मतलब रोहित पर ज़्यादा ध्यान था उनका, जिससे रोहित पूरे वक़्त असहज रहने लगा था। उसका स्कूल में साँस लेना मुश्किल हो रहा था। फिर एक दिन वह शाम को अपनी पतंग लेकर छत पर गया तो देखा बग़ल वाली छत पर वर्मा मैडम चाय पी रही हैं। उसकी पतंग हवा में थी, वह उसे छोड़कर भाग भी नहीं सकता था। वह जल्दी-जल्दी अपनी पतंग उतारने लगा तभी पीछे से आवाज़ आई, "अरे रोहित, तुम यहाँ रहते हो?"

"जी मैडम... गुड इवनिंग!" रोहित अपनी पतंग उतार चुका था।

"अरे पतंग क्यों उतार ली... उड़ाओ।"

"नहीं हो गया बस।" रोहित अपना माँझा और पतंग समेट ही रहा था कि वर्मा मैडम अपनी छत से कूदकर उसकी छत पर आने की कोशिश करने लगीं, पर दो दीवारों के बीच अटक गईं।

"अरे मैडम... रुकिए मैं आता हूँ।"

रोहित कूदकर उनकी छत पर गया और उनके हाथ से चाय का कप लेकर नीचे रखा और अपना हाथ उन्हें दिया। वर्मा मैडम वापस कूदकर अपनी छत पर आ गईं। पर जैसे ही वह कूदी थीं, रोहित की निगाह उनकी छाती पर गई... उन्होंने ब्रा नहीं पहनी हुई थी। वर्मा मैडम ने देख लिया था- रोहित को उनकी छाती को घूरते हुए। रोहित ने तुरंत सिर नीचे किया और अपनी छत की तरफ़ जाने लगा।

"तुम चाय पीते हो?" वर्मा मैडम ने पूछा।

"हाँ पीता हूँ... नहीं, पर ज़्यादा नहीं... बस सुबह और शाम को।" वर्मा मैडम को हँसी आ गई।

"तो शाम की चाय पी ली?"

"नहीं... बस वही पीऊँगा नीचे जाकर।"

"रुको मैं बनाती हूँ तुम्हारे लिए... मुझे और एक चाय पीने की इच्छा है।"

रोहित के जवाब का इंतज़ार किए बग़ैर वह नीचे चाय बनाने चली गईं। रोहित को डर था कि वह यहाँ भी उससे सवाल करेंगी जिनके जवाब उसके पास नहीं होंगे। वह इस चाय से बचना चाह रहा था। उसने सोचा कि वह भागकर अपने घर चला जाए, पर कल जब स्कूल में मैडम से मुलाक़ात होगी तो मुश्किल हो जाएगी। वह मूर्ति-सा जहाँ था, वहीं खड़ा रहा। कुछ देर में वर्मा मैडम चाय लेकर आईं और साथ में कुछ बिस्किट भी थे। वे दोनों छत की मुँडेर पर बैठ गए। रोहित की निगाह बार-बार वर्मा मैडम की छाती पर चली जा रही थी। वह उससे बचने के लिए आसमान में पतंगों को देखने लगता।

"तुम्हें पतंग उड़ाना बहुत पसंद है?"

"हाँ।" तभी रोहित की निगाह बहुत मोटी-मोटी किताबों पर पड़ी जो छत के एक कोने में रखी हुई थीं।

"मैं पीएचडी कर रही हूँ दिनकर पर। तुम दिनकर को जानते हो?"

"कवि हैं।"

"अरे वाह।"

"मेरी माँ की साहित्य में रुचि है। मुझे इसलिए पता है।"

"अच्छा ऐसा करते हैं कि हम लोग यहाँ दोस्त हो जाते हैं। स्कूल में हम टीचर और स्टूडेंट हैं, पर यहाँ हम दोस्त हैं।"

"नहीं..." रोहित के मुँह से झटके से 'नहीं' निकला और वर्मा मैडम को हँसी आ गई।

"आज तक मुझे किसी लड़के ने इतनी जल्दी ना नहीं किया है।"

इस बात पर रोहित को भी हँसी आ गई। वर्मा मैडम लंबी सफ़ेद टी-शर्ट और नीचे हरे रंग की सलवार पहने हुए थीं। रोहित को वह उसकी हमउम्र लग रही थीं। स्कूल में वर्मा मैडम साड़ी के कारण बहुत बड़ी लगती हैं उसने सोचा। रोहित थोड़ा हल्का महसूस कर रहा था। चाय ख़त्म हो चुकी थी और रोहित जाने को था।

"सुनो रोहित, मैं बहुत अकेला महसूस करती हूँ यहाँ। जब भी तुम्हें वक़्त

हो शाम की चाय साथ पीएँगे, मैं इससे अच्छी चाय बना लेती हूँ, सच में।"

रोहित सोचने लगा।

"इसके बदले में मैं तुम्हें हिंदी सिखा दूँगी।"

"नहीं यहाँ पढ़ाई नहीं... बिलकुल नहीं।"

"ठीक है तो उसके बदले पढ़ाई की कोई बात नहीं होगी।"

"तब ठीक है।"

रोहित भागता हुआ अपनी छत पर कूदा और नीचे चला गया। फिर कुछ देर में वापस आया और अपनी पतंग और माँझा लेकर वापस चला गया। वर्मा मैडम उसे देख रही थीं, पर उसने उस तरफ़ नहीं देखा।"

- - -

"मैं कुछ कहना चाहती हूँ।"

मुझे कान के पास फुसफुसाहट महसूस हुई। मुझे पता था जो हुआ था बात उससे अलग जा चुकी थी और कुछ चीज़ें वर्मा मैडम को बिलकुल पसंद नहीं आएँगी। मैं फिर भी कोशिश कर रहा था कि कहानी आगे लिखूँ, पर मुझे रुकना पड़ा। मैंने धीरे से पूछा, "क्या हुआ?"

"मैंने ब्रा पहन रखी थी।"

"मैं जानता हूँ।"

"और मैंने जींस और टी-शर्ट पहन रखी थी।"

"हाँ।"

"दिनकर? पीएचडी?"

"आप जिस विषय में पीएचडी कर रही थीं, वह बहुत बोरिंग है।"

"तो तुम मुझे कहानी में इंट्रेस्टिंग बना रहे हो?"

"क़तई नहीं.. मैं कहानी को सरल रखना चाहता हूँ।"

"पर सरल तो कुछ भी नहीं था।"

"देखने का नज़रिया है।"

"क्या देख रहे हो तुम रोहित?"

"मैं रात में बैठा हुआ अकेला बड़बड़ा रहा हूँ और आपके बारे में कहानी लिख रहा हूँ... बस इसके आगे मुझे कुछ नहीं दिख रहा है।"

"पर कहानी तो इसके आगे की ही है।"

"वह कहानी तय करेगी।"

"वही मैं भी कह रही हूँ... कहानी को तय करने दो।"

"पात्रों को नहीं... कहानी को।" मैंने कहा।

"पात्र ही तो जी रहे हैं कहानी।"

"कहानी हम जी रहे हैं।"

"तुम डरे हुए नदी किनारे खड़े हो, जबकि कहानी पानी के नीचे की दुनिया में पड़ी हुई है।"

"मैं नहीं कूदूँगा।"

"मैं यहाँ तुम्हें धक्का देने ही आई हूँ।"

"नहीं।"

"कूदना पड़ेगा।"

"ना..."

"क़िले के पास, नदी किनारे, पीपल की पेड़ की छाया तले..."

"चुप... चुप हो जाओ।"

"क्या कर रहे हो?" अचानक वर्मा मैडम की आवाज़ बदल गई।

"मतलब?"

"अरे... किससे बात कर रहे हो?"

मैंने पलटकर देखा तो वर्मा मैडम बग़ल में नहीं थीं, तभी मेरी निगाह दरवाज़े पर गई, अंतिमा हतप्रभ चेहरे से मुझे ताक रही थी। मैंने खिसियाते हुए उससे कहा कि मैं लिख रहा हूँ... यह कहते ही मैंने लैपटॉप बंद किया।

"तुम किसी से बहस कर रहे थे?"

"किसी से नहीं। तुम उठ क्यों गईं?"

"मुझे लगा कि घर में कोई और भी है और मैं घबरा गई... फिर देखा तुम बड़बड़ा रहे हो।"

"सॉरी! सॉरी! इतने महीनों से घर में अकेले रहने के कारण यह दिमाग़ थोड़ा घूम रहा है। भूल जाओ... मुझे नींद नहीं आ रही थी तो सोचा कुछ लिख लेता हूँ... पर..."

मैं अंतिमा को लेकर बिस्तर पर वापस गया। जो उसने देखा था उसके कारण उसका चेहरा अभी भी चकित था। मैंने उसे लिटाया।

"तुम ठीक हो न?" उसने मुझसे ऐसे पूछा जैसे माँएँ अपने पगला रहे बेटे से पूछती हैं।

मुझे हँसी आ गई। अंतिमा ने मुझे खींचकर अपने पास लिटा लिया। उसके गले लगकर मैंने उससे कहा कि सब ठीक है। उसने अपना चेहरा मेरी छाती में घुसा लिया। कुछ देर में हम दोनों ने अपनी आँखें बंद कर लीं।

जब मेरी नींद खुली तो आँखें भारी थीं। दोपहर हो चली थी। मैंने बग़ल में देखा अंतिमा नहीं थी, वह जा चुकी थी। दोपहर कितनी ठहरी हुई थी, मानो कहानी किसी मोड़ पर अटकी पड़ी हो। मुझे शब्दों की ज़रूरत थी। मैं उन शब्दों से बने चित्रों को इस रुकी पड़ी दोपहर में टटोलने लगा। पर बिस्तर के आस-पास कुछ भी नहीं मिला। मुझे अपने लिखे की आँच चाहिए थी। मैंने लैपटॉप खोला और पूरा दिन कभी अपने लिखे को ताकता रहा तो कभी किचन में कुछ बनाता रहा। अंत में दाल-चावल और भिंडी बनाई। भिंडी कुछ ज़्यादा जल गई थी, पर दाल-चावल ठीक बने थे। लिखे के बारे में भी कुछ यूँ ही कहा जा सकता था। कुछ जल गया और कुछ ठीक ही बना था। लिखने के सुर में हमेशा लगता है कि अगर थोड़ा बाद में लिखूँगा तो शायद कोई बहुत ख़ास चीज़ पन्नों पर दिखने लगेगी। किस ख़ास चीज़ का इंतज़ार है, यह कभी नहीं जान पाया। जब मैं किसी का लिखा पढ़ता हूँ तो अधिकतर इस तरीक़े की ख़ास चीज़ें ही मुझे बहुत अखरती हैं। मुझे साधारण-सी दुनिया का सादा ब्योरा हमेशा आकर्षित करता रहा है। पर आजकल की इस असामान्य दुनिया में कितना भी साधारण हो वह बहुत साधारण नहीं लगता है और कितनी भी असाधारण बात हो, वह लगता है कि कभी भी घट सकती है।

इस वक़्त की असाधारणता में अब हम सब यहाँ से कहाँ जाएँगे किसी को इस बात का अंदाज़ा नहीं है। एक बहुत ही अजीब घटना होने लगी है। लगभग सभी लोग कहने लगे हैं कि हमें इस सारे लॉकडाउन को खोल देना चाहिए... जो मरे वो मरे... और जो बचे वो कम-से-कम सामान्य तरीक़े से ज़िंदा तो रह सकते हैं। मैंने कभी नहीं सोचा था कि हम लोग इस स्थिति पर पहुँच जाएँगे।

मेरे संपादक का मेल आया कि वह कहानी-संग्रह को प्रिंटिंग के लिए भेज

रहे हैं। मैंने तुरंत मेल लिखा कि रुक जाएँ... उसमें एक कहानी का आना बहुत ज़रूरी है। मेरा मेल देखकर संपादक ने तुरंत फ़ोन किया।

"जितनी कहानियाँ हैं वो सही हैं!" मेरे फ़ोन उठाते ही उन्होंने कहा।

"नहीं एक कहानी और चाहिए... उसके बिना संग्रह अधूरा है।"

"तो अभी आप लिखेंगे उसे?"

"शुरू कर दिया है... मैं जल्द ही इसे पूरा करके दूँगा।"

"ठीक है तो मैं प्रिंटिंग रोक देता हूँ। जल्दी भेजिएगा।"

काश मेरे हाथ में होता। मैंने झाड़ू लेकर पूरे घर को सलीक़े से साफ़ किया। पोंछा लेकर कमरे के हर कोने को भिगोने लगा। फिर एक गीला कपड़ा लेकर मैं घर में जमी धूल की परतों को रगड़ता रहा। इस पूरी प्रक्रिया में वर्मा मैडम का नाम लगातार मेरे भीतर गूँजता रहा। कुछ बातें होती हैं जिन्हें कहे बिना लगता है कि सब अधूरा है। अब सब कुछ साफ़ था। मैं थककर चूर देर तक कहानी के सामने बैठा रहा। कुछ ज़ंग लगे तालों को कभी नहीं खोलना चाहिए, उनके खुलते ही सुंदर अतीत के मुरझाए सूरजमुखी ज़ार-ज़ार नज़र आते हैं।

"रोहित के दोस्त उसको टोकने लगे थे कि क्यों रे मुस्कुरा क्यों रहा है? और उसे पता ही नहीं चलता था कि एक मुस्कुराहट लगातार उसके मुँह पर चिपकी रहती थी। दिमाग़ से पतंग ग़ायब थी और उसके बदले शाम की चाय का इंतज़ार घर कर गया था। वह शाम की मुलाक़ातों की तैयारी करने लगा था। उसे पता था वर्मा मैडम को कविताएँ बहुत पसंद हैं। वह अपनी माँ की किताबों में से कुछ कविताएँ छाँटता और उन कविताओं को एक डायरी में दर्ज करता मानो यह उसका बहुत पुराना शौक़ हो और फिर उस डायरी को शाम के वक़्त, चाय की पहली चुस्की के साथ खोलता और वर्मा मैडम को कविताएँ सुनाता। उसने निराला और मुक्तिबोध की भी कुछ कविताएँ लिख रखी थीं, पर लगा अगर वर्मा मैडम ने कुछ सवाल पूछ लिए तो वह क्या करेगा? उसने सर्वेश्वरदयाल सक्सेना और रघुवीर सहाय को चुना फिर भवानीप्रसाद मिश्र की कुछ छोटी कविताएँ भी सुना डालीं। कविताएँ सुनाने में जब भी प्रेम का ज़िक्र

होता उसके कान लाल हो जाते थे, पीठ में कहीं सिहरन होती। रोहित ने वर्मा मैडम को सर्वेश्वरदयाल सक्सेना की कविता 'तुमसे अलग होकर' सुनाई। वह कविता उसे बेहद पसंद थी सो उसने रट रखी थी। जैसे ही वह कविता उसने ख़त्म की वर्मा मैडम ने उन्हीं की दूसरी कविता 'तुम्हारे साथ रहकर' सुनाई और वह हतप्रभ-सा वर्मा मैडम को ताकता रहा। उसे इस कविता के बारे में पता ही नहीं था। एक कवि कैसे नदी के इस तरफ़ का और दूसरी तरफ़ का, दोनों इतनी सहजता से लिख सकता है? रोहित ने वर्मा मैडम से वादा किया कि वह यह कविता भी रट लेगा।

एक दिन किताबों की अलमारी खोजते हुए उसे माँ ने देख लिया।

"क्या रे, आजकल बहुत किताबें देख रहा है?"

"हाँ वो वर्मा मैडम से... ट्यूशन ले रहा हूँ न।"

"तुझे ट्यूशन की ज़रूरत है यह तूने मुझे क्यों नहीं कहा, उसे पैसे कौन देगा?"

"अरे माँ... पैसा नहीं चाहिए उन्हें। वर्मा मैडम ने कहा है कि मुझे हिंदी पढ़ने की ज़रूरत नहीं है। वह मुझे आगे के लिए तैयार करा रही हैं। आगे का साहित्य जो बड़े लोग पढ़ते हैं... तो ट्यूशन है, पर ट्यूशन जैसी नहीं है।"

"हिंदी छोड़ गणित पर ज़्यादा ध्यान दे। उसमें तू तीन टाँग का स्टूल है, कभी भी गिर जाएगा।"

यह कहकर उसकी माँ चली गईं।

उसके दिमाग़ में वह और वर्मा मैडम दोस्त थे। पर वर्मा मैडम जब भी हँसते हुए उसके कंधे पर या जाँघों पर हाथ रख देतीं तो वह काँप जाता। या कभी क्लास में पढ़ाते हुए रोहित अगर कोई सही जवाब दे देता तो कुछ इस क़दर वर्मा मैडम मुस्कुरातीं कि उसका हृदय अपनी एक धड़कन धड़कना भूल जाता। उसे लगने लगा था कि आजकल वर्मा मैडम उसकी लिखी अलग-अलग लेखकों की कविताओं से बोर होने लगी हैं। उसे कुछ और करना पड़ेगा। क्या वह मोटी-मोटी किताबें पढ़ना शुरू कर दे? उसने कोशिश भी की, पर कुछ ही वाक्य पढ़कर उसे नींद आने लगती थी।

रोहित एक दिन अपनी डायरी के पन्ने पलट रहा था और एक कोरे पन्ने पर पहुँचकर उसने लिखा- 'मैं पतंग हूँ...' और देर तक उस वाक्य को देखता

रहा। दिन भर वह इधर-उधर भटकते हुए बार-बार अपनी डायरी पर वापस आता और उस वाक्य को घूरता रहता। इतवार की दोपहर में जब पूरा घर सो रहा था, उसने उस एक वाक्य को आगे बढ़ाया और बहुत-सी काट-छाँट के बाद, उसने अपने जीवन की पहली कविता लिखी। उसके उत्साह का ठिकाना नहीं था। वह इस कविता को तुरंत वर्मा मैडम को सुनाना चाहता था। पर वर्मा मैडम के पास जाने के पहले वह आईने के सामने खड़ा हुआ। पहली कविता थी, उसे लगा कि उसे एक बार कविता सुनाने का अभ्यास कर लेना चाहिए...

"मैं पतंग हूँ जिसे अपने उड़ने पर गुमान है।
क्योंकि मेरे सामने हँसता-मुस्कुराता आसमान है।
क्या तुम वह धागा हो जिससे मैं बँधा हूँ?
या वह हाथ हो जिससे मैं सधा हूँ?
जब कट जाऊँगा तो बहुत दुख होगा।
पर इसमें क़सूर किसका होगा।
तुम धागा होना,
हाथ मत होना,
कट जाने के बाद कुछ दूर मुक्त साथ उड़ेंगे।
खुले आसमान में नाचते हुए हम इश्क़ से जुड़ेंगे।"

उसे लगा कि उसने भवानीप्रसाद मिश्र, सर्वेश्वरदयाल सक्सेना, रघुवीर सहाय, दुष्यंत कुमार से कहीं अच्छा कुछ लिख दिया है। उसने अपनी डायरी हाथ में ली और छत की तरफ़ भागा। उसने अपनी छत फाँदी और वर्मा मैडम की छत के दरवाज़े से होता हुआ सीधा उनके घर में पहुँच गया। उसने धीरे से आवाज़ लगाई-'मैडम'- पर कोई जवाब नहीं आया। बाल्टी में पानी के गिरने की आवाज़ आ रही थी। वह उस आवाज़ की तरफ़ गया तो देखा बाथरूम में पानी की बाल्टी भर रही है... वहाँ वर्मा मैडम नहीं थीं। वह नहाने के बाद आईने के सामने खड़े होकर अपना बदन पोंछ रही थीं। जब तौलिया हटा तो उसने देखा उन्होंने शरीर पर कोई भी कपड़ा नहीं पहना हुआ है। वह जड़ वहीं खड़ा रहा। उसने कभी ख़ुद को भी बिना कपड़ों के नहीं देखा था। उसकी निगाह देर तक वर्मा मैडम के 'स्तनों' पर रहीं, फिर वह उनके पूरे शरीर को निहारने लगा।

उनका पूरा शरीर ऐसा लग रहा था मानो वह किसी ख़ूबसूरत मूर्ति को देख रहा हो। कुछ देर बाद उसके मुँह से अनायास निकल गया- 'वर्मा मैडम'। उन्होंने पलटकर देखा और एक चीख़ के साथ उन्होंने तौलिया लपेटकर रोहित के मुँह पर दरवाज़ा बंद कर दिया। रोहित तेज़ी से भागता हुआ अपने घर पहुँचा और ख़ुद को अपने कमरे में बंद कर दिया। रात को जब माँ उसके कमरे में गईं तो उसका पूरा शरीर गर्म था और वह काँप रहा था। रोहित को कई दिनों तक डर और बुख़ार के बीच की बीमारी ने घेर रखा था। वह जब भी घर से बाहर निकलने के बारे में सोचता तो उसका शरीर काँपने लगता और बुख़ार बढ़ जाता। वर्मा मैडम की गीली नग्न देह उसके ज़ेहन में चिपक गई थी।

"कल तेरी मैडम पूछ रही थीं तेरे बारे में..." माँ खाना लेकर आई थीं।

"क्या कह रही थीं?" रोहित के पूछने में इतनी ऊर्जा थी कि उसकी माँ को लगा कि कहीं वह बीमार होने का नाटक तो नहीं कर रहा था। उन्होंने उसका माथा देखा जो अभी भी गर्म था।

"वह शहर जा रही थीं कुछ दिनों के लिए तो पूछ रही थीं कि तू बहुत दिनों से दिखा नहीं।"

"कब जा रही हैं वो?"

"वो तो गईं कल।"

शाम तक रोहित का बुख़ार उतर गया था। वह अपनी छत पर, माँ के हाथ की बनी ख़राब चाय लिए टहल रहा था। उसका अपनी छत पर मन नहीं लग रहा था। वह कूदकर वर्मा मैडम की छत पर गया और अचानक माँ के हाथ की ख़राब चाय उसे स्वादिष्ट लगने लगी। वह छत पर वर्मा मैडम के घर को जाने वाले दरवाज़े से टिककर खड़ा हो गया। उसे लगा कि यह स्वर्ग का द्वार है। कुछ ही दिनों पहले उसने इसी दरवाज़े से होते हुए वह देखा था जिसकी वजह से उसे आजकल गीले सपने आते थे। उसने उस दरवाज़े को चूमा और अपनी आँखें बंद कर लीं।"

कहानी में रोहित दरवाज़े को चूम रहा था और मुझे वर्मा मैडम की चिंता होने लगी। क्या मैं उन्हें लिख सकता हूँ? क्या मुझे अपने लिखे पात्र की इतनी चिंता करनी चाहिए? क्या मुझे अपने लिखे की भी इतनी चिंता करनी चाहिए? मैंने लैपटॉप बंद किया और आसरा पाने किचन में चला आया। शरीर आदतन चाय का बर्तन गैस पर चढ़ा रहा था और मेरे दिमाग़ में वर्मा मैडम का तौलिया लपेटकर भागना बार-बार कौंध रहा था।

लिखे हुए की ख़ुशबू, रातरानी की तरह अचानक कहीं से आती है। उस ख़ुशबू के ग़ायब होने के ठीक पहले लेखक थोड़ा नाच लेता है। यही लेखक की रोटी है।

हम सबका जीना बिलकुल एक जैसा है- एक सीधी-सपाट धरा-सा, जिस पर समझौतों की धूल जमी रहती है। अपने लिखे में हम उस धूल की परत को चीरकर, जैसे-तैसे भीतर दाख़िल होते हैं और ख़ुद के जिए हुए का एक बीज भीतर छोड़ आते हैं। फिर समझौतों से भरी ज़िंदगी में बैठे हुए प्रतीक्षा करते हैं-एक तेज़ बारिश की, जो हमारे जिए हुए के बीज को भिगो दे। हमें एक क़िस्से का पौधा उगता हुआ दिखे जिसे हम अपनी कल्पना से इतना सींचे कि वह कहानियों का बरगद बन जाए और एक दिन वह हमें भी छाया दे और जो इसे पढ़ रहा हो उसे भी।

चाय हाथ में लिए मैं देर तक उस जिरह को मज़बूत करता रहा जो मुझे किसी एक रात वर्मा मैडम से करनी ही पड़ेगी। चाय का सिप लेते ही लगा कि काश अंतिमा को अभी बता पाता कि आजकल मैं कितनी कमाल चाय बनाने लगा हूँ। बालकनी में आया तो देखा कुछ नये फूल आए हुए हैं- गमलों में। हमें ये छोटी चीज़ें कितनी प्रसन्नता से भर देती हैं! फूल का आना असल में कितना सुखद आश्चर्य है! मैं देर तक लाल सफ़ेद फूलों को हौले से छूता रहा।

Laura Marling, Daniela Andrade, Alexi Murdoch, Cliff Richard, Keren Ann, Simon & Garfunkel, John Prine, Leonard Cohen इन सबके गानों की एक लिस्ट निकाली और उन्हें रिपीट पर लगा दिया। सूरज बिल्डिंगों के पीछे छुपता चला जा रहा था। हल्की हवा

में बाहर का माहौल इतना ख़ूबसूरत था मानो किसी ने शाम होने की एक सुगंध चारों तरफ़ फैला रखी हो। आज फिर इच्छा थी कि वहाँ वॉक पर जाऊँगा जहाँ रातरानी की ख़ुशबू अचानक कहीं से आती है और कहीं ग़ायब हो जाती है। अंतिमा अभी क्या कर रही होगी? अभी उससे मिलने की बहुत ज़्यादा इच्छा हो रही है। इच्छा हो रही है कि जो भी लिखा है उसे सुना दूँ या उसे सुनाने की इच्छा से उससे मिलूँ और अंत में कुछ भी न सुनाऊँ। एक बच्चे-सी शरारत है भीतर... बार-बार नाचने का मन हो रहा है। हमारे देश में लेखक की यही कमाई है। ऐसे ही कुछ क्षण जिसमें रातरानी की ख़ुशबू उसे अचानक कहीं से आती है और फिर कुछ वक़्त बाद ग़ायब हो जाती है और इसके बीच में वह अकेले नाच लेता है। यही लेखक की रोटी है।

- - -

पवन किचन में पास्ता बना रहा था और मैं उस खुले हुए किचन के बार-स्टूल पर बैठा उसकी बातें सुन रहा था। तभी अरु मेरे लिए whiskey बनाकर लाई।

"बताइए हमारी ख़ास दोस्त ने आज तक हमारे लिए ड्रिंक नहीं बनाया कभी।" पवन ने मज़ाक़िया अंदाज़ में कहा।

"आपकी वाइन आपके बग़ल में रखी है।" अरु ने इशारे से पवन को वाइन दिखा दी। मुझे whiskey का एक घूँट मारते ही लगा कि बहुत स्ट्रांग ड्रिंक है। मैंने अपनी ड्रिंक में थोड़ा पानी मिला लिया।

"स्ट्रांग है?" अरु ने पूछा।

"अब ठीक है।"

"आइए मैं आपको अपना घर दिखाती हूँ।"

अरु का घर बहुत खुला हुआ था। किचन एक बड़े से हॉल का ही हिस्सा था, एक तरफ़ बड़ी-सी खिड़की थी और दूसरी तरफ़ दरवाज़ा था जिससे छत पर जाया जा सकता था। अरु के घर में छत थी जिसमें झूला लगा हुआ था, मुंबई में ख़ुद का टैरेस बहुत कम लोगों के पास होता है। पीछे की तरफ़ दो बेडरूम थे जिसे मैंने सरसरी नज़र से देखा और एक अच्छे मेहमान की तरह हर जगह की तारीफ़ करता चला, "आपका टैरेस बहुत ज़्यादा ख़ूबसूरत है।" मैंने वापस अपने बार-स्टूल पर बैठते हुए कहा।

"तुम्हें क्या लगता है कि मैंने इनसे इतनी दोस्ती क्यों बढ़ा रखी है?" पवन ने कहा।

"और अगर पास्ता अच्छा नहीं बना तो हमारी दोस्ती दाँव पर भी लग सकती है।" अरु ने कहा।

इस बात पर पवन ने दोस्ती और प्रेम के ऊपर कुछ मज़ाक़िया शे'र कहे जिस पर मैं दाद देता रहा। अरु बार-बार मुझसे मुख़ातिब होती और मैं बात मोड़कर पवन को भी हमारी बातचीत में शरीक कर लेता। यूँ भी बातचीत के सिरे ज़्यादा पवन के हाथ में ही थे और उसके क़िस्सों को रोकना बहुत मुश्किल काम था।

"इस स्थिति को यूँ समझो... BC यानी बिफ़ोर कोरोना, हम सब एक रॉक बैंड सुन रहे थे, फ़ुल वाल्यूम पर। न हमें शब्द समझ आ रहे थे और न ही ये कि गा कौन रहा है। बस धम... धम... धम... धम... कुछ हो रहा है जिस पर हम सबको नाचने और enjoy करने को कहा गया है। पूरी दुनिया इस happiness और success के मंत्र का जाप करती हुई एक ट्रांस में थी। तभी इस पेंडमिक ने आकर pause का बटन दबा दिया। अब हम सब बौराने लगे। हमने इतना silence कभी महसूस ही नहीं किया था। अब नेचर नाच रहा है और हम घरों में बंद, नेचर को कैसे वापस उसके घुटनों पर ले आएँ, ये प्लान बना रहे हैं।"

पवन की इस थ्योरी पर मैं हँसा, पर अरु ने कहा, "यह ग़लत है। हर आदमी अपनी क्षमता से अच्छे-से-अच्छा जीने की कोशिश करता है। हम इस तरह सारे लोगों को जज नहीं कर सकते हैं।"

मैं अगले पेग पर था। मुझे बहुत दिनों बाद एकदम से हल्का महसूस हुआ। कुछ देर के लिए मैं यह भी भूल गया कि हम किस तरह के दौर से गुज़र रहे हैं। पवन और अरु की बहस से मैं दूर था, पर मुझे उनकी बातों में बहुत आनंद भी आ रहा था। तभी मुझे लगा कि अरु के बेडरूम में कुछ हरकत हुई। उसके बेडरूम का दरवाज़ा आधा खुला हुआ था। मैंने ध्यान दिया तो कुछ फिर हिलता हुआ दिखा। शायद कोई बहुत ही पतला कुत्ता अरु ने पाल रखा है। पर जब वह अपना घर दिखा रही थी, तब वह मुझे क्यों नहीं दिखा था? मैंने अपने सिर को झटका और उस विचार को अपने दिमाग़ से बाहर किया। तभी

उसके बेडरूम का दरवाज़ा एक झटके में बंद हो गया। मुझसे रहा नहीं गया। मैंने अरु से पूछा, "क्या तुमने कोई जानवर भी पाल रखा है?"

"नहीं... इच्छा तो बहुत है, पर एक बिल्डिंग की बिल्ली है जो आजकल मेरे साथ ही सोती है।"

मैंने अपना पेग ख़त्म किया और सोचा अब नहीं पीऊँगा। मुझे लगने लगा कि इतने महीनों घर में अकेले रहने के कारण कहीं मैं लोगों के बीच रहने का हुनर तो नहीं गँवा बैठा हूँ? मैंने कुछ देर में ख़ुद को बाथरूम में पाया। तीसरा पेग मुझे शुरू नहीं करना था। इच्छा हो रही थी कि एक बार अरु के बेडरूम का दरवाज़ा खोलकर देख लूँ। मैंने अपने चेहरे पर पानी मारा। कुछ गहरी साँसें भीतर लीं और ख़ुद को मन-ही-मन गालियाँ दीं। बाहर आया तो सीधा अरु और पवन की तरफ़ जाने के बजाय मैं अरु की बुक-शेल्फ़ पर कुछ देर रुक गया। मेरी निगाह गैब्रिएल गार्सिया मार्केज़ की किताबों पर पड़ी- 'वन हंड्रेड इयर्स ऑफ़ सॉलिट्यूड', 'लव इन द टाइम ऑफ़ कॉलरा'। मैंने 'लव इन द टाइम ऑफ़ कॉलरा' उठाई और उसके पन्ने पलटने लगा। फ्लोरेन्तीनो अरीसा, प्रेम और उसके इंतज़ार का एक लंबा जीवन। क्या वर्मा मैडम मेरे लिए फ़रमीना दासा हैं (उपन्यास की नायिका) जिनका इंतज़ार मैं सालों-साल करता रहा और हर किसी में मैंने उन्हें ही खोजने की कोशिश की है। मैं अंतिमा के बारे में सोचने लगा कि तभी अरु मेरे पास आकर खड़ी हो गई। पहली बार मेरी निगाह अरु के ख़ूबसूरत बालों पर पड़ी। उसके बाल घुँघराले थे जिसके छल्ले उसके कानों के आस-पास यूँ लटक रहे थे मानो उसने झुमके पहन रखे हों। अरु का शरीर पतला और लंबा था। कुछ ऐसा शरीर जो कुछ भी पहन ले अच्छा ही लगेगा।

"मुझे मार्केज़ की ये किताब सबसे ज़्यादा पसंद हैं।"

अरु ने कहा और मैंने मुस्कुराकर वह किताब वापस रख दी। जो किताबें मुझे बहुत पसंद हैं, उनका ज़िक्र मैं कम ही लोगों से करता हूँ। मुझे हमेशा लगता है कि मेरे और मेरी पसंदीदा किताब के बीच एक बहुत ही निजी संबंध बन गया है, उसके बारे में बात करके मैं उस किताब का इस्तेमाल लोगों को अपनी तरफ़ आकर्षित करने के लिए कर रहा हूँ। यह मेरी मूर्खता है, पर यह मेरे भीतर कहीं बह रही होती है, सो मैं अपनी पसंदीदा किताबों के नाम के

आगे के सारे संवाद स्थगित रखता हूँ।

"आपको कैसी लगती है उनकी यह किताब?" अरु ने पूछा।

"अच्छी है। मैं आपके बारे में बिलकुल नहीं जानता हूँ। आप क्या करती हैं? अभिनय के अलावा?"

"ऐसा जानने लायक़ कुछ नहीं है। मैं पहले स्टेट बैंक में जॉब करती थी। हमेशा से लिखना चाहती थी, पर कुछ-न-कुछ था जिसे करना रह जाता था। फिर मेरे पिता की अचानक मृत्यु हो गई और कुछ भीतर से बदल गया। अब जो सामने आता है, सारा कुछ करना चाहती हूँ। सॉरी, मुझे अपने बारे में बात करना थोड़ा अजीब लगता है।"

मैंने पवन की तरफ़ देखा कि वह क्या कर रहा है। अरु को लगा कि मैं अपना ड्रिंक देख रहा हूँ। वह किचन से मेरा ड्रिंक उठा लाई। मैंने पेग लिया और फिर अपनी पूरी असहजता में अलमारी की किताबों को देखता रहा। मेरे पास कहने को कुछ भी नहीं था। तभी अरु ने मेरी दोनों किताबों की तरफ़ इशारा किया जो मार्केज़ की किताबों के ठीक बाद रखी हुई थीं।

"अरे मेरी किताबों को इन महान किताबों के साथ मत रखो, ये उस लायक़ नहीं हैं।"

मैं यह कहना नहीं चाहता था, पर मेरे पुराने लेखन को लेकर मेरे भीतर एक कड़वाहट रहती थी, सो इस तरह के वाक्य मेरे मुँह से निकल जाया करते थे।

"आप ऐसा क्यों कहते हैं! मेरी कुछ बहुत पसंदीदा किताबों में से हैं आपकी ये दोनों किताबें, और यह देखिए आपने क्या लिखा है!"

अरु ने किताब उठाई और मुझे दिखाया। मुझे यक़ीन नहीं हुआ कि मैंने सच में यही लिखा था। मैंने अरु को यूँ देखा मानो कह रहा हूँ कि इस बात के लिए मैं माफ़ी भी नहीं माँग सकता हूँ। उसने मुझे क़लम दिया और मैंने अपने लिखे झूठ को काटकर लिखा, "अपने झूठ को काट दिया है, धन्यवाद आपका!" इससे पहले कि अरु देख पाए मैंने क्या लिखा है, मैंने किताब को बंद करके बुक-शेल्फ़ में वापस रख दिया।

"क्या खिचड़ी पक रही है दोनों की?" पवन ने किचन में से आवाज़ लगाई।

"तुम्हारा पास्ता पक गया कि नहीं?" अरु ने तपाक से जवाब दिया।

"एकदम।"

रात में हवा अच्छी चल रही थी। हम तीनों छत पर आ गए थे। यहाँ से समुद्र का भी कुछ हिस्सा नज़र आता था। पवन ने बहुत अच्छा पास्ता बनाया था। मैं अपना तीसरा ड्रिंक ख़त्म कर चुका था। अरु ने इशारे से पूछा कि एक छोटा ड्रिंक और चलेगा? मैं मुस्कुरा दिया। ख़ुद की सुध खो देने में एक आनंद है। जब होश में रहता हूँ तो पछताता हूँ, पर तीसरे पेग के बाद लगता है कि इतना होश भी क्यों बचा रहे। मैं अब अपने चौथे ड्रिंक पर था। अरु सिगरेट बहुत पीती थी। मैं बीच-बीच में कुछ कश उससे ले लेता। पवन अपनी सिगरेट पर रहता था, अगर उससे एक कश माँग लो तो वह पूरी सिगरेट आपको थमा देता था। इतने दिनों बाद एक सामान्य-सी शाम बीत रही थी- खाना, अच्छे दोस्त और दारू। अरु के पास से लेखन की ख़ुशबू आती है। उसमें कुछ बात है जो बेहद सहज है। उसके अगल-बग़ल आप अपनी ख़ामोशी में भी रह सकते हो। पवन छत के झूले पर पसरा हुआ पड़ा था। मैं खिसकते हुए अरु के पास आकर बैठ गया। अरु एक अच्छी होस्ट की तरह बार-बार सबसे पूछती रहती कि कुछ चाहिए कि नहीं।

"आपको पता है कि अरु कितनी कमाल की कविताएँ लिखती हैं!" पवन ने मेरी तरफ़ मुख़ातिब होकर कहा।

"मुझे लगा ही था कि आप अच्छा लिखती होंगी।" मैंने अरु से कहा।

"अरु एक कविता हो जाए।" पवन ने हाथ जोड़ते हुए कहा।

"बिलकुल भी नहीं... और इनके सामने तो बिलकुल भी नहीं।" अरु ने कहा।

"अरे तुमने इनकी कविताएँ पढ़ी हैं। इन्हें भी जानने का हक़ है कि तुम कैसा लिखती हो।" पवन ज़िद पर आ गया।

"मैं समझता हूँ। कई बार कविता सुनाना अजीब हो जाता है, रहने दीजिए।" मैं कविता के सुनने-सुनाने को टालना चाह रहा था।

"मुझे याद है इसकी एक कविता... मैं सुनाता हूँ।" पवन यह कहते हुए झूले पर उठकर बैठ गया।

"बिलकुल नहीं।" अरु ने कहा।

"रहने दो पवन।" मैंने भी जोड़ा, पर पवन अपनी ज़िद पर था। उसने कुछ शब्द कहने शुरू ही किए थे कि अरु ने उसे टोक दिया।

"रुक जाइए आप... मैं सुनाती हूँ... वरना ये पूरी कविता का कचरा कर देंगे।"

"वाह! ये हुई न बात।" पवन ने विजयी मुस्कान दी। अरु ने मेरी तरफ़ देखा।

"सुनाइए।" मैंने मुस्कुराते हुए कहा। अरु ने सिगरेट का एक गहरा कश लेने के बाद अपनी कविता कही-

"पढ़ना, रुकना होता है
थम जाना और देखना किसी का आपकी तरफ़ आते हुए
पढ़ना, कहीं जाना नहीं है
पढ़ना, उस जगह का आपके पास आना है
जैसे कुछ लिखा पढ़ो तो अतीत के किसी कोने में...
हम इसे लिख रहे थे, का दृश्य मिलने आता है आपसे
जो वाक्य पहली बार पढ़ रहे थे
उसका विन्यास अपनी धमनियों में दौड़ता दिखता है
ये जो बाहर है वो तो कब से भीतर ही था पड़ा हुआ
जो नहीं था वो भी दिखने लगता है
कुछ कमरे, बिखरा पड़ा अरण्य, गुप्त तहख़ाना, सारा कुछ इसी घर का हिस्सा थे
और हम पूरी ज़िंदगी इस घर को बाहर से सजाने में व्यस्त रहे।"

अरु ने अपनी कविता पूरी की और मैं स्तब्ध-सा उसे देखता रहा। मैंने एक बार और सुनने का आग्रह किया। मुझे नहीं पता था क्यों? पर कुछ था इन शब्दों में और उन शब्दों से बने चित्र में कि मैं अवाक्-सा अरु के मुँह से उन शब्दों का झड़ना ताकने लगा था। मुझे लगा कि यह शब्द मेरे भीतर बहुत वक़्त से हरकत कर रहे थे। मैं यह कविता लिख सकता था और अभी सुन रहा हूँ। अरु ने अपनी कविता कहना शुरू किया। तभी मुझे पैरों की टाप सुनाई दी। भीतर के कमरे से एक हिरन उछलकर छत पर, हमारे बीच खड़ा हो गया। मैंने अरु को देखा। वह अपनी कविता सुनाने में मग्न थी। पवन अपनी

अगली सिगरेट जला रहा था। मैं कविता सुन रहा था और उस हिरन को देख रहा था जो धीरे-धीरे मेरी तरफ़ बढ़ता जा रहा था। जब वह हिरन मेरे बहुत क़रीब आ गया, तब मैंने अपना हाथ उसके माथे पर रख दिया। मुझे ऐसा लगा कि मैंने कुछ बहुत अपना छुआ है... निजी। मैंने अपनी आँखें कुछ यूँ बंद कीं मानो किसी ने मेरे माथे पर हाथ रख दिया हो। मैं इस हिरन को जानता था और वह मुझे।

मैंने जब अपनी आँखें खोलीं तो सब कुछ एकदम शांत था। मेरा हाथ अभी भी हवा में झूल रहा था। अरु मेरे बग़ल में बैठकर मुझे देख रही थी और पवन अपने झूले से। मैंने अपना हाथ नीचे किया।

"बहुत अच्छी कविता थी। तुम बहुत अच्छा लिखती हो।"

मैंने कुछ ऐसे कहा कि मानो मैं उसकी कविता सुनने में मग्न था और हाथ का हवा में तैरते रहना इस बात का सबूत था। अपने आख़िरी पेग को मैंने एक झटके में ख़त्म किया और दोनों से विदा कहा। पवन बहुत नशे में था। उसकी झूले से उठने की हिम्मत नहीं थी, पर वह वहीं से मुझे रोकने की कोशिश करने लगा। अरु ने ज़्यादा कुछ नहीं कहा। वह मुझे दरवाज़े तक छोड़ने आई। मैंने लिफ़्ट का बटन दबाया और हम दोनों लिफ़्ट के आने का इंतज़ार करने लगे। यह वक़्त बहुत अजीब होता है।

"आपको कविता सच में अच्छी लगी?" अरु ने उस असहजता को तोड़ा।

"हाँ, सच में बहुत अच्छी थी।"

"अब तो आपने घर देख ही लिया है। यहाँ शामें बहुत कमाल होती हैं। अगर कभी कॉफ़ी पीने का मन करे तो बेझिझक आ जाइएगा।"

"बिलकुल।"

लिफ़्ट में घुसते ही मैंने जल्दी से बटन दबाया और लिफ़्ट छठवें माले से नीचे की तरफ़ चल दी। मैं अरु के उजाले को छूटता हुआ देख सकता था। मैं अपने गहरे अँधेरे में धँसता जा रहा था। शून्य पर पहुँचते ही मैंने लिफ़्ट का दरवाज़ा खोला और अपने घर की तरफ़ लड़खड़ाते हुए चलने लगा।

एक मौन का धब्बा शरीर में किसी जगह
महसूस होता है,
शायद वहाँ जहाँ से रोंगटे खड़े होते हैं।
धीरे-धीरे वह मौन पूरे शरीर में पसरने लगता है।
नींद का आना
दिन भर की सबसे सुखद घटना प्रतीत होती है।

बिस्तर पर आँखें बंद किए पड़ा रहता हूँ। शरीर एक मशीन-सा बंद पड़ने लगता है। जैसे पहाड़ों में आवाज़ गूँजकर आपके पास वापस आती है, ठीक वैसे ही दिन भर के जिए हुए की आवाज़ें अभी भी किसी निरर्थकता के पहाड़ से टकराकर वापस आ रही थीं। छिपकली, हरा धागा, पिता की साँसें, हिरन, गर्दन पर गहराता तिल। इन शब्दों को लेटे-लेटे सुनता हूँ तो लगता है, यह मशीन कितनी आवाज़ करने लगी है! फिर एक मौन का धब्बा शरीर में किसी जगह महसूस होता है... शायद वहाँ जहाँ से रोंगटे खड़े होते हैं और धीरे-धीरे वह मौन पूरे शरीर में पसरने लगता है। नींद का आना दिन भर की सबसे सुखद घटना प्रतीत होती है।

शायद अंतिमा कोई नहीं है। वह असल में एक तिल है जिसे दिसंबर की सर्दियों में, दिल्ली में मैंने किसी के मफ़लर से झाँकते हुए देखा था। शायद पवन बचपन में मेरी उँगली में फँसी हुई एक फाँस है जिसे मैं अब इस उम्र में आकर निकालने का प्रयत्न कर रहा हूँ। शायद अरु मेरी यात्राओं में कहीं कैफ़े में बैठी वह लड़की थी जो मार्केज़ की 'लव इन द टाइम ऑफ़ कॉलरा'

पढ़ रही थी और उससे बात करने की हिम्मत में मैं बस उससे अपनी सिगरेट जलाने के लिए लाइटर ही माँग पाया था। शायद पिता बहुत पहले नहीं रहे थे और अब उनसे जिए संबंध की ग्लानि पूरी कहानी में पसरी पड़ी है। शायद मैं अभी भी रोहित ही हूँ। शायद मैं अभी भी वर्मा मैडम के तौलिया में कहीं लिपटा पड़ा हूँ, जबकि वर्मा मैडम किसी पढ़े हुए उपन्यास का कोई पात्र थीं। तभी हिरन की डरी हुई आँखें दिखती हैं और उस आँख में सारा भीतर बाहर पड़ा दिखता है और सारा बाहर भीतर तक झंझोड़ देता है।

कई दिनों की सफ़ाई बची हुई है। बाथरूम में कपड़े दिखते हैं और मैं फिर बात कल पर टाल देता हूँ। बस एक भूख है जो किचन में सारा काम सही वक़्त से करवा लेती है। कभी मैं चिड़िया को देखने में व्यस्त हो जाता हूँ तो कभी कोई कौआ पानी पीने की इच्छा से बालकनी पर मँडराता दिखता है और मैं उससे नज़र नहीं हटा पाता हूँ। संसार किस क़दर सूक्ष्म हो चुका है कि हर छोटी चीज़ बड़ी जान पड़ती है और जो बड़ी हरकतें पूरे विश्व में हो रही हैं, उनका हम पर असर जाता रहा है। बहुत-सी अजीब ख़बरें चारों तरफ़ से आती रहती हैं। लोगों में कुछ अप्रत्याशित होने की लालसा उबलती दिखती है। अपने मनोरंजन के लिए हम चाहते हैं कुछ और घटित होता रहे जिसकी व्यस्तता में हम अपने होने के निशान ढूँढ़ सकें। हर व्यक्ति अपनी शिरकत चाहता है। वह महज़ दूर बैठकर घटनाओं का गवाह भर नहीं बना रहना चाहता है। उस शिरकत में वह हर उस अफ़वाह को आगे बढ़ाना चाहता है जिसकी त्रासदी सीधा उससे न जुड़ी हो। जबकि सारा कुछ हम सबसे जुड़ा हुआ है। हम अगर थोड़ा-सा दूर हटकर देखें तो कितना विरोधाभास है- हमारी कथनी और करनी में। मैं जितना भी चीज़ों से दूर रहना चाहता हूँ, ख़ुद को हर बार उसके बीच में पाता हूँ। ऐसी स्थिति सलीम को फ़ोन करने के बाद ज़्यादातर पैदा हो जाती है। उसे हर विपदा को पढ़ना और उसके हर पक्ष को मुझसे साझा करना बहुत पसंद है। मैं बिना ज़्यादा भागीदारी के उसकी सारी बातें सुनता रहता हूँ। क्योंकि मेरी सारी भागीदारी मेरे मेजॉरिटी के होने के पक्ष से आती है। उसका मुसलमान होना मेरे सारे संवादों को छोटा कर देता है। सलीम की अच्छी बात यह है कि वह मेरी तरह ही नास्तिक है तो हम दोनों के संवाद अंत में एक किनारा पा लेते हैं।

मुझे बहुत देर से लग रहा था कि कुछ कमी है, तभी याद आता है कि संगीत नहीं सुनाई दे रहा है। सारे सुने हुए गानों को फिर से लगा देता हूँ और लगने लगता है कि अभी हर चीज़ अपने सम पर आ गई है। मैं वर्मा मैडम की कहानी पर जाना चाहता हूँ, पर कहानी लिखने की प्रक्रिया में अब वर्मा मैडम की हिस्सेदारी ज़रूरी है और वह नदारद हैं। वह कहानी में शहर गई हुई हैं और वापस आने का नाम नहीं ले रहीं। मैं हर रात उठकर बैठक में घड़ी देखता हूँ तो तीन बजकर दस मिनट चूक गया होता है। एक अंधविश्वास-सा भीतर घर कर गया है कि जब तक तीन दस पर नहीं उठूँगा कहानी आगे नहीं बढ़ेगी। तीन दस असल में एक क़िस्म की अनुमति है जो पिछले कई दिनों से मैं वर्मा मैडम से माँग रहा हूँ, कहानी आगे बढ़ाने के लिए। वह ज़िद्दी हैं और मेरे पास, अपने पात्र से ईमानदार होने के अलावा कोई दूसरा रास्ता नहीं है।

पिता का फ़ोन आया। वह कह रहे थे कि पूरे देश को स्वर्ग की बद्दुआ लगी है। मुझे यह बात समझ नहीं आई। मैंने पूछा, "स्वर्ग की कैसे?" वह कहने लगे कि कश्मीर स्वर्ग है और हम सबने उसको नोंच खाया है, उसकी बद्दुआ तो लगेगी।

सलीम बताता है कि अख़बार में कहीं भी कश्मीर का ज़िक्र हो तो पिता कई बार उस ख़बर को पढ़ते हैं, फिर दिन भर अख़बार में कश्मीर के चित्र को ताकते रहते हैं, मानो उस ख़बर में ख़ुद का होना टटोल रहे हों। ठीक-ठीक कश्मीर में उनके साथ क्या हुआ था किसी को नहीं पता था। आख़िरी बार जब कश्मीर में वह अपना एकमात्र मकान कुछ कौड़ियों के दाम बेचने गए थे, तब कुछ बहुत अज़ीज़ दोस्तों के फ़ोन नंबर ले आए थे, पीले रंग की छोटी-सी डायरी में, जो हमेशा उनके तकिए के नीचे रखी होती। वह कभी-कभी उसे निकालते और अपने दोस्तों से कश्मीरी में जिरह करते। शायद वह उनसे बात ही करते हों, पर उनकी आवाज़ में इतना उत्साह होता कि हमें लगता कि किसी से लड़ाई चल रही है। बात ख़त्म होने पर उनका चेहरा लाल हो चुका होता, मानो बातों में कश्मीर उनके चेहरे पर बचा रह गया हो। मेरी बहुत इच्छा थी कि मैं कश्मीरी सीखूँ, पर पिता इसके सख़्त ख़िलाफ़ थे। उन्होंने कहा कि अगर सीखना है तो अँग्रेज़ी सीखो। उन्होंने कभी मुझसे कश्मीरी में बात नहीं की और मुझे पूरी ज़िंदगी अँग्रेज़ी से नफ़रत रही। किन्हीं दोपहरों में कई ख़त वादियों से

आते थे- उर्दू में लिखे हुए। मुझे उर्दू में लिखे ख़त इतने ख़ूबसूरत लगते, मैं उन्हें उलट-पलटकर देखता रहता। पिता अपनी ख़ुफ़िया अलमारी में उस ख़त को रखने के पहले, कुछ देर मुझे उससे खेलने देते थे। वह मेरे पिता थे और हमारे घर में ही उनका एक गोपनीय संसार था। जब भी वह अपनी ख़ुफ़िया अलमारी खोलते हमें उस गुप्त संसार के चिह्न दिख जाया करते थे। जब भी मैंने उनसे कश्मीर पर सवाल किए, वह ज़्यादा से ज़्यादा बर्फ़ और आसमान का ज़िक्र करते। बाक़ी किसी भी बात पर वह उठकर बाथरूम चले जाते और बातों का सिलसिला वहीं ख़त्म हो जाता। जब तक माँ थी मेरी लड़ाई में मैं हमेशा कश्मीर के बारे में सवाल करता और माँ मुझे डाँटकर चुप करा देतीं। मेरी माँ की आँखों में भी कश्मीर को लेकर कई कोरे पन्ने थे, पर वह उन कोरे पन्नों को कोरा ही रहने देना चाहती थीं। माँ के चले जाने के बाद पिता की तबियत बिगड़ती गई और हमारे बीच से बचा-खुचा कश्मीर भी जाता रहा। आजकल वह गाहे-बगाहे कश्मीर का ज़िक्र छेड़ देते थे।

माँ की मृत्यु के बाद मैं उन्हें मुंबई ले आया था। हम दोनों इस नतीजे पर बहुत जल्दी पहुँच गए कि साथ नहीं रहा जा सकता है- ख़ासकर मुंबई के इन छोटे घरों में तो बिलकुल नहीं। वह वापस गाँव चले गए। सलीम रिक्शा चलाता था। जल्द ही वह उनका पर्सनल रिक्शेवाला हो गया। दोनों की दोस्ती-सी हो गई और कब सलीम उनके जीवन का महत्त्वपूर्ण हिस्सा हो गया, हमें पता ही नहीं चला। मेरी सारी ज़िम्मेदारियों का बोझ सलीम ने अपने मज़बूत कंधों पर उठा लिया। शायद जो मेरा भाई मरा हुआ पैदा हुआ था, माँ के जाने के बाद वह सलीम के रूप में घर आ गया है। पहले पिता को लेकर मुझे बहुत ग्लानि होती थी, पर अब लगता है कि इस व्यवस्था से हम दोनों का एक-दूसरे के प्रति स्नेह बढ़ गया है। वह सलीम से मेरे हाल-चाल पूछ लेते और मैं सलीम से उनके।

लिखने की जगह,
एक बहती नदी की तरह है,
जो दिखने में इतनी स्थिर होती है कि लगता है,
इसके ऊपर बिना डूबे लेटा जा सकता है।
पर बिना डूबे लिखा नहीं जा सकता।

अरु का मैसेज आया, आप देख रहे हैं कि हल्की बारिश हो रही है। मैं बालकनी में जाकर खड़ा हो गया, पर मुझे बारिश नहीं दिखी। हवा में ठंडक थी। मैंने मैसेज का जवाब नहीं दिया। मैं बालकनी में खड़े हुए सामने बिखरे सूनेपन को ताकता रहा। कभी-कभी अपना जिया हुआ कितना तितर-बितर लगता है! हवा में टँगा हुआ-सा एक बेतरतीब-सा पुराना दिन दिखता है और दया आती है उस पर। इच्छा होती है कि काश मेरे पास भी पिता की तरह एक ख़ुफ़िया अलमारी होती जिसमें मैं अपना सारा पुराना तरतीब से जमाकर रख देता। कम-से-कम यूँ बिखरे पड़े टँगे हुए दिन तो यहाँ-वहाँ पड़े हुए नहीं दिखते।

कुछ ही देर में मैंने ख़ुद को रात की सूनी सड़क पर चलता हुआ पाया। मेरा मन नहीं था कहीं भी, पर मेरा शरीर ख़ुद को थकाना चाह रहा था। मास्क न भूल जाऊँ के डर में मैं फ़ोन घर पर ही भूल गया था। मुंबई कभी इतनी सूनी नहीं हुई। इसकी सड़कों पर चलते हुए लग रहा था कि मैं अपने शरीर के भीतर चल रहा हूँ। चुप्पी इतनी थी कि मेरे ही पैरों की आवाज़ मेरे कानों तक ऐसे पहुँच रही थी, मानो कोई मेरे ठीक पीछे चल रहा हो। लैंप-पोस्ट की

रौशनी में मेरी परछाईं कभी आगे दिखती है तो कभी सरककर पीछे चली जाती है, कभी मैं दो हो जाता हूँ तो कभी मेरी ही परछाईं मेरा जूता खा रही होती है। कुछ कुत्ते भागते-दौड़ते यहाँ-वहाँ दिख जा रहे थे। कुछ लोग तितर-बितर से किसी अँधेरे कोने से निकलकर दूसरे अँधेरे कोने में ग़ायब हो जाते। कभी कोई पुलिस की गाड़ी निकलती तो कभी एंबुलेंस... हमारे साथ-साथ इस शहर की रातें भी कितनी बदल गई थीं! मेरे पैर आदतन ज़्यादा वीरानी और अँधेरे की तरफ़ बढ़ते जाते। कैसे सबसे ज़्यादा लोगों से भरे इस शहर में हम ख़ाली जगहों को तलाशते फिरते हैं! इन सारे बेतरतीब बीतते दिनों में मेरा पूरा शरीर लिखने की जगह लगातार तलाशता रहा था। काश मैं पहाड़ों पर होता। एक अच्छी लिखने की जगह, एक बहती नदी की तरह है जो अपने बहतेपन में इतनी स्थिर है कि उसके ऊपर बहुत आसानी से, बिना डूबे लेटा जा सकता है। मैं इस वक़्त चल कम रहा हूँ और बह ज़्यादा रहा हूँ। मुझे अरु को मैसेज कर देना चाहिए था। कोई भी थोड़ा क़रीब आता है तो लगता है कि नदी में लहरें उठने लगी हैं, भीतर की सारी स्थिरता बिखर रही है। यह कितना दोगलापन है... जब कोई व्यक्ति मेरे जीवन में प्रवेश कर रहा होता है, तब मैं उसका स्वागत करता दिखता हूँ। पर बहुत जल्द ही वह व्यक्ति ख़ुद को एक वीरान खंडहर में पाता है, जहाँ सिर्फ़ टूटी-उजड़ी इमारतें हैं- किसी युद्ध के बाद बचे हुए शहर जैसी। मैं उसे अकेले भटकता हुआ छोड़कर वहाँ से खिसक लेता हूँ। यह इतनी बार मैं कर चुका हूँ कि अपने किए हुए पर अब पछतावा भी नहीं होता है। बस घृणा होती है ख़ुद से। आजकल किसी भी नये के मिलते ही मैं घबरा जाता हूँ और प्रवेश-द्वार पर ही उसे रोक देना चाहता हूँ। मैंने अरु को दरवाज़े पर ही रोका हुआ है, पर मेरा पूरा शरीर चाहता है कि मुझे अरु को मैसेज कर देना चाहिए था। मैं ख़ुद पर खीझने लगता हूँ। 'चुप...' मैं चिल्लाता हूँ। मैं पागल हो गया हूँ क्या? अकेले एक वीरान सड़क पर 'चुप...' चिल्ला रहा हूँ। और किसे चुप रहने को कह रहा हूँ? मैं ठिठक जाता हूँ।

दूर चौराहे पर सड़क के किनारे बैठे लोग मुझे एकटक देख रहे थे। मैंने उन्हें हाथ दिखाया, पता नहीं क्यों... फिर चोरों की तरह दूसरी सड़क पकड़कर आगे बढ़ जाता हूँ। अच्छा हुआ है कि मैं मास्क पहने हुए हूँ, कोई इस तरह की हरकत में मुझे पहचान नहीं सकता है। पर मुझे पहचानता ही कौन है? एक

लेखक को इस देश में कितने लोग जानते हैं?

इस वक़्त कितना बज रहा है? कौन-सा दिन है? शायद कल अंतिमा की फ़्लाइट है दिल्ली की। जाने के पहले मैं उससे मिलना चाहता हूँ। अभी फ़ोन नहीं है और इच्छा हो रही है कि सबको फ़ोन करूँ और देर तक उनसे उनकी कहानियाँ सुनता रहूँ। आज उनका दिन कैसा गया इसका तफ़सील से ब्योरा लूँ। क्यों मैं सलीम नहीं हूँ? मेरे पिता की कल्पना का उनका बेटा मैं कभी क्यों नहीं बन पाया? मेरी माँ हमेशा मुझे टोकती थीं कि मैं थोड़ा और ठीक हो जाऊँ। मैं कभी पूरा ठीक क्यों नहीं हुआ? मैं लेखक हूँ, पर लेखक दिखता नहीं हूँ। वैसे लेखक कैसा दिखता है? मैं असल में किसी को भी दिखना नहीं चाहता हूँ और यह भी चाहता हूँ कि सब मुझे देख सकें। मैंने अपने सिर पर हाथ फेरा। एक गहरी साँस भीतर ली। अरु दरवाज़े पर खड़ी है और मैं उसका प्रवेश रोके हूँ। शायद वह भीतर नहीं आना चाहती है, पर चूँकि मैं उसे रोक रहा हूँ तो उसकी उत्सुकता भीतर आने में और बढ़ गई है। पवन मुझे पसंद है। मैं उसे धोखा नहीं दे सकता। मुझे पवन की बातें अच्छी लगती हैं, पर हमेशा लगता रहता है कि वह जैसे ही चुप हो मैं भाग जाऊँ। पवन शायद मेरी उँगली में फँसी हुई फाँस निकाल सकता है। एक जाल है जिसमें मैं हर वक़्त फँसा हुआ रहता हूँ, जो विरोधाभास के पतले तारों का बना हुआ है, तार छील देते हैं और मैं उस छिले हुए को कुरेदकर एक सच्ची कहानी तलाश रहा होता हूँ।

मैं घर से बहुत दूर निकल आया था। मैंने एक छोटी सड़क पकड़ी जो मुझे जल्दी घर पहुँचा देगी। हवा बहुत अच्छी चल रही थी। मैंने फिर एक गहरी साँस भीतर ली। मुझे ख़ुद को सँभालने की ज़रूरत हैं। मैं भटक रहा हूँ। मैं कहानी पर रहना चाहता हूँ। मैंने कहानी के बारे में सोचना शुरू किया और तभी मेरी चाल थोड़ी धीमी हुई। मैं कुछ ही देर में रुक गया। मैंने ख़ुद को एक बहुत ही पुराने, जर्जर घर के सामने खड़ा पाया। उस घर के पीछे के दो कमरों से बल्ब की रौशनी का धुँधला पीलापन झाँक रहा था। यह घर अजीब-सा अपनापन लिए हुए था। मैंने सीधे हाथ से टूटे हुए गेट को धक्का दिया और वह चर्र की आवाज़ के साथ थोड़ा खुल गया। मैं कुछ ही देर में उस घर के आँगन में था। घर का मुख्य दरवाज़ा टूटा हुआ था और उसके ऊपर दो लकड़ी के पल्ले किसी ने कील से ठोक रखे थे। मैंने उस दरवाज़े के भीतर झाँका पर कुछ

दिखा नहीं। मैं जानता था इस घर को। मैं चलते हुए घर के दूसरी तरफ़ गया। मेरे चलने से सूखे पत्तों के चिटकने की आवाज़ मेरे कानों में गूँज रही थी। मुझे लगा कि मैं अतीत के किसी जंगल में प्रवेश कर चुका हूँ। लैंप-पोस्ट की रौशनी उस घर की एक टूटी खिड़की पर पड़ रही थी। मैंने उसके पास वाली दूसरी खिड़की से भीतर झाँका तो देखा कि बीच घर में धूल से ढँकी हुई बुख़ारी जल रही है, काँगड़ी गिरी हुई है और उससे गिरे हुए गर्म कोयले के टुकड़े माँ बीन रही हैं, उनके हाथ जल रहे हैं, पर वह कोयलों को बार-बार उठाकर वापस काँगड़ी में डालने की कोशिश कर रही हैं। घर की दीवारें जो धुँधले प्रकाश में थोड़ी-थोड़ी दिख जा रही थीं, उन पर उर्दू में कुछ लिखा हुआ था। पिता के कश्मीर से आए ख़तनुमा शब्दों में। एक अँधेरे कोने में पिताजी दीवारों पर लिखे शब्दों को पढ़ रहे थे। उनके कश्मीरी शब्दों से एक संगीत पैदा हो रहा था। वह कश्मीरी में बड़बड़ाते हुए अचानक मुझे खिड़की पर खड़ा हुआ देख लेते हैं। मैं लड़खड़ाकर गिर जाता हूँ। डर के मारे ख़ुद को समेटकर वापस जाने के लिए कुछ क़दम बढ़ाता हूँ, तभी घर के पीछे की तरफ़ एक खटका होता है। आँगन के दूसरे हिस्से में, जहाँ बरगद के पेड़ ने अपना क़ब्ज़ा जमा रखा था, वहाँ किसी की आहट होती है। मैं उस बरगद की तरफ़ चलने लगता हूँ। तभी मुझे दो चमकती हुई आँखें दिखती हैं। मैं कुछ क़दम उसकी तरफ़ बढ़ाता हूँ, फिर रुक जाता हूँ। वह दो आँखें मेरी तरफ़ आती हैं। एक तेज़ छलाँग के साथ वही हिरन मेरे सामने आकर खड़ा हो जाता है। मेरे मुँह से चीख़ निकली है और मैं आँगन की एक दीवार को पार करता हुआ सीधा घर की तरफ़ भागना शुरू करता हूँ। अपने घर के पास पहुँचने पर मैं थोड़ा धीमा होता हूँ, पर चाल में लगभग दौड़ते रहने की रफ़्तार बनाए रखता हूँ।

मुझे एक गहरी नींद की ज़रूरत थी। मुझे अपना बिस्तर चाहिए था। मुझे मेरे पिता के चौड़े कंधों की ज़रूरत थी। मुझे मेरी माँ की गोद चाहिए थी। मैं बिखर रहा था और बच्चा होता जा रहा था। मैं चिल्ला-चिल्लाकर कहना चाहता था कि मैं बड़ा नहीं हुआ हूँ अभी भी, मैं अभी भी बच्चा ही हूँ... मैं रोना चाहता था। मैं फिर भागना शुरू करता हूँ। भागते-भागते कब घर आता है और कब मैं बिस्तर पर चित गिर जाता हूँ और कब नींद आ जाती है, इसके हिसाब में बहुत गड़बड़ थी। नींद में वह सारी गड़बड़ किनारा पा चुकी थी।

घर आँखों के सामने गिर पड़ता है।
बचाने में हम जितना उसके क़रीब जाते हैं,
वह उतना दूर पड़ा दिखता है।
हम सिर्फ़ उसकी उठ रही धूल में चेहरों का बनना-बिगड़ना देख सकते हैं।
चेहरों की झुर्रियाँ कहाँ शुरू होती हैं
और घर की दरारें कहाँ ख़त्म होती हैं
इसका अंतर धुँधला पड़ता जाता है।
जब वह माँ की अस्थियाँ राख में बटोर रहा था
तब उसे अपने घर के अवशेष भी पड़े मिले थे।

मैंने रात में सोने के पहले, कब लैपटॉप खोला था, कब इस कविता को लिखा था, मुझे कुछ भी याद नहीं है। मुझे कविताओं से चिढ़ है। मैं कविताएँ नहीं लिखना चाहता था... तो यह क्यों लिखी मैंने? क्या यह अरु की सुनाई कविता का असर था, ताकि वह दरवाज़े पर न खड़ी रहे और मैं उसका स्वागत एक नयी कविता से करूँ। कविता लिखकर उसका फ़ायदा उठा लूँ? मैं कितनी नफ़रत करता हूँ कविताओं से! मैंने उस लिखी कविता को तुरंत डिलीट किया और क़सम खाई कि कोई कविता नहीं लिखूँगा... मुझे बस कहानी पर बने रहना है।

कितना कठिन है कुछ भी नया करना, चाहे फिर वे ग़लतियाँ ही क्यों न हों। मैं हमेशा नयी ग़लती करने बाहर निकलता हूँ, पर झोले में उन्हीं पुरानी ग़लतियों को बटोरकर वापस आ जाता हूँ।

मैंने अंतिमा को मैसेज किया कि मैं मिलना चाहता हूँ। उसका जवाब बहुत देर बाद आया कि मैं आती हूँ मिलने, मेरी फ़्लाइट देर रात की है। उसने समय नहीं बताया और मैंने पूछा भी नहीं, उसके जवाब में उसकी व्यस्तता मैं सूँघ सकता था। मैंने पूरे घर को साफ़ किया। झाड़ू, पोंछा, बर्तन, कपड़े, सिर नीचा करके, बिना कुछ सोचते हुए। कुछ न सोचना संभव है? मैं जो भी सोच रहा था उसे मैं देखना नहीं चाहता था। दिमाग़ में उठ रहे सारे संवाद पानी के बुलबुले थे... उठते, अपनी बात कहते और फूट जाते। उनके फूटते ही अगला विचार उनकी जगह ले लेता। मैं अपने घर को घिस-घिसकर साफ़ कर रहा था, मानो अपने दिमाग़ से यह सारे पानी के बुलबुलों को, हर कोने से निकाल-निकालकर बाहर कर रहा था। फ़ोन की घंटी बजी, पर मुझे अभी भी घर के कोनों में फँसे विचार दिख रहे थे... मैंने फ़ोन नहीं उठाया। मैं पागलों की तरह घर की सफ़ाई में लगा रहा। जब मुझे पूरा घर साफ़ और ख़ाली दिखा, मैं ज़मीन पर चित पड़ गया। कुछ देर में हाथ बढ़ाकर अपना फ़ोन देखा, पवन की मिस्ड कॉल थी। मैंने पवन को फ़ोन किया, “हैलो... क्या हाल हैं?” एक चुस्त सेहतमंद आवाज़ आई।

“ठीक हूँ।”

“आज शाम को वॉक पर आओगे न?”

"शाम को मुझे किसी से मिलना है... अगर वह कैंसिल हुआ तो आऊँगा।"

"मुझे तुमसे बात करनी है... अगर शाम नहीं तो कल मुलाक़ात करेंगे।"

"कुछ ज़रूरी बात है?"

"मिलकर बताऊँगा।"

मुझे हमेशा इस बात पर आश्चर्य होता है कि किस तरह छोटी से छोटी चीज़ भी दुनिया की सबसे बड़ी चीज़ से, अपनी पूरी सूक्ष्मता में जुड़ी हुई है। एक पेड़ की पत्ती भी अपनी संरचना में पूरे ब्रह्मांड का प्रतिनिधित्व करती है। जबकि हर पत्ती की संरचना एक-दूसरे से अलग होती है। कितनी विविधता है और किस क़दर हर चीज़ एकदम एक जैसी है! प्रेम को लिखना, प्रेम को पा लेने की संरचना का ही हिस्सा है।

पवन से बात करते ही मुझे अरु दरवाज़े पर खड़ी दिखी। कब तक मैं उसे अपने खंडहर की चौखट पर रोक सकता हूँ? पवन चाहता है अरु को, क्या इसी बात से मैं अरु की तरफ़ आकर्षित हो रहा हूँ? मैं ख़ुद को जानता हूँ, अगर पवन से नहीं मिला तो मैं ख़ुद को अरु के सामने पाऊँगा। मैंने पवन को मैसेज करके पूछा कि क्या अभी मिल सकते हैं? उसने तुरंत जवाब दिया, "एक घंटे में?" मैंने कहा, "हाँ मेरे घर के नीचे?" उसने 'ओके' कह दिया।

कितना भी ख़ाली कर दो, तब भी पूरा ख़ाली हो चुका है सारा कुछ... हम कह नहीं सकते। हर पिछली ग़लती पर क़सम ख़ाते हैं कि इन ग़लतियों को नहीं दोहराएँगे। भीतर नयी ग़लतियों की जगह छोड़े रखेंगे, पर वही पुरानी ग़लतियाँ बार-बार रेंगती हुई अपनी जगह पर वापस आ जाती हैं। कुछ भी नया कितना कठिन है, चाहे फिर वे ग़लतियाँ ही क्यों न हों। मैं जब भी नयी ग़लती करने बाहर निकलता हूँ, झोले में पुरानी ग़लतियाँ भरकर ले आता हूँ। एक ही पटरी पर चल रहे, पुराने पड़ गए जीवन से नयी ग़लतियाँ भी बिदकती हैं।

- - -

पवन मेरे सामने खड़ा था। मैं उसके आने के बहुत पहले, घर के नीचे उसका इंतज़ार कर रहा था। उसने आते ही पानी माँगा। मैं वापस ऊपर गया और पानी की एक बोतल ले आया था। वह गटागट पानी पीने लगा, जैसे सालों से प्यासा हो। उसे पानी पीता देखकर मुझे लगा कि मैं भी कितना प्यासा हूँ। उसने पानी पीकर बोतल अपने हाथ में रखी। मैं उससे बोतल माँगूँ पानी पीने

के लिए उससे पहले उसने कहा, "कितनी गर्मी है न?"

"हाँ... इस साल कुछ ज़्यादा ही है।" मैंने कहा और पानी की बोतल माँगने के लिए सही वक़्त का इंतज़ार करता रहा।

"अच्छी जगह रहते हो तुम।" उसने कहा।

"तुम कुछ ज़रूरी बात करने आए थे न?"

"हाँ... मैंने कल रात छिपकली के परिवार का आख़िरी बच्चा मार दिया।"

इस बात पर मुझे नहीं पता कि मुझे क्या करना चाहिए। मैंने इशारे से पवन से पानी की बोतल माँग ली। इस वक़्त मैं बस पानी पीना चाहता था। जब वह मुझे पानी की बोतल थमा रहा था, मैंने देखा पवन की आँखों के किनारे पानी उतर आया है। मैंने अपनी प्यास को दबाया और पूछा, "अरे... क्या हुआ?"

"मेरा नाम पवन नहीं है।"

अचानक मुझे लगा कि यह मेरा पात्र है जो अपने लेखक से जिरह करने आया है कि उसका जो नाम रखा गया है, वह उसे पसंद नहीं है।

"पवन नहीं है तो क्या है?"

"दुष्यंत..."

दुष्यंत नाम मैंने सुना था कहीं। इस नाम के पीछे कोई चेहरा था। मैं उस चेहरे को जानता था। पर वह चेहरा पवन का नहीं हो सकता है। क्या जैसा आपका नाम होता है, आपका चेहरा भी वैसा ही हो जाता है?

"दुष्यंत? तुम मुझे दुष्यंत जैसे नहीं दिखते हो।"

पवन ने मेरे हाथों से पानी की बोतल ली और पूरा पानी पी गया। मैं प्यासा ही बना रहा।

"दुष्यंत कैसे दिखते हैं?"

"दुष्यंत, दुष्यंत जैसे दिखते हैं... तुम पवन हो।"

तभी मुझे अजीब लगा कि मैं पवन को कह रहा हूँ कि तुम पवन हो। मैं चुप रहा। पवन को एक ज़मीन की ज़रूरत थी, अपनी बात कहने के लिए। कुछ देर में उसे वह ज़मीन मिली और उसने कहा, "मैं दहिसर में रहा करता था, जब मैं मुंबई आया था- क़रीब बीस साल पहले। दहिसर ईस्ट की वह कॉलोनी रेलवे ट्रैक के बग़ल में थी। एक रात मैं और मेरा दोस्त पटरी पर चलते हुए घर वापस जा रहे थे। मैं उसे 'शोले' की कहानी पूरे संवादों के साथ सुना

रहा था। हम दोनों इतना ज़्यादा कहानी में और दिन भर की थकान में गुम थे कि सामने से आती हुई ट्रेन हमें दिखी ही नहीं। जब हम दोनों की निगाह उस ट्रेन पर गई तो उस ट्रेन का तेज़ी से हमारी तरफ़ आना मुझे मंत्रमुग्ध-सा कर गया। मेरा दोस्त पटरी से तुरंत हट गया, पर मैं स्तब्ध-सा ट्रेन को आता देखता रहा। मैं जड़ हो गया था। मुझे लगा इससे ख़ूबसूरत क्षण मैंने कभी महसूस नहीं किया था। मृत्यु का आपकी ओर धड़धड़ाते हुए आना और आपका उसे स्वीकारना, एक जादू-सा था मेरे लिए। मैं अपनी आँखें बंद करके उसके स्वागत में खड़ा हो गया था, पर ट्रेन के मुझसे टकराने के ठीक पहले मेरे दोस्त ने मुझे धक्का दे दिया। जब मैं नीचे गिरा तो देखा ख़ून के कुछ छींटे मेरे चेहरे पर थे... मेरा दोस्त उस ट्रेन की चपेट में आ चुका था। मुझे ख़ुद को समेटने में बहुत वक़्त लगा और फिर मैंने अपने दोस्त को उस ट्रेन की पटरी पर बिखरा पड़ा देखा।"

मुझे लगा पवन के गले में कुछ अटक गया है, पर वह बस चुप हुआ था- कुछ साँसों के लिए।

"मैं उसके बचे-खुचे शरीर को लेकर उसके गाँव गया- सतना। तेरह दिन तक मैं उनके परिवार के साथ ही रहा, पर कुछ भी बताने की हिम्मत नहीं हुई। मैं उसके परिवार का दुख सहन नहीं कर पाया। मुझे लगा कि मुझे उनके लिए कुछ करना चाहिए। मैं अपने गाँव गया और पूरे सरकारी तरीक़े से अपना नाम बदलकर पवन रख लिया। पवन उसका नाम था। मैं पवन बनकर उसके गाँव वापस गया, पर... मैं पवन नहीं था उनके लिए। मैं जब वापस मुंबई आया तो पवन होने की पूरी कोशिश करता रहा। उसके थिएटर के दोस्तों के साथ उठता-बैठता। जो वह चाहता था वैसा-का-वैसा करने की कोशिश करता। मैं असल में अभिनेता बनने आया था और पवन को नाटकों में दिलचस्पी थी। मैं लगातार थिएटर करता रहा उसके कारण। बिलकुल वैसा थिएटर जैसा वह करना चाहता था। अब इतने सालों बाद मैं पूरी तरह थक गया हूँ पवन होने में। दुष्यंत सीधी ज़िंदगी चाहता था- शादी, बहुत सारे बच्चे, घरेलू समस्याएँ, फ्रिज, टी.वी., वाशिंग मशीन, चुटकुले, दोस्ती, दुष्यंत का पसंदीदा गाना था, 'छोटा-सा घर होगा बादलों की छाँव में... आशा दीवानी उसमें बाँसुरी बजाएगी, हम-ही-हम चमकेंगे तारों के उस गाँव में...' फिर लगने लगा कि मैंने असल

में किसके साथ बुरा किया था- पवन के साथ या दुष्यंत के साथ? जिस दुष्यंत को मैं पटरियों पर छोड़ आया था, मैं वहाँ से वापस शुरुआत करना चाहता हूँ।"

पवन मुझे नहीं देख रहा था। वह अपने कहे की गलियों से बिना ज़ख़्मी हुए एक सीधी सड़क तलाश रहा था।

"कल रात जब उस छिपकली के बच्चे को मैंने मारा तो वह मरा नहीं। वह दीवार से नीचे गिरकर तड़पता रहा। मैंने उसके ऊपर चप्पल से कई वार किए, पर उसके शरीर के किसी अंश में प्राण चिपक गए थे। वे उसे छोड़ने का नाम ही नहीं ले रहे थे। मैं उसे मारता रहा, पर उसके शरीर का कोई एक अंग हर थोड़ी देर में फड़क जाता। मैं जब भागकर पवन के आधे कटे शरीर के पास गया था तो वह मुझे देख रहा था। उसने अपने शरीर को भी देखा जो कमर के नीच से कट चुका था। जब उसके पूरे शरीर को बटोरकर ठेले पर रखा था, तब भी वह अपने कटे हुए पैर को अपने बग़ल में पड़ा हुआ देख रहा था। अंत में मैंने अपनी शर्ट उतारकर उसके मुँह पर ढाँक दी थी।"

मैं ऊपर की तरफ़ देखने लगा। मुझे पेड़ पर बैठी हुई एक चिड़िया दिखी। मैं उससे आस लगा रहा था कि वह चहके और इस चुप्पी को तोड़ दे। वह पेड़ पर बैठी नाचती रही, मानो चिढ़ा रही हो, पर उसने एक आवाज़ भी नहीं निकाली। हवा का नामो-निशान नहीं था। मैं प्यासा था और पवन की कहानी के कारण पेट में कहीं मरोड़ उठ रही थी। जब चिड़िया बिना एक भी आवाज़ किए उड़ गई तो मैंने पवन से कहा कि मैं सिगरेट लेकर आता हूँ। पवन ने अपना सिर हिला दिया। घर पहुँचते ही मैं पूरी एक बोतल पानी गटक गया।

जब पवन बोल रहा था तब वह दुष्यंत था या पवन? दुष्यंत कितना पवन को भीतर लिए घूम रहा है या पवन कितना सारा दुष्यंत का बोझ ढो रहा है? मुझे हमेशा से पवन हँसमुख व्यक्ति लगा है जो हर बात पर हँसने की प्रतीक्षा कर रहा होता था। हर प्रतीक्षा के पेड़ की जड़ें कितनी गहरी होती हैं!

मैंने पवन को सिगरेट दी। उसने पहले कश पर कहा, "तुम्हें पता है कि ब्राज़ील के हाल ख़राब हैं। भारत इस वक़्त सातवें नंबर पर है। भारतीयों से कैसे कहें कि कि इसमें अव्वल नहीं आना है।"

और वह अपने ही जोक पर हँसने लगा, मानो इसके पहले जो उसने कहा था वह किसी और की बात थी। मुझे झूठा हँसने में भी समस्या हो रही थी।

इसके बाद पवन इस थ्योरी पर चला गया कि कैसे यह वायरस किसी प्रकृति-प्रेमी ने खोजा है। उसने इंसानों को घर बिठा दिया और सत्तर प्रतिशत पुरुषों को अपना शिकार बनाया है। किसी भी जानवर पर इसका कोई असर नहीं है। अब मैं उसके सिगरेट ख़त्म करने का इंतज़ार करने लगा। मुझे अभी भी इच्छा थी कि वह दुष्यंत और पवन के बारे में बात करे, पर वह उससे बहुत दूर निकल चुका था। जाते हुए पवन ने मुझे गले लगाना चाहा। पहले मैं हिचका फिर गले लग गया। वह कुछ देर मुझे पकड़े खड़ा रहा और मैं उन दोनों को।

अतीत कुछ भी नहीं है,
सारा कुछ वर्तमान का ही हिस्सा है।
वर्तमान के शरीर में धड़कता अतीत ही है।

आज आसमान का रंग सुर्ख़ गुलाबी है। यह बारिश आने के पहले का आसमान है। हवा लहराती हुई चल रही है। गर्मी की बोरियत में पेड़ भी बारिश के आने की उत्सुकता रोक नहीं पा रहे हैं। मैं बाहर निकल गया और आसमान को निहारता रहा। क्या वक़्त हुआ है ? आज कौन-सा दिन है ? कितना अजीब है कि हम कुछ भी पकड़कर रख नहीं सकते। ऐसा लग रहा है कि सारा कुछ बस बीतता जा रहा है बिना जिए। ऐसे क्यों नहीं हो सकता कि कुछ दिन हम अपने पास रख सकें, अगर दिन नहीं तो कुछ क्षण ही सही, हम जब चाहें उन्हें वापस वैसा का वैसा चख सकें। ठीक इस वक़्त मेरा पूरा शरीर इस आसमान को निगलना चाहता है और अपने भीतर के सारे स्याह को इस सुर्ख़ गुलाबी रंग से रंग देना चाहता है।

मैंने पूरे घर की सफ़ाई की, बेडशीट और तकिए के कवर बदले, दो लोगों का खाना बनाकर सब सलीक़े से जमा दिया। फ़ोन देखा तो अंतिमा की कोई ख़बर नहीं थी। मैंने उसे फ़ोन लगाया तो उसका फ़ोन इंगेज जा रहा था। कुछ देर बाद फिर फ़ोन किया, तब भी इंगेज जा रहा था। कुछ मैसेज भी किए पर उसका कोई भी जवाब नहीं आया। मैंने अपने लिए एक ड्रिंक बनाया और कहानी खोलकर उसके सामने बैठ गया। कहानी में वर्मा मैडम का न होना मैं महसूस कर सकता था। वह नहीं थीं कहीं भी। मेरे हाथ कुछ टाइप करने को जाते और काँप जाते। कितना निर्मम होना पड़ता है लिखने के लिए! क्या

मैं नदी का किनारा, पीपल का पेड़ लिख दूँ? कूद जाऊँ उस नदी में जिसकी गहराई का डर लिए मैं अभी बस किनारों पर भटक रहा हूँ? मैं उठ खड़ा हुआ, पूरे घर का चक्कर लगाने लगा, मानो मेरे चलने से मुझे इस सवाल का जवाब कहीं पड़ा मिल जाएगा। मैं आईने के सामने खड़ा हो गया और ख़ुद से सवाल किया कि क्या मैं लिख सकता हूँ? और अनुमति की प्रतीक्षा करने लगा। मुझे अनुमति के कोई चिह्न कहीं नज़र नहीं आए। मैंने अपना ड्रिंक एक घूँट में ख़त्म किया और अपने लैपटॉप के सामने आकर बैठ गया। जब सारे सवाल ख़त्म हो जाते हैं, तब जवाबों की ठोकर लगती है। मैंने एक शब्द लिखा- 'दुष्यंत'... मुझे यह लिखते ही घबराहट होने लगी। मैं वापस उठ गया। एक'और बनाया, पर लिखे से दूर खड़ा रहा। दुष्यंत क्यों लिखा? क्या मैं लिख सकता हूँ? दूर खड़े अपने लिखने की जगह को ताकता रहा, पर उसके पास जाने की हिम्मत नहीं जुटा पाया। फिर एक बड़ा घूँट लेकर मैं अपने लिखे पर आया। ज्यों ही मैंने अपनी उँगलियाँ लैपटॉप पर रखीं, एक आवाज़ आई...

"उसका नाम दुष्यंत नहीं था।"

मेरी ख़ुशी का ठिकाना नहीं रहा, पर मैंने लैपटॉप पर से अपना हाथ नहीं हटाया। वह आ चुकी थीं।

"मैं जानता हूँ।"

"असहजता और सहजता एक ही है। आस-पास का सारा कुछ एक ही है। अतीत कुछ भी नहीं है... सारा कुछ वर्तमान का ही हिस्सा है। जितना तुम अपने भीतर पाले बैठे हो, वह सारा कुछ घट रहा है अभी भी, ठीक इसी वक़्त, हम अतीत कहकर उसे झिड़क नहीं सकते हैं। वर्तमान के शरीर में धड़कता अतीत ही है।"

"उनका नाम दुष्यंत है।"

"उसका नाम..." वर्मा मैडम कहने ही वाली थीं कि मैंने टोक दिया।

"मत कहो..."

"ठीक है, दुष्यंत ही सही।"

मैं बहुत सँभलकर जवाब दे रहा था। मैं नहीं चाहता था कि वर्मा मैडम चली जाएँ। इस कहानी को उनकी ज़रूरत थी। इन रास्तों पर मेरा अकेले आगे बढ़ना असंभव था।

"मेरे लिखने की ज़मीन उपजाऊ नहीं है।"

"तुम मुझसे सांत्वना चाहते हो?"

"आपसे इतना हक़ तो रख ही सकता हूँ।"

मैं वर्मा मैडम से भीख माँग रहा था। उन्होंने दया जैसा अपना हाथ मेरे बालों में फिरा दिया।

"तुम ठीक जा रहे हो।" उन्होंने कहा और मैंने लिखना शुरू किया।

"वर्मा मैडम जब वापस आईं तो उनके साथ दुष्यंत भी आया। रोहित को दुष्यंत के बारे में कोई ख़बर नहीं थी। उसने वर्मा मैडम को सीधा अपनी क्लास में देखा और उसकी धड़कन अपने चरम पर पहुँच गई थी। वर्मा मैडम क्लास को पढ़ाने में इस क़दर सामान्य थीं कि लगता ही नहीं था कि वह कहीं गई थीं। जब भी रोहित उनकी तरफ़ देखता उसे लगता कि उन्होंने साड़ी के बजाय तौलिया पहन रखा है, जो बस गिरने ही वाला है। जब-जब वह पलटकर ब्लैकबोर्ड पर कुछ लिखने लगतीं, वह अपनी जाँघों के बीच हलचल महसूस करता। रोहित की साँसें तेज़ चल रही थीं, उसने अपनी मुट्ठी भींच ली थी, अपनी बत्तीसी को ज़ोर से दबाता हुआ वह अपनी जाँघों के बीच की हलचल को रोकना चाह रहा था। तभी उसके बग़ल में बैठे उसके दोस्त ने उसे देखा। रोहित ने खिसियाते हुए इशारे से कहा कि पेट में दर्द हो रहा है। उस दोस्त ने अपना हाथ खड़ा कर दिया। रोहित जब तक उसे रोके, वर्मा मैडम ने उसके उठे हुए हाथ को देख लिया।

"क्या है बंटी?" वर्मा मैडम ने पूछा।

"मैडम, रोहित के पेट में बहुत दर्द हो रहा है।"

शायद यह पहली बार था, जब बहुत दिनों बाद वर्मा मैडम ने रोहित को सीधे देखा और रोहित की इच्छा हुई कि वह जहाँ है वहीं गड़ जाए, ग़ायब हो जाए। वर्मा मैडम ने उस लड़के को बैठने को कहा और वापस पढ़ाने में व्यस्त हो गईं।

रोहित जब अपने घर आया तो वह सीधा बाथरूम में गया। नहाते वक़्त उसने अपने शरीर को देखा। उसके शरीर में कुछ बदल रहा था। जाँघों के बीच

में उसे गर्मी महसूस हो रही थी। उसने अपने लिंग को छुआ... उसे वो बड़ा होता दिखा। उसने नल खोला और उसके नीचे बैठ गया। जब वह नहाकर निकला तो बहुत हल्का महसूस कर रहा था।

शाम को पतंग उड़ाने के बहाने से वह अपनी फटी हुई पतंग लेकर छत पर गया। बग़ल की बालकनी पर वर्मा मैडम और दुष्यंत बैठे चाय पी रहे थे। उसके आते ही दुष्यंत ने कहा, "ओ तो ये हैं रोहित..."

रोहित ने पहली बार दुष्यंत को देखा- बिखरे बाल, हल्की दाढ़ी, लंबा-पतला क़द। रोहित मुस्कुरा दिया। वर्मा मैडम ने इशारे से उसे बुलाया। स्तब्ध-सा वह उनकी तरफ़ ताकता रहा। रोहित ने अपनी फटी हुए पतंग फेंकी और कूदकर उनकी छत पर पहुँच गया।

"नमस्ते सर! नमस्ते मैडम!" रोहित ने कहा।

"रोहित, ये मेरे बहुत अच्छे दोस्त हैं दुष्यंत। बहुत अच्छी कविताएँ लिखते हैं। और यह हमारी क्लास का बहुत होनहार स्टूडेंट है- रोहित... मेरा पड़ोसी भी है और इस गाँव में मेरा एकमात्र दोस्त भी।"

"हैलो रोहित!"

रोहित ने दुष्यंत से हाथ मिलाया। उसे लगा दुष्यंत के हाथ उसके हाथों से भी ज़्यादा कोमल हैं। हाथ छोड़ देने से, थोड़ी ज़्यादा देर तक रोहित दुष्यंत के हाथों को पकड़े रहा।

"रोहित कविताएँ बहुत पसंद करता है और दुष्यंत अभी मुझे अपनी बहुत ही सुंदर कविता सुना रहे थे। सुनाइए न... इसे भी बहुत अच्छी लगेगी।"

यह कहते हुए वर्मा मैडम ने केतली से निकालकर रोहित को चाय पकड़ा दी। दुष्यंत ने वर्मा मैडम को मुस्कुराकर देखा और वर्मा मैडम ने उसे। उसने कविता सुनानी शुरू की...

"तुम्हारा होना रंगों का एक पिटारा खोलता है
कितने रंग हैं तुमसे..
जैसे नीली हो जाती हो तुम, जब सामने तुम्हारे आईना होता है
लाल हो जाता हूँ मैं, जब सामना तुम्हारा होता है
तुम अपने रंगों का करतब जानती हो
मैं तुम्हारे उन रंगों को चुराता हूँ जिनमें तुम मेरा संग छुपाती हो

जैसे जब तुम दूर चली जाती हो,
तो नीला पड़ जाता हूँ मैं
किसी दूसरे के हाथों में तुम्हें देखकर...
वर्णांध हो जाता हूँ मैं।
और जब तुम मेरे गले लग जाती हो,
तो पानी हो जाता हूँ मैं...
पानी का क्या रंग होता है?
जब भी मैं तुम्हारा नाम लेता हूँ
मुझे वह रंग दिखाई देता है
आजकल जब हम एक-दूसरे को याद करते हैं,
तो हिचकी नहीं आती,
बारिश होती है...''

दुष्यंत ने कविता सुनाते वक़्त वर्मा मैडम का हाथ पकड़ा हुआ था। रोहित के दिमाग़ में उसे दुष्यंत के कोमल हाथ वर्मा मैडम की नग्न देह पर सरकते हुए दिख रहे थे। कविता ख़त्म होने पर वर्मा मैडम ने ताली बजा दी। रोहित के कानों में बस कुछ शब्द ही पड़े थे। उसने वर्मा मैडम की ताली में अपनी भी ताली मिला दी। वर्मा मैडम दुष्यंत से ज़िद करने लगीं- और कविताएँ सुनाने के लिए। रोहित ने भी अपनी तरफ़ से कहा। दुष्यंत ने झेंपते हुए अपनी कुछ और कविताएँ सुनानी शुरू कीं। रोहित को कविताएँ समझ नहीं आ रही थीं। उसका ध्यान बस वर्मा मैडम और दुष्यंत के हाथों पर था। हर कविता सुनाने के बाद दुष्यंत वर्मा मैडम का हाथ चूम लेता। और रोहित एक गहरी साँस भीतर खींच लेता। हल्की हवा चल रही थी और वर्मा मैडम साड़ी पहने हुए थीं। रोहित का ध्यान वर्मा मैडम के पेट की तरफ़ चला जाता तो कभी उसकी आँखें उनकी छाती से नहीं हटतीं। रोहित को फिर अपनी जाँघों के बीच हलचल महसूस हुई। तभी उसे लगा वर्मा मैडम ने उसे, उन्हें देखते हुए देख लिया है। दुष्यंत अपनी कविता सुना रहा था और रोहित बीच में बोल पड़ा, "मैंने भी एक कविता लिखी है।"

दुष्यंत चुप हो गया। वर्मा मैडम को थोड़ा अजीब लगा।

"ठीक है... पहले दुष्यंत को अपनी कविता ख़त्म करने दो... फिर तुम

सुना देना।"

"नहीं मैं अभी सुनाना चाहता हूँ।" रोहित ने कहा। वर्मा मैडम और दुष्यंत दोनों असहज हो गए।

"अरे... दुष्यंत को अपनी कविता पूरी तो करने दो।"

तभी दुष्यंत ने कहा, "मैं तो इतनी कविताएँ सुना चुका हूँ। इनकी भी सुन लेते हैं।"

रोहित ने देखा वर्मा मैडम का चेहरा उतर गया था। उसने वर्मा मैडम से पूछा, "सुनाऊँ?"

"सुनाओ अब।" वर्मा मैडम ने हल्की सख़्ती से कहा।

रोहित ने काँपते गले से कविता शुरू की...

"मैं पतंग हूँ जिसे अपने उड़ने पर गुमान है
क्योंकि मेरे सामने हँसता-मुस्कुराता आसमान है
क्या तुम वह धागा हो जिससे मैं बँधा हूँ?
या वह हाथ हो जिससे मैं सधा हूँ?
जब कट जाऊँगा तो बहुत दुख होगा
पर इसमें क़सूर किसका होगा?"

रोहित का गला सूखने लगा था। वह चुप हो गया।

"बस... अच्छी थी कविता... वाह!" दुष्यंत ने कहा... और ताली बजा दी।

"अभी और है..." रोहित बोला और वर्मा मैडम की तरफ़ देखने लगा।

"तो चुप क्यों हो गए... सुनाओ।" वर्मा मैडम ने कहा। रोहित ने अपना सिर नीचे किया और आगे सुनाने लगा...

"तुम धागा होना,
हाथ मत होना,
कट जाने के बाद कुछ दूर मुक्त साथ उड़ेंगे
खुले आसमान में नाचते हुए हम इश्क़ से जुड़ेंगे।"

रोहित चुप हो गया और उसने दुष्यंत की तरफ़ देखकर सिर हिलाकर इशारे से कहा कि हो गई पूरी। दुष्यंत ने आख़िरी वाक्य को दोहराकर रोहित को शाबाशी दी। जैसे ही वर्मा मैडम ने रोहित की तारीफ़ की रोहित ने उनका

हाथ पकड़ लिया, उसे हल्के से दबाया और फिर चूम लिया... बिलकुल वैसे ही जैसे दुष्यंत चूम रहा था। इस हरकत पर दुष्यंत को बहुत तेज़ हँसी आ गई। वर्मा मैडम ने झटके से अपना हाथ अलग किया, पर वह भी अपनी हँसी नहीं रोक पाईं। रोहित ऐसा कुछ भी नहीं करना चाह रहा था। उसे समझ नहीं आया कि जो बात दिमाग़ में ही रहनी चाहिए, उसे वह हरकत में क्यों बयाँ करने लगा है। उसका उसके ऊपर कोई बस नहीं था। रोहित उन दोनों को हँसता हुआ देख रहा था और भीतर-ही-भीतर कुढ़ रहा था।"

तभी फ़ोन की घंटी बजी। मैं रोहित के कुढ़ने पर रुका रहा। फ़ोन बजना बंद हो गया। मैं लिखने गया तभी फ़ोन फिर बजा। मैं वर्मा मैडम को अभी भी अपने अगल-बग़ल महसूस कर सकता था। मुझे आश्चर्य हुआ कि वह अभी तक कुछ बोली नहीं थीं। जब फ़ोन का बजना बंद नहीं हुआ तो मैंने फ़ोन को सायलेंट करने के लिए उठाया तभी देखा अंतिमा का फ़ोन है। मुझे याद आया कि वह घर आने वाली थी। मैं कहानी छोड़कर उठ खड़ा हुआ।

"कहाँ हो तुम? मैंने तुम्हारे लिए खाना भी बनाकर रखा था। कब आ रही हो?"

"रोहित मैं एयरपोर्ट पर हूँ और मेरी फ़्लाइट जा चुकी है।"

"क्या मतलब? कब की थी फ़्लाइट? मुझे कोई ख़बर नहीं दी तुमने?"

अंतिमा चुप हो गई। मैं अपने सवालों के बीच में उसकी सिसकियाँ सुन ही नहीं पाया था।

"क्या हुआ अंतिमा?"

यह पूछकर मैं चुप हो गया। वह कुछ बोलने की कोशिश करती, पर उस कोशिश में सिर्फ़ उसकी सिसकी सुनाई देती और फिर सब चुप हो जाता। आज कौन-सा दिन है? कितना बजा है? कमरे में अँधेरा था। मैं लाइट जलाना भूल गया था। मैंने लैपटॉप की तरफ़ देखा तो वर्मा मैडम लैपटॉप के सामने बैठी हुई थीं। उनकी उँगलियाँ की-बोर्ड पर चल रही थीं। मैं उन्हें रोकना चाह रहा था, पर अंतिमा को सिसकियों के बीच मैं अकेला नहीं छोड़ सकता था। लैपटॉप की रौशनी में मुझे वर्मा मैडम के चेहरे की बस बाहरी रेखा दिख रही

थी। उनके गाल चमक रहे थे, मानो वह गीली हों। अंतिमा की सिसकी और गीली वर्मा मैडम के बीच मुझे लगातार लैपटॉप पर टाइप करने की आवाज़ सुनाई दे रही थी।

"मैं उसके पास नहीं जा पाई। मैं दिल्ली की फ़्लाइट पर जाने की हिम्मत नहीं जुटा पाई।" अंतिमा ने अंत में ख़ुद को सँभालते हुए कहा।

"सुनो, तुम सीधा मेरे घर आ जाओ।"

"नहीं रोहित, मैं तुम्हारे पास भी नहीं आना चाहती हूँ।"

"तो क्या करोगी?"

"मैंने उबर मँगाई है और मैं वापस अपने दोस्त के घर जाऊँगी। मैं थक गई हूँ रोहित, आज पूरा दिन मैंने सिर्फ़ बहस में बिताया है। मैं सोना चाहती हूँ।"

"ठीक है, मैं समझता हूँ।"

"नहीं तुम नहीं समझ सकते। मैं जल्द मिलती हूँ तुमसे, सब ठीक करके। सॉरी रोहित... गुड नाइट!"

"अपना ख़याल रखना... गुड नाइट!"

मैं अंतिमा को रोता हुआ नहीं देख सकता हूँ। कुछ लोग होते हैं जिनके रोते हुए चेहरे ज़ेहन में आते ही नहीं हैं। फ़ोन की यही समस्या है। आपके दिमाग़ में उनका जो चेहरा छपा हुआ है, वह बिलकुल अलग है- उस आवाज़ से जो फ़ोन से आ रही है। आप सांत्वना भी उस चेहरे को दे रहे हो जो आपके दिमाग़ में पूरा जीवन लिए हुए है। इसलिए आपका हर शब्द झूठ सुनाई देता है।

मुझसे अँधेरा सहन नहीं हुआ। मैंने लाइट ऑन की तो देखा लैपटॉप बंद था और पूरा कमरा अपने महीनों का ख़ालीपन लिए मुझे ताक रहा था। मैं उस ख़ालीपन को ज़्यादा देर देख नहीं पाया और लाइट ऑफ़ कर दी।

क्यों मैं राख में से ज़िंदगी बटोरने में लगा रहता हूँ? क्यों मुझे अंतिमा के प्रति इतना स्नेह है? जबकि अरु एक ज़िंदा कहानी है जिसे मैं भीतर आने नहीं दे रहा हूँ। एक थकान है दया की भावना से, जो हर संबंध के अंत में रह जाती है। पुराने संबंधों ने घर ख़ाली नहीं किया है और नये संबंध दरवाज़े पर बिना दस्तक दिए खड़े हैं। काश, मैं उनके भीतर आने के पहले उन्हें अपने भीतर का कमीनापन दिखा पाता। मैं कुछ भी नया शुरू नहीं करना चाहता हूँ, पर मेरे भीतर का ख़ालीपन मुझे हर बार कोरेपन के सामने लाकर खड़ा कर देता है।

मुझे उस कोरेपन में शब्द और चित्र दिखने लगते हैं और सारे दरवाज़े खुल जाते हैं। अरु के प्रवेश पर अब मेरा कोई बस नहीं है। अब बहुत देर हो चुकी थी। मैंने उसे लिखना शुरू कर दिया था। मैंने अरु को मैसेज किया- 'कॉफ़ी ?' और देर तक अपने फ़ोन को देखता रहा।

अच्छे लोग नाटकीय नहीं होते हैं।
हमारी बोरिंग लाइफ़ में सबको नाटकीयता चाहिए।
जिसका ख़ामियाज़ा हम सब भुगत रहे हैं।

रात मुझे कश्मीर का सपना आया। मैंने सुबह पिता को फ़ोन लगाया, पर सपना सुनाने की जगह नहीं मिली। उनकी आवाज़ में थकान थी। उन्होंने कुछ ही देर में फ़ोन सलीम को पकड़ा दिया।

"अरे भाई इधर बुरी हालत है। गाँव में पिछले कुछ दिनों में कई लोग मर गए, पर उनकी कहीं कुछ रिपोर्ट नहीं है। सख़्ती भी बहुत बढ़ गई है।"

"हाँ हर जगह यही हाल है।"

"भाई जी नफ़रत का वायरस जो है न वो बहुत ज़्यादा ख़तरनाक है। परसों मैं घर आ रहा था। भाई जी, मास्क पहना था। सामान लेकर आ रहा था। पुलिसवालों ने नाम पूछा और भाई दो चपत लगा दिए। अभी ग़ुस्सा तो बहुत आया। पर मैं जानता हूँ कि उन्होंने हाथ क्यों उठाया। अभी तो बहुत कम ही बाहर निकलता हूँ।"

"तूने मुझे बताया क्यों नहीं?"

"भाई जी कितना बताएगा। अगर बताने पर आएगा तो रोज़ दो फ़ोन इसके लिए ही करना पड़ेगा मुझे। अभी लोगों का क्या है... मुझे मार सकता है तो मार दे रहा है।"

सलीम के सामने सारी बातें बेमानी-सी हो जाती हैं।

"उस पुलिसवाले का नाम पता है तुझे?"

"अरे जाने दो न भाई जी। अरे मैंने सुना है कि कोई काले आदमी को

अमेरिका में मार दिया। बहुत बवाल हो रहा है वहाँ।"

"काला आदमी नहीं बोलते हैं सलीम। वह अफ़्रीकन-अमेरिकन आदमी था- जॉर्ज फ़्लॉयड।"

"भाई काला नहीं था?"

"अरे काला बोलना मतलब वैसा ही है जैसा तेरे को मुसलमान कहकर चाँटा मारना... समझा।"

"पर अपने को तो लगता था कि वो तो बहुत आगे का देश है न... अभी भी उधर गोरे-काले का खेल चल रहा है!"

"हाँ।"

"बताओ! मतलब वो आगे का देश भी वैसा ही है तो हम आगे जाकर भी ऐसे ही रहेंगे?"

"ऐसा नहीं है। न्यूज़ीलैंड, कनाडा... और ऐसे बहुत से देश हैं जहाँ स्थिति अच्छी है। अगर बुरे हैं तो अच्छे लोग भी बराबर मात्रा में हैं। बस अच्छे लोगों की कोशिशों को लोग फ़ोन पर उतना साझा नहीं करते जितनी बुरी बातें।"

"ये ग़लत है न..."

"अच्छी बातें, अच्छे लोग नाटकीय नहीं होते हैं। इस बोरिंग लाइफ़ में सबको नाटकीयता चाहिए। और उसका ख़ामियाज़ा सबको भुगतना पड़ेगा।"

"अरे मैंने ग़ज़ब चिकन बनाया था इनको बहुत अच्छा लगा, पर दो दिन बाथरूम में आना-जाना बढ़ गया था।"

"तूने तीखा बनाया होगा।"

"अरे इनको वही अच्छा लगता है। आजकल पलंग पर से नीचे क़दम ही नहीं रखते हैं। और दिन-रात बस सोते रहते हैं। आप बोलो इन्हें कि घर में ही चक्कर लगा लिया करें। भाई खाना पचेगा नहीं तो आगे खाने का क्या मतलब?"

सलीम बातें बहुत तेज़ी से पलट देता था। उससे एक विषय पर बात करो और उसका दिमाग़ दूसरी बात पर पहुँच चुका होता। मैं उससे बातचीत में बस उसके पीछे भाग रहा होता था। मुझे अच्छा लगता है कि वह सारा कुछ कहता चलता है और कहते ही वह समस्या उसके शरीर से बाहर हो जाती है। शायद हो जाती होगी... मैं इसी विश्वास के साथ रहता हूँ।

लिखने में कभी-कभी लगता है कि हम बिलकुल एक जैसे संवाद लगातार लिख रहे हैं या हमारी कहानियाँ किसी एक ही चौराहे पर बार-बार घूम रही हैं। ऐसे वक़्त में हम लिखने से एक ब्रेक ले लेते हैं और यात्राएँ करते हैं, नये लेखकों को तलाशते हैं, अच्छा सिनेमा, अच्छे संबंधों में अपना वक़्त देते हैं। छूना, देखना, चखना, सूँघना... इसके ज़रिये जो भीतर जाता है, अंत में वही बाहर आता है और हम बिलकुल वैसे ही दिखने लगते हैं। बाहर जो फूटता है वह उन्हीं चीज़ों से सींचा पेड़ होता है जो हम भीतर डालते हैं। इस घनघोर सूचनाओं के संसार में हम इतनी नफ़रत और नाइंसाफ़ी भीतर डालते हैं कि हमारा पेड़ असहायता से सूखता जाता है। हम क्या कर सकते हैं? और क्यों कुछ नहीं कर सकते? जैसे सवाल कुलबुलाते रहते हैं। कभी-कभी इच्छा होती है कि सारा कुछ त्याग कर, सारा कुछ ठीक करने निकल पड़ूँ। पर मैं बार-बार उस बात पर वापस आता हूँ कि मैं क्या हूँ? और इस दुनिया में मेरी भागीदारी क्या है? सारे जवाब लगातार बदलते रहते हैं और लगातार एक असहायता घर करती जाती है। यह लड़ाई भीतर कभी ख़त्म नहीं होती कि हमारी भागीदारी का क्या मतलब है? और वह कहाँ तक है? इन सवालों के प्रति ईमानदारी बनाए रखने में हमारी सारी भागीदारी भी, समस्या की परिधि पर अपना दम तोड़ चुकी होती है।

मैं अपनी सूख चुकी नदी के पास रोज़ एक लोटा पानी लेकर जाता हूँ। मैं नदी की सूख चुकी मिट्टी को, पानी के सपने दिखाता हूँ।

सूर्यास्त होने को था। एक छोटी चिड़िया, किसी भटकी हुई ख़ुशी की तरह, अचानक सामने आ जाती है। जब तक हम उसकी सुंदरता में मुग्ध होने लगते, वह ग़ायब हो जाती। ख़ुशी के ओझल हो जाने पर कितना दुख होना चाहिए, यह मैं कभी समझ नहीं पाया। अगर मैं इस ख़ुशी को तस्वीर में क़ैद कर लेता तो क्या, हर बार उस तस्वीर को देखने पर वह चिड़िया मुझे यही ख़ुशी देती रहती जो मैं अभी महसूस कर रहा था? सूर्यास्त बेहद ख़ूबसूरत दिख रहा था। मैंने अपना फ़ोन निकाला और सूर्यास्त को अपने कैमरे में क़ैद कर लिया। जब तस्वीर देखी तो वह एकदम वैसी ही थी जैसा सूर्यास्त इस वक़्त दिख रहा था, पर कुछ कमी थी। इस सूर्यास्त में कमी थी कहानी के पूरा न होने की, इस ख़ूबसूरती में फैली महामारी की, भीतर पसर रही असहजताओं की। तस्वीर कभी भी क़ैद नहीं कर सकती उसे जो घट रहा है। मैंने तुरंत फ़ोन से तस्वीर डिलीट कर दी। जब मैं पलटा तो देखा अरु ने मेरी तस्वीर खींच ली है।

"आज आसमान बहुत ख़ूबसूरत है।"

अरु ने झेंपते हुए कहा। मैं अरु की छत पर उसके झूले में बैठा हुआ था। अरु ने कॉफ़ी के पॉट से दो कप कॉफ़ी निकाली और कॉफ़ी की ख़ुशबू हमारे चारों तरफ़ बिखर गई। मैं अरु के चेहरे पर, बहुत धीमी गति से शाम का रात में प्रवेश देख सकता था, मानो वह अपने उजाले से मेरे अँधेरे में प्रवेश कर रही हो। बहुत दिनों बाद मुझे अपना पूरा शरीर हल्का लग रहा था। लग रहा

था कि बहुत गहरी नींद ने सारी थकान उतार दी हो। कॉफ़ी का पहला सिप लेते ही मैं मुस्कुरा दिया।

"आज आप बहुत अच्छे मूड में हैं।" अरु ने कहा।

"आज की शाम बहुत अच्छी है। बहुत दिनों बाद हवा में ठंडक है।"

"बारिश पास में है।"

"किसी के आने की आहट हमेशा कितनी ख़ूबसूरत होती है!"

"मेरी एक इच्छा थी कि आज आपका मूड अच्छा है तो हिम्मत कर सकती हूँ कहने की।"

"बोलिए।"

"पहले कहिए कि आप करेंगे जो मैं कहूँगी।"

"ठीक है... पक्का।"

अरु उठकर गई और मेरी कविता की किताब लाकर मेरी गोदी में रख दी।

"पेज नंबर 42 पर एक कविता है... मेरी हमेशा से इच्छा थी कि एक बार आपके मुँह से सुनूँ मैं यह कविता। प्लीज़।"

आज मैं सच में ख़ुश था। अपनी कविता की किताब को पलटना मुझे उतना ख़राब नहीं लग रहा था। मैं पेज नंबर 42 पर पहुँचा और कविता देखी...

"सुनाऊँ?"

"रुकिए मुझे एक सिगरेट जलाने दीजिए।"

अरु अपनी सिगरेट और कॉफ़ी के साथ तैयार हो गई। मैंने उसे कुछ कश लेते हुए देखा और अपनी कविता पढ़नी शुरू की-

"मैं चोर हूँ
ख़ुद को पूरा का पूरा ख़र्च करता हुआ दिखता हूँ
पर असल में किसी मध्यवर्गीय चालाकी-सा
मैं थोड़ा-सा ख़ुद को,
सारे जीने के बीच चुराता चलता हूँ
हम आज़ाद हैं, हम कुछ भी कर सकते हैं
हम आज़ादी के बाज़ार में एक अदद मज़दूर हैं बस
मैं अपनी दी हुई झूठी आज़ादी में,
एक अँगड़ाई मुक्ति चुराता चलता हूँ

मैं चोर हूँ
मैं अपनी सूख चुकी नदी के पास
रोज़ एक लोटा पानी लेकर जाता हूँ
बीच नदी में खड़े होकर
लोटे के पानी से
कलकल की ध्वनि बनाता हूँ
मैं नदी की सूख चुकी मिट्टी को
पानी के सपने दिखाता हूँ
मैं ख़ुद चोर हूँ...
और अपने आस-पास सबको
चोरी करना सिखाता हूँ।"

मैंने कविता पढ़कर किताब बंद की और अरु ने अपनी आँखें खोलीं।

"बहुत पहले लिखी थी। अब तो पता भी नहीं क्यों लिखी थी।" मैंने कहा।

"मैं इसलिए सुनना चाह रही थी क्योंकि जब मैंने इसे पहली बार पढ़ा था तो मुझे लगा था कि मैं बस यह लिखने ही वाली थी। कैसे आप अपने ही भीतर पल रही चीज़ों को इतना कम आँकते हैं कि आप उसे लिखने के योग्य नहीं समझते और जब आप ख़ुद किसी दूसरे के लिखे में ख़ुद को नज़र आते हैं तो लगता है- मैंने क्यों नहीं लिख लिया था ये तब?"

"ऐसा मेरे साथ यात्राओं में होता है... किसी शहर को देखकर लगता है कि मैं जानता हूँ इस शहर को... मैं पहले क्यों नहीं आया यहाँ? यह तो मेरा कब से इंतज़ार कर रहा था यहाँ।"

"और मुझे किताबों और लोगों के साथ होता है... जैसा आप पहले हैं जिसे पढ़कर और मिलकर दोनों बार यही लगा कि पहले क्यों नहीं कर लिया था यह?"

अगर कोई दूसरा दिन होता तो मैं अरु की इस तारीफ़ पर झेंप जाता। पर आज का दिन नया लग रहा था। पहली बार घटने वाली घटनाओं-सा दिन, सो मैं अरु के संवादों में बराबर की शिरकत करता रहा। तभी अरु ने अपने फ़ोन में कुछ मैसेज देखे और हड़बड़ाकर उठी।

"माफ़ी चाहती हूँ, मैं भूल गई थी। मेरा ज़ूम कॉल है अपने परिवार के साथ और मैं इसे नज़रअंदाज़ नहीं कर सकती।"

और वह भागती हुई भीतर के कमरे में चली गई। मैं अपनी कॉफ़ी के आख़िरी घूँट लेता हुआ उसके टैरेस पर टहलने लगा। अरु ने भीतर से मैसेज किया कि 'दस मिनट बस...' मैंने जवाब दिया- 'आराम से।' मेरे संपादक का मेल आया हुआ था। मैंने मेल खोला तो उन्होंने लिखा था, "कहानी कहाँ तक पहुँची? थोड़ा जल्दी कर दीजिए... यह सही वक़्त है किताब के लिए।" मैंने फ़ोन वापस जेब में रख लिया। कल कहानी लिखी तो थी... कहाँ तक पहुँची थी कहानी? मुझे आश्चर्य हुआ कि कल रात की घटनाओं का ब्योरा मुझे ठीक से याद ही नहीं आ रहा था। हुआ क्या था? अंतिमा आने वाली थी, पर वह नहीं आई... वह दिल्ली चली गई थी। नहीं-नहीं... वह दिल्ली नहीं जा पाई। कहीं ऐसा तो नहीं कि अंतिमा असल में दिल्ली वापस चली गई है और मैंने अपने लिखे में उसे दिल्ली नहीं जाने दिया है? पहली बार मुझे समझ नहीं आ रहा था कि जीना कहाँ ख़त्म हो रहा था और लिखना कहाँ शुरू हो रहा था। क्या अंतिमा से फ़ोन करके पूछ लूँ कि वह दिल्ली में है या मुंबई में? नहीं पहले मुझे वह पढ़ना चाहिए जो कल लिखा था, शायद कल रात कुछ भी न हुआ हो। मैंने अपने चेहरे पर हाथ फेरा, मानो रात के जाले मेरे चेहरे पर चिपके रह गए हों। मैंने फिर एक गहरी साँस भीतर ली। नीचे ख़ाली सड़क पर निगाह गई तो लगा लैंप-पोस्ट के नीचे कोई खड़ा है। मैंने ध्यान से देखा तो लैंप-पोस्ट के नीचे मुझे हिरन खड़ा हुआ दिखा। मैं तुरंत छत की दूसरी तरफ़ चला गया। फिर मुझे याद आया कि मैंने देखा था वर्मा मैडम मेरे लैपटॉप के सामने बैठी कहानी टाइप कर रही थीं। मैंने सुबह अपना लैपटॉप क्यों नहीं खोला? क्यों नहीं देख लिया कि वर्मा मैडम क्या टाइप कर रही थीं? क्या मैं सच में पगला रहा हूँ... एक लेखक कितना पगला सकता है? वह सपने देख रहा है कि उसका पात्र उसकी कहानी लिख रहा है।

तभी अरु छत पर वाइन के दो गिलास हाथ में लेकर आई।

"माफ़ी इसी तरीक़े से माँगी जा सकती है। अरसे से इस वाइन को सँभालकर रखा था कि किसी ख़ास वक़्त में खोलूँगी।" वह झूले के एक किनारे पर बैठ गई।

"मैं क़तई मना नहीं करूँगा, पर मैं एक गिलास से ज़्यादा नहीं पीऊँगा... मैं अब उस उम्र में आ चुका हूँ कि मुझे अपना पीना क़ायदे में रखना चाहिए।"

अरु हँसी और उसने मंज़ूरी में सिर हिला दिया। वाइन सच में बहुत अच्छी थी। अरु ने मेरे संगीत की पसंद पूछी। मैंने कहा, "धीमी गति का... कोई भी संगीत चलेगा।" वाइन और संगीत की हल्की ख़ुमारी में हमारी बातचीत मौसम और इन कठिन दिनों के इर्द-गिर्द घूमती रही। अरु की बातें मुझे पुराने पढ़े उपन्यासों की याद दिलाती हैं। एक तरह का अलसायापन और अजीब-सी शर्म है उसकी बातों में... उस शर्म और बातचीत के बीच वह सिगरेट के लंबे कश लगा रही होती है। उसकी हँसी में हर बार उसका हाथ उसका चेहरा ढाँक लेता है। अगर कभी मैं उसकी तारीफ़ करता हूँ तो वह अपना चेहरा पलट लेती है और तब तक मुझे नहीं देखती जब तक मैं उसकी तारीफ़ करना बंद न कर दूँ। मुझे लगता कि अगर मैंने इसे छुआ तो यह पिघल जाएगी। बातों-बातों में मैंने अरु से पूछा कि पवन कहाँ हैं?

"आप पवन को बड़ा मिस कर रहे हैं?" अरु ने तपाक से मेरी बात को काट दिया।

"ऐसा नहीं है... अच्छी शाम है, वह होता तो उसे भी मज़ा आता... मतलब बिज़ी तो नहीं है ना वो?"

"पता नहीं... मैंने तो नहीं पूछा।"

"क्यों?"

"अरे क्यों पूछूँ... वह क्या मेरा बॉयफ्रेंड है?"

यह सुनते ही मेरा मुँह खुला का खुला रह गया। अरु को तुरंत सब समझ में आ गया।

"ओ... तभी आप मुझसे इतना कटे-कटे-से हैं। आपको लगा कि मैं और पवन..." अरु को इतनी तेज़ हँसी आई कि उसके गिलास से कुछ वाइन झूले पर छलक गई। उसने गिलास टेबल पर रखा और देर तक हँसती रही।

"पवन ने ही मुझे कई बार कहा कि अरु मेरी ख़ास दोस्त है। और वह ख़ास शब्द पर हमेशा ज़ोर दे रहा था तो मैंने सोचा कि... वह मुझे अपनी तरफ़ से आगाह कर रहा है कि..."

"और मुझे लगा कि आपको पवन में इंट्रेस्ट है।"

मैं भी अरु की हँसी में शरीक हो चुका था। अब सब कुछ सहज था और एक दूसरे क़िस्म का मीठा तनाव हमारे बीच खिंच आया था। हम दोनों एक-दूसरे के थोड़ा क़रीब आकर बैठ गए थे। अब हम दोनों को पता था कि इस शाम का अंजाम क्या होना है... हम उस अंजाम तक कैसे और कितनी देर में पहुँचेंगे बात बस इतनी ही थी। पर कुछ देर पहले तक मेरा आकर्षण उस गंदगी में था कि हमारे बीच पवन के होते हुए भी हम दोनों अकेले मिल रहे हैं। मैं कभी अरु को छूता भी नहीं, पर आप किसी व्यक्ति को कभी छू नहीं सकते हैं इस बात में जो खिंचाव है, वह गुदगुदाने वाला है। हर बात में अजीब क़िस्म का द्वंद्व था, जिसकी कहानी मैं हमेशा से पढ़ना चाहता था। मुझे लगने लगा कि मैं अभी तक एक बेहद दिलचस्प कहानी पढ़ रहा था और अब वह कहानी अचानक प्रिडिक्टेबल हो गई है। अब इसके सारे दाँव-पेच मुझे पता हैं और उन सबसे होकर गुज़रने में एक थकान है। अच्छा है कि आज का दिन अलग था। आज मैं बेहद हल्का महसूस कर रहा था। आज मैं आधा नहीं जीना चाह रहा था। मैं किसी भी चीज़ को तोड़ना नहीं चाह रहा था कि उसे घर जाकर अपने लिखे में पूरा करूँ। मैं पूरा जीना चाहता था। यूँ भी मेरा लिखा मेरे बस के बाहर था। अरु वाइन का दूसरा गिलास ले आई। मैं सिगरेट पीने के बहाने से झूले पर से उठ गया।

"रोहित, क्या मैं आपको रोहित बुला सकती हूँ।"

"मुझे बहुत अच्छा लगेगा।"

हम दोनों अपनी वाइन, ऐश-ट्रे और सिगरेट के साथ छत के दूसरी तरफ़ की मुँडेर पर आकर खड़े हो गए।

"मुझे पता है आपको पहाड़ और नदी बहुत पसंद हैं। आपकी पूरी कविताओं में उनका ज़िक्र किसी प्रेमिका की तरह आता है, तो फिर आप यहाँ इस भीड़ भरे शहर में क्यों रहते हैं?"

"मैं ख़ुद इसका जवाब नहीं ढूँढ़ पाया कभी। फिर लगता है कि क्या हम जो चाहते हैं वो सच में हमें चाहिए होता है?"

"तो वह जीने की चाहना कहाँ से उठती है?"

"ख़ुद के मनोरंजन और डर से शायद। हम कभी भी किसी जी रहे में इतना ख़र्च नहीं हो जाना चाहते हैं कि वह जीवन हमारा जीना तय करने लगे। हम

अपने घर के कुछ दरवाज़ों की सिटकनी हमेशा खुली रखना चाहते हैं ताकि कभी भी यहाँ से निकला जा सके।"

"यह तो दोगलापन हुआ! जहाँ हैं वहाँ हैं नहीं और जहाँ जाना चाहते हैं, वहाँ जाएँगे नहीं कभी।"

"यही दोगलापन ही हमारा मनोरंजन है।"

"इसलिए मुझे अभिनय बहुत पसंद है।"

"अच्छा... मुझे कभी अभिनय नहीं समझ आया, नाटक देखने में मुझे हमेशा लेखक ही मुझसे बात करता दिखता रहा है। अभिनेता किसी ज़रिये से ज़्यादा नहीं लगे कभी मुझे।"

"आपने कभी नाटक नहीं लिखे?"

"मुझे नाटक लिखना बहुत बाज़ारू काम लगता है... मतलब लोगों को बुलाकर, कुछ अभिनेताओं की मदद से, अपने लिखे की नुमाइश करने जैसा कुछ।"

"मेरे लिए अभिनय थेरेप्युटिक है। आपको एक किरदार मिलता है और आप वैसा होना चाहते हैं। एक पूरा झूठ तैयार किया जाता है- आपके अगल-बग़ल जिससे आप उस किरदार की सच्चाई को छू सकें। आप उसे छूते हैं, जीते हैं और वापस अपने घर आ जाते हैं। यह कितना कमाल है न!"

"मैंने ऐसे कभी नहीं सोचा।"

"अपने एक जीवन में आपको रजनी, कमला, नर्गिस होने का मौक़ा मिलता है और इस बात के आपको लोग पैसे भी देते हैं... मेरा बस चले तो मैं पैसे देकर यह सब होना चाहूँगी।"

हम दोनों की बातों के भीतर एक तरीक़े की चुहलबाज़ी घर कर रही थी। पर कितना जानना चाहते हैं हम एक-दूसरे को? और किस हद तक? क्या हम ख़ुद को भी एक हद के बाद जान सकते हैं? शायद हम अपनी बातचीत में ख़ुद ही को ज़्यादा खँगाल रहे होते हैं। मुझे हमेशा लगता था कि मैं वर्मा मैडम को जानता हूँ, पर मैं कितना ग़लत था! मुझे वापस जाना चाहिए। मुझे अपनी कहानी के अगल-बग़ल रहना चाहिए। एक तीव्र इच्छा हुई यहाँ से निकल जाने की। मैं आज बहुत हल्का महसूस कर रहा था, मैं यह वक़्त अपनी कहानी को देना चाहता था। मैंने वाइन का ग्लास वापस टेबल पर रखा और अरु से

इजाज़त माँगी।

"वैसे बहुत थोड़ी वाइन बची है... पर आपके ऊपर है।"

"नहीं मैं अब और नहीं पी सकता... थैंक्यू!"

मैंने अरु से हाथ मिलाया और हम दोनों को लगा कि कम-से-कम विदा तो गले लगकर लेनी चाहिए। बहुत ही असहजता से हम दोनों ने अपने हाथ फैलाए गले लगने के लिए। अरु के गले लगते ही लगा मैं इसे जानता हूँ। उसके बालों की ख़ुशबू पहचानता हूँ। कुछ लोग होते हैं जो गले इतनी आत्मीयता से लगते हैं कि लगता है आप घर आ गए हों। मैं इस ख़ुशबू में कुछ देर और बने रहना चाहता था। तभी अरु का शरीर अजीब-सी शर्म से सिकुड़ने लगा मेरे शरीर में। एक रिरियाती-सी इच्छा जागी मेरे भीतर यह जानने की कि अरु का चेहरा इस वक़्त कैसा लग रहा होगा? मैंने धीरे से उसके कंधे पर हाथ रखकर उसे अपने से अलग किया। अरु की आँखें नीचे थीं। मुझे लगा कि कहीं वह अभिनय तो नहीं कर रही है।

"तुम अरु ही हो ना?" मैंने कहा।

"हाँ क्यों?"

"बस... यूँ ही पूछा।"

अरु ने मेरी शर्ट को कसकर पकड़ रखा था। मैं अरु के चेहरे के बहुत क़रीब आ गया था। उसने अपनी आँखें बंद कर लीं। मैं उसके चेहरे को छूने लगा। उसकी भौंह, नाक, उसके होंठ, उसके गाल... कितनी कोमलता है इनमें! कितनी तराशी हुई ख़ूबसूरती है! मैंने अपने होंठ उसके होंठों पर रख दिए। बहुत हल्के से उसने मुझे चूमा और मुझे लगा कि मैंने कुछ चखा है जिसे मैं जानता हूँ। एक हरकत मेरी रीढ़ की हड्डी में हुई। मैंने अपना चेहरा हटा लिया। तभी अरु ने पता नहीं क्या मेरी आँखों में देखा और बहुत ही सांत्वना भरी आवाज़ में कहा, "गुड नाइट!"

वापस घर आते हुए मैं अपने मुँह के स्वाद में उलझा हुआ था। मैंने अपनी जीभ अपने होंठों पर घुमाई और मुझे पता चला कि यह दालचीनी-सा स्वाद है। ठीक दालचीनी का नहीं, पर उसकी ही तरह कुछ। यह स्वाद अरु के होंठों पर कैसे हो सकता है? मैं इस स्वाद को पहचानता था। मेरी जीभ बार-बार मेरे होंठों पर घूम जाती।

हम दोनों के बीच...
एक सूत भर की दूरी ही तो है।
जिसमें मेरी छत से तुम्हारी छत की छलाँग के बीच में,
एक ठोकर की अथाह दूरी है।

मैं सुबह आईने के सामने खड़े होकर ब्रश कर रहा था। हाथ आदतन चल रहे थे और दिमाग़ कल रात की घटनाओं को सलीक़े से जमाने में लगा था। कल रात जब मैं दालचीनी का स्वाद मुँह में लेकर वापस आया था तो सीधे अपने लैपटॉप को खोल लिया था। बहुत दिनों बाद अपनी सारी ख़ुशी को मैं अपनी कहानी में उँड़ेल देना चाह रहा था। पर मैं स्तब्ध-सा रह गया, जब मैंने अपनी कहानी को देखा... वह आगे बढ़ चुकी थी। कैसे? मैं कुछ वाक्य ही पढ़ पाया और लैपटॉप बंद कर दिया। इसमें डर नहीं था। इसमें मेरे पूरे शरीर में अचानक अस्थिरता थी। मैं कब लिख रहा हूँ और कब जी रहा हूँ के बीच की रेखा ग़ायब थी। मेरे दैनिक जीवन की हर हरकत पर मैं प्रश्नचिह्न लगाने लगा- क्या मैं अरु से मिला भी था? या असल में मैं रोज़ बस घूमने निकलता हूँ और उस लड़की के बारे में सोचता हूँ जो किसी कैफ़े में कहीं बैठी थी जिससे मैं बात नहीं कर पाया था। एक बात पर पूरा यक़ीन था कि अंतिमा दिल्ली जा चुकी थी। मैं कल रात बिस्तर में चित पड़े हुए अपने शरीर को पागलों की तरह छू रहा था, यह जानने के लिए कि क्या मैं हूँ अभी यहाँ बिस्तर पर पड़ा हुआ? या मैं असल में सोफ़े पर बैठा हुआ, ख़ुद का बिस्तर पर होना लिख रहा हूँ? क्या मैं आईने में ख़ुद को ब्रश करता हुआ भी लिख ही रहा हूँ?

मैंने ब्रश करना तुरंत बंद किया। बहुत सारा पानी अपने चेहरे पर मारा

ताकि समझ में आए कि मैं यह लिख नहीं रहा हूँ, जी रहा हूँ। दालचीनी का स्वाद मेरे मुँह में अभी भी था। मैं लैपटॉप के पास गया, पर उसे खोलने की हिम्मत अभी भी नहीं हुई। मुझे तभी समझ जाना चाहिए था कि जब चीज़ें मेरे हाथों से फिसलकर टूट रही थीं। मैं चार काँच की बर्नी, तीन प्लेटें और सारे-के-सारे कप तोड़ चुका हूँ अब तक... पता नहीं दिमाग़ में क्या चल रहा होता है और चीज़ें हाथ से छूट जाती हैं। अभी चाय भी मुझे स्टील के गिलास में पीनी पड़ रही है। मैंने कविताएँ लिखना भी इसलिए छोड़ा था क्योंकि मेरे लिखे और जिए के बीच अंतर मिटता चला जा रहा था। मैं कब कविता में प्रवेश करता था और कब अपने घर से बाहर निकलता था इसके हिसाब में बहुत गड़बड़ी थी। कितना ख़तरनाक है यह! जो जीता है वह हमेशा अलग होना चाहिए और जो लिखता है उसे ख़ुद से बहुत दूर एक रहस्य के दायरे के बाहर नहीं आने देना चाहिए। हमारा रहस्यों के प्रति आकर्षण सारा कुछ गड़बड़ कर देता है। इच्छा हुई कि अपने पिता को फ़ोन करूँ और कह दूँ कि मैं शादी करना चाहता हूँ। मुझसे इस तरह अकेले रहते नहीं बन रहा है। इस ख़याल के आते ही मुझे हँसी आने लगी। मैं जानता हूँ लिखने के अलावा मेरे पास कोई भी गली-कूचा नहीं है छुपने को। मैं स्टील के गिलास में चाय बनाकर अपने लैपटॉप के सामने बैठ गया और भीतर एक प्रार्थना-सी करने लगा कि काश कहानी ख़ुद आगे न बढ़ी हो। मैंने जैसे ही कहानी खोली वह आगे बढ़ी हुई थी। मैंने उसे पढ़ना शुरू किया...

"बात कविताओं की थी और अब रोहित कवि हो जाना चाहता था। दूसरों की कविताएँ रटकर सुना देने से आप कवि नहीं हो जाते, यह बात रोहित जानता था। दुष्यंत कवि जैसा दिखने वाला कवि था... लंबे बिखरे बाल, हल्की दाढ़ी, पतले-कोमल हाथ, दुबला शरीर और नशीली आँखें। रोहित अपनी आँखों को नशीली करने की कोशिश में देर तक आईने के सामने प्रयत्न करने लगा था। रोहित कई बार ग़ुस्से में सोचता कि काश कविता के बजाय लोग पतंगबाज़ी को महत्त्व देते तो आज वह दुष्यंत की धज्जियाँ उड़ा चुका होता। हर बार, हर बात पर वह उसे काट चुका होता। अपने प्रयत्नों में वह कोरे पन्ने लेकर दूसरों की

कविताओं से वाक्य चुराता और अपनी कविता बुनने की कोशिश करता, पर अंत में जो कविता बनती वह उसकी ही समझ से परे होती। फटे-मुड़े-खुचड़े पन्नों की भीड़, उसके कमरे में, उसके आस-पास लगी रहती और वहाँ दुष्यंत जब शनिवार-इतवार को गाँव में वर्मा मैडम से मिलने आता, हर बार कुछ नयी कविताएँ बुन लाता। छत पर तीनों की तिकड़ी जमती और वह हर बार वर्मा मैडम की वाहवाही लूट जाता। दुष्यंत हमेशा अपनी कविता ख़त्म करने पर रोहित से पूछता कि कुछ सुनाओ... रोहित हर बार 'लिख रहा हूँ' कहकर बात टाल देता। दीवाली की छुट्टियाँ क़रीब थीं। यह तब की बात थी जब दीवाली पर बीस दिनों की छुट्टियाँ मिला करती थीं। इस बार वर्मा मैडम ने तय किया था कि वह शहर नहीं जाएँगी और यहीं रहकर अपनी पीएचडी की थीसिस कंप्लीट करेंगी। दुष्यंत ने तय किया था कि वह छुट्टियों में यहीं उनके साथ रहेगा और उनका हाथ बँटाएगा। रोहित को लगा कि वह वर्मा मैडम से कह दे कि इसकी क्या ज़रूरत है, आपका हाथ मैं बँटा दूँगा ? पर इतना अधिकार उसे नहीं था। उसे लगा था कि उसे अधिकार मिल सकता है, जब वह कम-से-कम एक बार दुष्यंत को अपनी कविता से पछाड़ दे।

तुमसे सूत भर की दूरी में पड़ा हुआ
स्पर्श शब्द कितना ख़ाली है
हम दोनों के बीच...
एक सूत भर की दूरी ही तो है
एक सूत कभी तो पूरा जीवन है
जिसमें मेरी छत से तुम्हारी छत की छलाँग के बीच में
एक ठोकर की अथाह दूरी है
तो कभी एक सूत वह काँपता क्षण है,
जिसमें तुम्हारे हाथ बेहद प्यासे दिखते हैं
और मैं उन तक पानी पहुँचाने में
हमेशा छलक जाता हूँ
तुम इसे कविता कहती हो
और मेरे लिए यह महज़

दूरी, ठोकर, काँपता क्षण, प्यास... जैसे टूटे शब्दों का इकट्ठा हो जाना है
तुम छू दो तो स्पर्श को अर्थ मिले
और ये सारे शब्द अपनी कविता से
बिना छलके मिलें।

रोहित पसीने-पसीने हो चुका था कविता लिखने के बाद। उसे लगा कि इतने कठिन काम को लोग करते ही क्यों हैं? अपनी कविता लिखने के बाद वह देर तक उसे आईने के सामने दोहराता रहा। उसे लगा कि यह कविता दुष्यंत को पछाड़ने जितनी अच्छी नहीं है। उसे दुष्यंत को पछाड़ने के लिए पर्यावरण, वन्य-जीव, सूरज के उगने या डूबने पर कविता लिखनी चाहिए। पर उस पर मौसम का असर कहाँ हो रहा था! उस पर असर वर्मा मैडम का था जिनके सामने बाक़ी सारी लिखाई फीकी थी। उसे पता था कि इस शनिवार-रविवार को दुष्यंत नहीं आएगा शहर से, वर्मा मैडम घर में अकेले थीसिस पर काम कर रही होंगी। वह इस वक़्त उन्हें कविता सुना सकता है। उसने डायरी नहीं ली, वर्मा मैडम अगर उसकी डायरी देख लेंगी तो इसका मतलब है कि रोहित कुछ सुनाने आया है... उसे अपने सारे विकल्प अपने पास रखने थे जिससे वह परिस्थिति का मुआयना करके अपना मूव बदल सके। सो उसने अपनी डायरी से पन्ना फाड़कर जेब में रख लिया और छत के ज़रिये जब वह नीचे घर में आया तो देखा वर्मा मैडम अपने बिस्तर पर लेटी हुई हैं। उनकी थीसिस के पन्ने, पंखे की हवा से, उनके चेहरे के सामने उड़ने की कोशिश में हैं। रोहित ने सारे पन्नों को उठाकर बग़ल के टेबल पर रख दिया और उस पर एक लोटा रख दिया ताकि वे उड़ें न। तभी वर्मा मैडम ने करवट ली और उनके खुले गले वाले ब्लाउज़ से सरकते हुए रोहित की निगाह उनके वक्ष पर गई। वर्मा मैडम की आँखें बंद थीं और रोहित इस दृश्य को अपने दिमाग़ में जज़्ब कर लेना चाहता था। तभी उसे लगा कि दुष्यंत कितना मूर्ख कवि है... इतनी ख़ूबसूरती है उसके पास, जिसे वह छू भी सकता है, फिर भी कविताएँ-पर्यावरण, पहाड़, जानवरों पर करता है। रोहित के भीतर एक रिरियाता-सा सवाल उठा कि क्या वह दुष्यंत की कविता के इस स्रोत को छू सकता है? क्योंकि उसे तो इस ख़ूबसूरती की परवाह नहीं है। पर इस विचार पर ही उसके

पैर ढीले पड़ने लगे। उसे लगा कि वह गिर जाएगा। वह बिना आवाज़ के चुपचाप वहाँ से निकल जाना चाहता था। वह मुड़ा ही था कि वर्मा मैडम की आवाज़ आई, "रोहित... कुछ काम था?"

"नहीं मैं बस देखने आया था कि आपको कुछ ज़रूरत तो नहीं है।"

"इधर आओ... आओ।"

रोहित वर्मा मैडम के बिस्तर के पास गया। उन्होंने इशारे से उसे बैठने को कहा। उन्होंने वापस आँखें बंद करते हुए कहा, "कुछ सुनाओ।"

रोहित ख़ुश हो गया। वह अपनी जेब से अपना मुड़ा-तुड़ा पन्ना निकालने ही वाला था कि वर्मा मैडम ने कहा, "वो कविता, 'तुम्हारे साथ रहकर' याद है तुम्हें?"

"सर्वेश्वरदयाल सक्सेना की?"

"ह्म्म!"

"हाँ याद है... सुनाऊँ?"

रोहित ने ऐसे सुनाना शुरू किया मानो वह परीक्षा दे रहा हो। वर्मा मैडम को हँसी आने लगी, "ऐसे नहीं, महसूस करो, मानो तुमने ही किसी के लिए लिखी है। धीरे... बहुत धीरे... मैं सुनते हुए सो जाना चाहती हूँ।"

वर्मा मैडम ने अपने आलस में सब कहा, मानो वह अभी भी किसी सपने में टहल रही हों। वर्मा मैडम ने दूसरी तरफ़ करवट ले ली। रोहित को कुछ समझ नहीं आया। उसने अपनी कविता का पन्ना जेब से निकाला और अपनी कविता को मन में पढ़ा। फिर उसे वापस जेब में रख दिया। वह वर्मा मैडम के बग़ल में लेट गया। उसे वहाँ से वर्मा मैडम की पीठ दिख रही थी। उसका हाथ बरबस पीठ के स्पर्श के लिए गया, पर छूने के ठीक पहले वह रुक गया और बहुत धीरे से उसने कविता सुनानी शुरू की...

"तुम्हारे साथ रहकर
अक्सर मुझे ऐसा महसूस हुआ है कि दिशाएँ पास आ गई हैं,
हर रास्ता छोटा हो गया है..."

रोहित के हाथ वर्मा मैडम के बाल छूने लगे...

"दुनिया सिमटकर एक आँगन-सी बन गई है
जो खचाखच भरा है,

कहीं भी एकांत नहीं
न बाहर, न भीतर।"

रोहित की निगाह उनकी नंगी कमर पर गई। ऐसा लग रहा था कि कोई पहाड़ की ढलान हो- बेदाग़, बर्फ़-सी चिकनी। वर्मा मैडम शायद सो चुकी थीं। उसे कविता का हर शब्द वर्मा मैडम के शरीर से उभरता हुआ दिखने लगा। उसे लगा कि इन्हीं क्षणों में कहीं सर्वेश्वरदयाल सक्सेना ने यह कविता लिखी होगी... नहीं, लिखी नहीं होगी, देखी होगी, जी होगी...

"हर चीज़ का आकार घट गया है
पेड़ इतने छोटे हो गए हैं
कि मैं उनके शीश पर हाथ रख आशीष दे सकता हूँ
आकाश छाती से टकराता है
मैं जब चाहूँ बादलों में मुँह छिपा सकता हूँ।"

रोहित बहुत धीरे-धीरे कविता सुनाने लगा। वह नहीं चाहता था कि कविता ख़त्म हो और उनकी नींद उड़ जाए। उसने अपनी उँगलियाँ बालों से निकालीं और साड़ी के कमर पर बँधे हिस्से को छूने लगा। उसकी काँपती उँगली ने बिना उसकी इजाज़त लिए... वर्मा मैडम की कमर की त्वचा को छू दिया। कविता काँपती हुई रुक गई। उसने अपनी उँगली नहीं हटाई। वर्मा मैडम हिली भी नहीं। उसने देखा वर्मा मैडम की कमर के हिस्से में रोंगटे खड़े हो गए हैं। वह नहीं चाहता था कि रोंगटे उठने का पता वर्मा मैडम को चले सो उसने अपना हाथ उन उठे हुए रोंगटों पर रख दिया, और रुकी हुई कविता वापस शुरू हुई। इस बार सारे शब्द अपनी असीम कोमलता में रोहित के मुँह से झड़ने लगे...

"तुम्हारे साथ रहकर
अक्सर मुझे महसूस हुआ है
कि हर बात का एक मतलब होता है
यहाँ तक कि घास के हिलने का भी
हवा के खिड़की से आने का
और धूप का दीवार पर

चढ़कर चले जाने का।"

रोहित को लगा कि उसके हाथ के स्पर्श से रोंगटे ग़ायब हो गए थे। वर्मा मैडम की कमर इतनी कोमल थी कि उसको अपनी उँगलियों के पोरों में अभी भी रोंगटे महसूस हो रहे थे। वह अपने हाथ में उन रोंगटों की आहट को भी ख़त्म करना चाहता था, सो उसने अपना हाथ वर्मा मैडम की कमर पर आगे बढ़ाया। आगे ढलान थी। उसने महसूस किया कि उसका हाथ वर्मा मैडम की नाभि की तरफ़ बढ़ रहा है। कविता अपने हर शब्द पर देर तक रुकी रहती, जितना हाथ आगे बढ़ता उतने ही शब्द मुँह से निकलते। शब्द, रोहित के सूखते जा रहे कंठ को पकड़कर बैठने लगे। वह अगर बहुत कोशिश करता तो शब्द टूट जाते और आधे बाहर निकलते और आधे भीतर ही गिर जाते...

"तुम्हारे साथ रहकर
अक्सर मुझे लगा है
कि हम असमर्थताओं से नहीं
संभावनाओं से घिरे हैं
हर दीवार में द्वार बन सकता है
और हर द्वार से पूरा-का-पूरा
पहाड़ गुज़र सकता है।"

वर्मा मैडम के पेट पर रोंगटे ख़त्म हो चुके थे। रोहित का हाथ वर्मा मैडम की नाभि छू चुका था। रोहित अब ठीक से कुछ भी नहीं सोच पा रहा था। उसे महसूस हुआ कि उसका हाथ गीला है, शायद उसे पसीना आ रहा है। उसका शरीर वर्मा मैडम के शरीर से सटा हुआ है और उसका मुँह वर्मा मैडम के बालों के भीतर घुसा हुआ था। उसने गहरी साँस ली। वर्मा मैडम के बालों से उसे दालचीनी की ख़ुशबू आ रही थी। उसकी आँखें आधी बंद हो रही थीं, शायद यह दालचीनी की ख़ुशबू का नशा था। उसके हाथ पर उसका बस नहीं था। वह हाथ वर्मा मैडम के पेट पर तेज़ी से घूम रहा था। उसका पूरा शरीर कड़क होता जा रहा था। वह वर्मा मैडम से पूरी तरह चिपक चुका था। उसका शरीर काँप रहा था और कमर की तरफ़ से वह बार-बार झटके खा रहा था। अचानक

उसकी पिंडलियों में बहुत तेज़ दर्द होने लगा। उसने अपना सिर बालों के बीच से निकाला और अपनी पिंडलियों पर निगाह डाली... तभी उसे सामने दीवार पर हिरन की पेंटिंग टँगी दिखी। हिरन उसी की तरफ़ देख रहा था। कविता बहुत पहले पीछे छूट चुकी थी। अब शब्द के बजाय अजीब-सी कुछ आवाज़ें रोहित के मुँह से निकल रही थीं, जिनको उसने भी कभी नहीं सुना था। उसकी आँखें हिरन पर टिकी रहीं। तभी उसके पैर बहुत कड़क हो गए और कुछ झटके खाकर ढीले पड़ गए। उसने महसूस किया कि उसकी पैंट हल्की गीली हो चुकी थी। कुछ देर वह वहीं पड़ा रहा। उसे लगा कि उसे बुख़ार आ चुका है। उसका पूरा शरीर तप रहा था। तभी उसे बहुत तेज़ रोने का मन किया। पर वह नहीं चाहता था कि वर्मा मैडम उसका रोना सुनें... सो उसने अपने मुँह को कसकर दबाया और धीरे से पलंग से उठकर वह वहाँ से निकल गया।

काश बेचैनी देर तक अपने शरीर पर पानी डालते रहने से बहाई जा सकती! उसने अपने शरीर को इतना रगड़ा कि जगह-जगह लाल धब्बे उभर आए। आईने के सामने खड़े होकर वह ख़ुद के शरीर को ऐसे देख रहा था मानो वह किसी और का है। उसने देखा उसके चेहरे पर मुँहासा फूटा है। वह अपने मुँहासे को देखकर शरमा गया। एक अजीब-सा विचार उसके मन में आया कि काश वर्मा मैडम की उम्र कुछ वक़्त के लिए रुक जाए। बस कुछ ही सालों की तो बात है और वह उनके बराबर हो जाएगा। उसे महसूस हुआ कि वह बहुत जल्दी बड़ा हो रहा है। उसके भीतर कुछ रासायनिक परिवर्तन हो रहे हैं, शायद इसलिए भी कि उसने दुष्यंत की कविता के स्त्रोत को छू लिया था। उसे चारों तरफ़ रोंगटे खड़े हुए दिखाई देते... और जैसे-जैसे वह रोंगटे बैठते उनके भीतर से उसे शब्द फूटते हुए दिखते। वे सारे शब्द उसकी भाषा का हिस्सा नहीं थे... वे किसी दूसरे ग्रह के शब्द थे जिन्हें वह पहली बार देख रहा था। रोहित अपनी डायरी को हमेशा अपने पास ही रखता। जब-जब उसे वे शब्द दिखते, वह उन्हें लिख लेता। लिखते ही उसकी बेचैनी को किनारा मिल जाता। एक दिन उसने किनारा पा चुके शब्दों को संयोजित किया तो उसे एक कविता सुनाई देने लगी...

क्या सपनों को छुआ जा सकता है?
क्या सुबह पूरे यक़ीन से कह सकते हैं कि
रात में मैंने तुम्हें जिया है?
काश तुम सपना नहीं मेरी सहेली होती
काश मैं तुम्हें अपनी कविता में बुलाता और
उसके शब्दों में उलझाकर अपने पास रख लेता
काश तुम कविता होती
तो मैं वह कविता किसी को नहीं सुनाता
पर तुम कविता नहीं हो
तुम वह तिलिस्म हो
जिसमें अय्यार अपनी अय्यारी भूल जाता है
वह तुम्हारे बालों के भीतर घुसकर तुम्हारे पैर तलाशता है
तुम्हारे सिर-पैर का क्या हिसाब है?
वह कौन-सा हिसाब है जिसके अंत में...
हाथ में शून्य न आए?
क्या मैं शून्य हूँ?
क्या शून्य से हम एक हो सकते हैं?

एक पसीने की बूँद उसकी डायरी पर गिरी। उसे विश्वास नहीं हुआ कि बिना काँट-छाँट, बिना उठा-पटक के उसने कविता लिख दी है। जो काम उसे बेहद कठिन लगता था, वह अचानक कितना सहज काम हो चुका था। उसने कविता पढ़ी और उसे लगा कि उसे जीवन में पहली बार वह मिला है जिसकी उसे तलाश थी। उसकी सारी बेचैनी, सारी घबराहट दूर हो गई। वह इस कविता को दुष्यंत को सुनाना चाहता था। क्या वह भी दुष्यंत की तरह कवि हो चुका था? उसने पन्ना पल्टा और दूसरी कविता लिखने की कोशिश करने लगा। बहुत सारी कोशिशों के बाद भी उसके शरीर से एक शब्द भी बाहर नहीं आया। वह अपने बिस्तर पर चित लेट गया और देर तक कवि जैसा महसूस करने की कोशिश करता रहा।"

- - -

चाय स्टील के गिलास में ठंडी हो चुकी थी। मैं किसी यंत्रचालित मशीन-सा कहानी के सामने से उठा और किचन में चाय गर्म करने आ गया। मैं अपने दिमाग़ में याद करने की कोशिश कर रहा था कि कहानी का यह हिस्सा मैंने कब लिखा था? और मुझे उस दोपहर में अपना वर्मा मैडम के घर जाना इतनी बारीकी से याद भी नहीं था। कविताएँ... मैं कैसे याद रख सकता हूँ कि उस वक़्त क्या कविता लिखी थी? मुझे लगने लगा कि मैं ठीक से सो नहीं रहा हूँ। मुझे नींद की ख़ासी ज़रूरत हैं। यह रात को तीन बजकर दस मिनट पर उठना मुझे किस क़दर भ्रमित कर दे रहा है। क्या तीन दस पर उठने के बाद मैं पानी पीकर वापस सो जाता हूँ और उसके बाद जो भी होता है वह सपना है?

मैंने, कहानी जहाँ तक पहुँची थी, उसे अपने संपादक को भेज दी, जिससे कम-से-कम उन्हें यह तो यक़ीन हो कि मैं काम कर रहा हूँ।

बचपन में ही...
एक भगवान हमारे भीतर ठूँस दिया गया था।
जो एक दिन हमारी सारी ग़लतियों की सज़ा देगा।
जाने क्यों उसका चेहरा हमारी माँ से मिलता था।

पूरा दिन ख़ुद को घर के कामों में उलझाए रखा। मैं ख़ुद को थकाना चाह रहा था। अंत में नींद के ठीक पहले मैंने पिता को फ़ोन किया और उनसे उनकी तबियत ख़राब होने से लेकर ठीक होने की पूरी दास्तान विस्तार से सुनी। पता नहीं क्यों मुझे सारी बातें सुनते हुए बेहद अपनापन महसूस हो रहा था। एक तरह की तसल्ली कि मैं इनका हूँ, इन्हीं का एक हिस्सा, इनका बेटा। अपनी बात ख़त्म करने के बाद पिता ने फ़ोन सलीम को थमा दिया। सलीम घर की समस्या से देश की समस्या पर अपने तीसरे वाक्य में ही पहुँच गया था। हम देर तक जातिवाद पर बात करते रहे। फ़ोन रखने के बाद मैं सोचता रहा कि कितना ज़्यादा रेसिज़्म है हम सबके भीतर, जिसे हमें लगातार झाड़ते रहना पड़ता है। हम सब बहुत पुराने ज़माने के हैं, जहाँ समलैंगिकता बीमारी मानी जाती थी, जहाँ काले को काला, लँगड़े को लँगड़ा कहा जाता था और हमें इसमें कुछ भी ग़लत नहीं लगता था। 'दुर्बल की गति, दुर्बल जाने' जैसे वाक्य कहकर हम अपना पल्ला झाड़ दिया करते थे। आज के युवा ज़्यादा प्रगतिशील हैं, पर हम भी हमारी पुरानी पीढ़ी से ज़्यादा प्रगतिशील थे और शायद वह भी अपनी पुरानी पीढ़ी से। बहुत धीरे, पर परिवर्तन लगातार बना रहता है। कई बार सलीम की बातों के जवाब में मैं सोचता हूँ कि उसकी जिन बातों पर मैं उसे टोकता हूँ या समझाने का प्रयत्न करता हूँ, असल में मैं भी बहुत भीतर से

बिलकुल वैसा ही सोच रहा होता हूँ। हम सब असल में कितने एक जैसे हैं। हम जब कहते हैं कि हम बदल रहे हैं, शायद हम बस थोड़े बुरे और बहुत बुरे के बीच अंतर समझ गए हैं, पर उस अंतर से हमारे भीतर कितना अंतर पड़ा है इस बात को लेकर मैं हमेशा भ्रमित रहता हूँ। मैंने अपनी आँखें बंद की ही थीं कि पवन का मैसेज आया- 'गुरु कल वॉक पर आओ कुछ बात करनी है।' मैंने 'ओके...' लिखकर फ़ोन रख दिया। महिला और पुरुष का संबंध कितना उलझा हुआ होता है! जब शुरू-शुरू में मैं किसी महिला के साथ सोता था तो लगता था मैं बहुत ही ग़लत काम कर रहा हूँ। ग़लत कामों का दंड देने वाला कोई भगवान है जिसका चेहरा मेरी माँ से मिलता है। उसे एक दिन सब पता लग जाएगा और फिर बहुत बुरी सज़ा मिलेगी। मैं अपने शुरुआती संबंध कभी भी ढंग से जी नहीं पाया। कभी इच्छा होती है कि उन सारे लोगों से मिलूँ और अपने घुटने पर बैठकर उन सबसे माफ़ी माँगूँ, पर फिर माफ़ी तो मैं अंतिमा से भी माँगना चाहता हूँ। अभी मैंने जल्दी से पवन को जो 'ओके' लिखा उसमें भी मेरे भीतर एक चोर छुपा है जो यह सोचता है कि मेरे और अरु के बीच जो भी हुआ वह ग़लत था। उस ग़लती का भगवान इस वक़्त पवन है... वह मुझे सज़ा देगा। हम पीढ़ी-दर-पीढ़ी बदले नहीं हैं। हमने बस अपने जानवर के बढ़ते नाख़ूनों को काटना सीख लिया है।

मैंने देखा पवन मेरा इंतज़ार कर रहा था। मैंने टाइम देखा... मुझे देर नहीं हुई थी शायद पवन ही जल्दी आ गया था। फिर भी मैं दौड़ता हुआ उस तक पहुँचा।

"क्या हुआ?" 'कैसे हो' की जगह मेरे मुँह से 'क्या हुआ' निकला।

"कुछ नहीं हुआ... मैं तुम्हारा इंतज़ार कर रहा था। तुम हमेशा ऐसे क्यों पूछते हो जैसे कुछ ग़लत हुआ है?" पवन ने कहा।

"अरे नहीं तुमने बोला कुछ बात करनी है। मुझे लगा सब ठीक तो है न!" मैं शब्द ढूँढ़ने लगा।

"जब पूरी दुनिया बिखर रही है तो इसमें कुछ भी ठीक कैसे हो सकता है?"

हम दोनों चलने लगे। मैं थोड़ा चिड़चिड़ा गया। मुझे लगा पवन से पूछूँ

कि क्या तुमने देर रात मुझे इसलिए मैसेज किया था कि हम आज वॉक कर सकें? और बात करनी है तो बात करो पहले... मैंने अपनी चिढ़ को भीतर दबाया और चुपचाप उसके साथ वॉक करने लगा। हम दोनों ने मास्क पहना हुआ था। पवन ने चलते हुए मास्क उतार दिया... फिर कुछ गहरी साँसें लीं और वापस मास्क लगा लिया। "सुना तुम अरु से मिले थे?" पवन ने अचानक पूछा तो मैं थोड़ा हड़बड़ा गया।

"हाँ, बस एक कॉफ़ी... मुझे थोड़ी जल्दी थी सो मैं तुरंत ही निकल गया था।" ख़ुद को रोकने की कोशिश में भी कुछ ज़्यादा शब्द मुँह से गिरते गए।

"हाँ, उसने बताया था।"

"और क्या बताया?"

"कुछ नहीं... कहा कि तुम उससे मिले बस।"

"अच्छी लड़की है।" मैंने खिसियाते हुए जोड़ा।

"मुझे बहुत पसंद है... बहुत... बहुत... ज़्यादा।" पवन ने मुझे देखते हुए 'बहुत-बहुत' कहा। मैं उसे देखकर मुस्कुरा दिया। फीकी चोर वाली मुस्कुराहट। पर मैं मास्क पहने हुए था, मुझे नहीं पता था कि पवन मेरी मुस्कुराहट समझ पा रहा है या नहीं। मैंने तुरंत मास्क उतारा, पर तब तक मेरी मुस्कुराहट ग़ायब हो चुकी थी। पवन पलट गया था। मैं चलते हुए सोचने लगा कि मैं क्यों आ गया इससे मिलने, मैं इस मुलाक़ात को टाल भी सकता था?

"मैंने कुल मिलाकर सत्रह छिपकलियाँ मार दी हैं।" पवन ने अचानक कहा।

"सत्रह... सत्रह तो काफ़ी हैं।"

"तुमने कभी कोई छिपकली मारी है?"

"बिलकुल नहीं... बल्कि मैं उन्हें बहुत पसंद करता हूँ।"

"तुम बिलकुल फ़ेसबुक वाले लोगों जैसे हो।"

"मैं फ़ेसबुक पे नहीं हूँ।"

"मतलब जैसा वे लोग बोलते हैं न... ओह! छिपकलियाँ कितनी अच्छी होती हैं। वे घर को साफ़ रखने में मदद करती हैं... और जब मैंने छिपकलियाँ मार दीं तब लोग बता रहे हैं कि आप उन्हें भगा सकते थे, उन्हें अंडे की, अदरक की, प्याज़ की बदबू पसंद नहीं है।" यह कहते ही पवन पछतावे में

सिर हिलाने लगा और उसने मुझे ऐसे देखा मानो ये सारी बातें मैंने ही कही हों।

"पर यह तो बेहतर सुझाव है।"

"मतलब मैंने इतनी छिपकलियाँ मार दीं जो मुझे बहुत पसंद थीं और लोग अब अपने घरेलू नुस्ख़े मुझे बता रहे हैं? ये सारी बातें पहले क्यों नहीं बताई गईं, अब मुझे कितनी ग्लानि हो रही है- इन सारी हत्याओं की?"

"पर फ़ेसबुकवालों को कैसे पता कि तुमने छिपकलियाँ मार दी हैं?"

"मैंने गिल्ट में आकर फ़ेसबुक पर छिपकली मारने की दास्तान लिखी। उस वक़्त लोगों ने कुछ नहीं कहा पर अभी केरल में जो हाथी के साथ हुआ जिसमें एक हथिनी जो बच्चे से थी उसे पाइन-एप्पल में भरकर पटाखे खिला दिए और वह मर गई। मुझे बहुत दुख हुआ और मैंने उसके बारे में अपनी भावनाएँ बहुत कड़े स्वर में व्यक्त की तो लोग मेरे छिपकली वाले लेख को साझा करके कहने लगे कि तुम तो यह बात नहीं कह सकते... तुमने छिपकलियों को मारा है।" यह कहते ही पवन फिर मुझे यूँ देखने लगा कि मैंने वह बात की हो और उसे अचरज हो रहा है कि मैं ऐसा कैसे कह सकता हूँ। मैंने अपने कंधे उचका दिए।

"पर बात वहीं नहीं रुकी। उन्होंने कहा कि तुम तो मांसाहारी हो, अगर तुम्हारी प्लेट में एक मरा हुआ जानवर पड़ा है तो जानवरों की रक्षा की बात करना तुम्हारा दोगलापन है। मुझे ग़ुस्सा आ गया... मैंने लिखा कि यह क्या बात है? मतलब तुम पेड़ काटने के ख़िलाफ़ बात नहीं कर सकते, अगर तुम्हारी प्लेट में सब्ज़ियाँ पड़ी हैं?" इस बार मुझे हँसी आ गई। मुझे मास्क पहने हुए पवन इन सारी संजीदा बातों में बहुत हास्यास्पद लग रहा था।

"कुछ ग़लत कहा क्या?" पवन ने पूछा।

"नहीं कुछ भी ग़लत नहीं है।" मैंने हँसते हुए जवाब दिया।

"तो हँसी क्यों आ रही है?"

मैं चुप हो गया। हम कुछ देर ख़ामोशी में चलते रहे। पवन को गिल्ट है और वह उसे स्वीकार नहीं कर रहा है।

"क्या कोई छिपकली प्रेग्नेंट थी?"

मुझे नहीं पता मैंने यह क्यों पूछा था। पवन ने हाँ में सिर हिलाया और अपना मास्क उतार लिया। मैंने भी साँस लेने के लिए अपने मास्क को नाक के

नीचे खिसका लिया। कुछ देर बाद मैंने फ़ोन पर वक़्त देखा। अब मुझे चलना चाहिए, मन में विचार आया फिर सोचा पवन के साथ एक आख़िरी राउंड लगा लेता हूँ फिर चला जाऊँगा। एक राउंड क़रीब बारह मिनट में ख़त्म होता है। पवन ने वापस मास्क चेहरे पर लगा लिया। बारह मिनट की चुप्पी में हम दोनों चलते रहे। राउंड ख़त्म हुआ और मैं जाने को ही था कि पवन ने मास्क उतारकर कहा, "हत्या करना बड़ा अजीब है। जब मैंने पहली छिपकली को मारा था तो विश्वास नहीं हुआ था कि मैं ऐसा कर सकता हूँ। उस वक़्त मेरे भीतर इतनी क्षमता नहीं थी कि मैं उसकी लाश को बाहर फेंक सकूँ। फिर जब उनकी हत्या मैं करता रहा तो एक तरह की कठोरता चेहरे पर आती रही। अब जैसे मैं झाड़ू लगाता हूँ, पोंछा लगाता हूँ, घर के काम करता हूँ... वैसे ही छिपकली भी मार देता हूँ। मुझे लगा था भीतर एक संवेदना का तालाब था जो सूखता चला गया था। क्या मैंने समय के साथ-साथ दुष्यंत को भी मार दिया है? मैं जब भी ख़ुद को दुष्यंत कहता हूँ तो लगता है मेरे हाथों में चप्पल है और नीचे ज़मीन पर पवन ख़ून में लथपथ पड़ा है।"

पवन ने यह कहते ही वापस मास्क लगा लिया। मुझे यक़ीन नहीं हुआ कि यह वही पवन है जिसकी बातों पर मैं कुछ देर पहले हँस रहा था। काश, मैं पवन होता तो सारा कुछ जैसा-का-तैसा कह देता है। मेरी इच्छा हुई कि मैं उसका मास्क हटाकर उसका चहरा देखूँ कि वह अभी कैसा दिख रहा है, क्या वह दुष्यंत है अभी?

"तुम बहुत ईमानदार हो।" मैंने कहा।

"तुम्हें लगता है?"

"बिलकुल।"

"चलें?" उसने कहा और वह मेरे साथ मेरे घर की तरफ़ चलने लगा।

"तुम इस तरफ़।"

"अरु से मिलने जा रहा हूँ।"

"तो तुम यही छिपकली वाली बात मुझसे करना चाह रहे थे?"

"हाँ। सुनो, मैंने एक कविता लिखी है, इन्हीं बातों पर... पहली बार।"

"तो सुनाओ।"

"अरे न... ये सिर्फ़ अरु के लिए है। अगर उसे पसंद आई तो तुम्हें भी

सुनाऊँगा।"

"यह तो बहुत अच्छी बात है।"

"अब अरु को इंप्रेस करने के लिए कुछ तो करना पड़ेगा।"

पवन अरु की बात करते ही बच्चे-सा हो जाता है। जब वह अरु का ज़िक्र करता तो लगता कि कोई उसे गुदगुदी कर रहा है। पवन को जाता हुआ देखकर मैं बहुत उदास हो गया। लगा भीतर सारा कुछ ख़ाली है... एकदम खोखला-सा कोई आदमी, जो ऊपर से अच्छे कपड़े पहने है और मुस्कुराहट लिए अपने भीतर का छिछलापन छुपा रहा है। भीतर खोखलेपन में एक अजीब ख़याल आने लगा। मुझे लगा पवन असल में रोहित है और अरु, वर्मा मैडम और मैं दुष्यंत। पवन, वर्मा मैडम को कविता सुनाने जा रहा है; पर दुष्यंत अरु को चूम चुका है। मुझे लगा कि मेरे पैरों से किसी ने पूरी ऊर्जा छीन ली है। मैं रास्ते के किनारे बैठ गया। सामने मुझे पार्क के बाहर रखी बेंच दिखी जो ख़ाली थी। सोचा उस पर जाकर बैठ जाता हूँ, पर अभी खड़े होने की हिम्मत नहीं थी। क्या हम एक ही कहानी को उसके अलग-अलग पात्र होकर पूरा जीवन जी रहे होते हैं? कोई नयी कहानी भी जीवन में आती है तो उसे हम वही अपने घिसे-पिटे पात्रों को सौंप देते हैं। कितनी आधी जी हुई कहानियाँ और उन कहानियों के टूटे-फूटे पात्रों से हम अपने भीतर पल रहे अधूरेपन को पूरा कर लेना चाहते हैं। मैंने ख़ुद को समेटा और तय किया कि मुझे जल्दी से वर्मा मैडम की कहानी को लिखकर अपने शरीर से निकाल बाहर करना है ताकि मैं कुछ नया जी सकूँ। अगर नया जीना संभव है तो! घर जाते वक़्त मैंने एक कमीनापन किया जिसे मैं देख सकता था, रोक सकता था; पर यह मेरे एक ही तरीक़े की कहानी जीने का नतीजा था कि मैं बार-बार वही करता पाया जाता हूँ। एकदम प्रिडिक्टेबल-सा... मैंने अरु को मैसेज किया कि let's meet soon. और एक कॉफ़ी कप का इमोजी भेज दिया... उसका मैसेज तुरंत आया let me know... I am game. यह कमीनापन अपने भीतर की उदासी मिटाने के लिए उतना नहीं था जितना एक कहानी पर अपना हक़ बनाए रखने के लिए। थका-पछताया-सा... मैंने ख़ुद को घर में क़ैद कर लिया।

जीने की उलझन
क्या लिखे में सुलझाई जा सकती है?
या लिखना माफ़ीनामा है,
उनसे, हमें पता है कि जो हमें कभी माफ़ नहीं करेंगे।

शायद मेरे संपादक सही कहते हैं कि मुझे कहानी-संग्रह नहीं कविता-संग्रह छपवाना चाहिए। कहानियाँ लिखने में मुझे हमेशा लगता है कि कुछ कम है... अभी कुछ बचा हुआ है जिसे दर्ज करना बाक़ी है। और कहानियों में मेरे पात्र मेरे हाथों से कहानी के सिरे छीन लेते हैं। मेरे बस में मेरी ही कहानी नहीं रहती। पिछले दो दिनों से मैं घूम-घूमकर अपने लैपटॉप पर आता हूँ, कुछ वाक्य लिखता हूँ और कुछ घंटों बाद मिटा देता हूँ। इस कहानी के सिरे मेरे हाथों से छूट चुके हैं। मैं बस इंतज़ार कर रहा हूँ वर्मा मैडम का, दुष्यंत का... अब मैं एक अंधा ग़ुलाम हूँ जिसे चलने के लिए अपने पात्रों के सहारे की ज़रूरत है... तभी वह काम कर पाएगा। संपादक को जितनी कहानी भेजी थी उन्हें पसंद आई और उन्होंने कहा कि जल्दी लिख दें इसे। अब उन्हें कैसे समझाऊँ कि मेरे वश में होता तो एक ही दिन में ख़त्म कर देता।

मैं बारिशों में दिनों का बीतते जाना देख रहा था। अपने कमीनेपन की वजह से मैं अरु से नहीं मिला। उससे कहा कि लिखने में व्यस्त हूँ, जल्द मिलता हूँ। पिछले कुछ दिनों की घनघोर बारिश में मैंने ख़ुद को छोड़ रखा था बिना कुछ किए। साइक्लोन आया था, पर मुंबई को छूता हुआ निकल गया था। कुछ सुबहें इतनी ख़ूबसूरत होती हैं कि आप बस बिस्तर पर पड़े-पड़े बारिश के होने के आश्चर्य ताकते रह जाते हो। हर चीज़ धुल गई थी। पेड़ों पर धुले-पुँछे हरे

रंग ऐसे लग रहे थे मानो किसी पेंटर ने अभी-अभी अपनी पेंटिग पूरी की है और सारे-के-सारे हरे और स्याह रंग अभी भी गीले हैं।

मुझे दिल्ली की शुरू-शुरू की सर्दी के दिन याद आ गए। मैं अंतिमा के साथ दिल्ली की सड़कों की ख़ाक छान रहा था। ख़ान मार्केट, मंडी हाउस, बाराखंबा रोड, हुमायूँ का मक़बरा, पुराना क़िला, जामा मस्जिद, बल्लीमाराँ की गली क़ासिम जान, इंडिया हैबिटाट, अमेरिकन डायनर में ब्रेकफ़ास्ट और अंतिमा के ऑफ़िस की बिल्डिंग के नीचे सड़क पर बैठकर राजमा-चावल। मैं जब उन दिनों को जी रहा था तब बार-बार इच्छा हो रही थी कि एक डायरी लूँ और इन दिनों को जैसा-का-तैसा लिखता चलूँ। हम दोनों उन दिनों को पूरी मुक्तता से जी रहे थे, पर मेरे भीतर उनके बीतते जाने का दुख घिरता जा रहा था। एक दिन हम ख़ान मार्केट के कैफ़े में बैठे थे, 'कैफ़े टर्टल' मुझे आज भी याद है, यह उसका पसंदीदा कैफ़े था। वहाँ बाहर की तरफ़ बैठकर सिगरेट भी पी जा सकती थी। अंतिमा और मैं अपने बीत रहे दिनों पर हँस रहे थे। इसी बीच अंतिमा ने कहा था, "तुम बॉम्बे मिस कर रहे हो?"

"हाँ मुझे लगता है कि अब मुझे जाना चाहिए... बहुत दिन हो गए हैं।"

वह चुप हो गई थी। काली कॉफ़ी के भीतर वह कुछ तलाशने लगी फिर उसने एक लंबा घूँट लिया।

"सुनो मुझे नीचे बुक-स्टोर से कुछ किताबें चाहिए... तुम्हारे लिए कुछ लाऊँ?"

"मैं भी चलूँ?"

"नहीं, तुम बैठो मैं आती हूँ।"

अंतिमा कुछ देर अकेले रहना चाहती थी। मैंने एक कॉफ़ी और ऑर्डर की और अंतिमा का इंतज़ार करने लगा। उस इंतज़ार में मैं टिश्यू पेपर पर कुछ लिखने लगा। पहले लगा कविता-सा कुछ है, पर कविता के बजाय कुछ संवाद फूटने लगे।

- - -

"तुम मुंबई मिस कर रहे हो?" उसने कहा।

"मैं तुम्हें मिस कर रहा हूँ... अभी तुम्हारे सामने बैठे हुए, तुम्हें कॉफ़ी पीता देखकर इस दृश्य को मिस कर रहा हूँ।" वह बहुत देर तक मेरी बात पर हँसती

रही। मैं अपनी कुर्सी से उठा और उसकी हँसी पर अपने होंठ रख दिए। उसकी आँखें तुरंत इधर-उधर दौड़ गईं कि कौन-कौन देख रहा है। मैं उसे चूमता रहा। उसने हँसते हुए मुझे अपने से अलग किया।

"अरे क्या कर रहे हो? यह बॉम्बे नहीं है मिस्टर। तुम तो चले जाओगे मुझे यहीं रहना है।"

उसने अपने पर्स से एक छोटा शीशा निकाला और अपनी लिपस्टिक को ठीक करने लगी।

"मैं तुम्हारा हुमायूँ के मक़बरे पर सो जाना मिस करूँगा। और बल्लीमाराँ का हमारा रिक्शा जिसके एक पहिए में लचक थी... मैं उस पहिए को भी मिस करूँगा। और मेरे सारे घटिया जोक्स पर तुम्हारा देर तक हँसना और..."

"बस बस... मैं समझ गई।"

मैंने उसका हाथ पकड़ लिया। उसकी नेलपॉलिश नाख़ूनों के किनारों से निकल गई थी। मैं देर तक उसकी उँगलियों में अपनी उँगलियों को उलझाता रहा, पर वह हर बार छूट जाती थीं।

"इन दिनों में मुझे लग रहा है कि मैं अपने सादे खाने के बीच अपने बचपन का पसंदीदा केक खा रही हूँ। मैं अपना केक मिस करूँगी।"

उसके बाद उसने मेरी वापसी की टिकिट बुक की और हमने एक कॉफ़ी और ऑर्डर की।

\- - -

मैंने लिखना बंद किया। क्योंकि टिश्यू पेपर पर अब और नहीं लिखा जा सकता था। पहली बार मैंने कविता नहीं लिखी थी। मेरी कहानी लिखने की शुरुआत उसी कैफ़े से हुई थी। अंतिमा कुछ किताबें ख़रीद लाई थी। उसने बहुत ही ठंडे स्वर में कहा, "चलें?"

"नहीं... एक कॉफ़ी और पीते हैं।"

"ठीक है... तुम्हारी टिकिट भी बुक कर लेंगे।"

मैंने अंतिमा के लिए कॉफ़ी ऑर्डर की और उसके सामने अपना टिश्यू पेपर रख दिया। अंतिमा मेरा लिखा हुआ पढ़ रही थी और मुझे पहली बार एक कहानी दिखने लगी। डायरी नहीं मैं कहानियों में इन बीत रहे दिनों को सहेजकर रख सकता हूँ। कहानियों के दिनों में मैं कह सकता हूँ कि मैं ठीक इस वक़्त

बेहद प्रेम में हूँ और मैं तुम्हें उड़ते हुए देखना चाहता हूँ... मैं हुमायूँ की क़ब्र की ठंडक में उसके बग़ल में लेट जाना चाहता हूँ तुम्हारे साथ। तुम्हें हर मोड़ पर चूम लेना चाहता हूँ। अंतिमा के कारण पहली बार मैंने कहानी लिखने के बारे में सोचा। वहाँ ख़ुद की ईमानदारी को पाया जा सकता था।

जीने की उलझनें क्या लिखे में सुलझाई जा सकती हैं? या असल में लिखना एक तरह का माफ़ीनामा है, उनसे जिनके बारे में हमें पता है कि हमें कभी माफ़ नहीं करेंगे।

अंतिमा ने टिश्यू वापस दिया।

"एक कैरेट केक भी ऑर्डर कर लेते हैं।" और उसके चेहरे पर मुस्कुराहट थी।

"बिलकुल।"

बारिश रुक गई थी। अंतिमा इस वक़्त दिल्ली में होगी। वहाँ इस वक़्त मौसम कैसा होगा? क्या वहाँ भी बारिश हो रही होगी?

इन दिनों में जब भी लैपटॉप खोलकर बैठता था तो बस एक चुप सन्नाटा मुझे घेरे रहता था, सो मैं लैपटॉप से दूर ही रहा। घर के काम का एक संसार था जिसमें मैंने ख़ुद को पूरी तरह फँसा रखा था। सलीम को फ़ोन करके खाने की नयी रेसेपी लेता और अलग-अलग तरीक़े के व्यंजन बनाता रहता। मुझे खाना खाने का बहुत शौक़ नहीं था, पर कठिन चीज़ों को बना लेने का एक सुख था। लगता कि कुछ नया कर रहा हूँ। क्षणिक ही सही पर मैं व्यस्त हूँ कुछ बनाने में। बाज़ार जाकर नये कप, नयी प्लेट, नये बर्तन ख़रीदकर लाया और किचन में सजाकर रख दिया। एक तरह के बहाने मैं बटोर रहा था जिसमें नहीं लिख पाने के कारण इतने भीतर कहीं छुप गए थे कि मुझे सीधे दिखाई नहीं देते थे। ऐसा क्या हो जाएगा अगर मेरा पहला कहानी-संग्रह बिना वर्मा मैडम की कहानी के छप जाएगा तो? मैंने तय किया कि बिना इस कहानी के संग्रह छपना चाहिए और अपने संपादक को मेल लिखा, "कहानियाँ प्रिंट करा दीजिए, मैं यह कहानी पूरी नहीं कर पा रहा हूँ।" send बटन को देखता रहा मानो अपनी हार देख रहा हूँ। मैं हारना नहीं चाहता था। मैंने अपना मेल बंद किया और कहानी खोलकर उसके सामने बैठा रहा।

कहानी में दिख रहे घने जंगल के सारे पेड़ झूठ हैं।
वह इसलिए इतने घने हैं
क्योंकि उन्हें सच के पानी से सींचा गया है।

कभी-कभी यह सवाल बहुत चुभता है कि जो बहुत निजी है उसे कैसे बाँटा जा सकता है? पर पूरा जीवन मेरा हमेशा उन्हीं लेखकों की तरफ़ बहुत ज़्यादा आकर्षण रहा है जिन्होंने निज को लिख दिया है। उन्हें पढ़ते ही लगा कि यह तो मेरी बात है। उनका निज कितना सार्वभौमिक है! फिर सवाल उठता है कि मैं क्यों बचाता रहा अपना निज? शायद जो बहुत निजी है, वो बाज़ार में कहीं पड़ा होगा- बिकने के इंतज़ार में... यह ख़याल भीतर से झंझोड़ देता है। किसी फ़लसफ़े की तरह यह बात ठीक लगती है कि निजी कुछ भी नहीं है, हमारी सबकी निजी से निजी चीज़ भी क़तई निजी नहीं है, हम सब एकदम एक जैसे हैं और कुछ भी बहुत महत्त्वपूर्ण नहीं है। शायद निज का बाज़ार में भटकने का एक गिल्ट है जिसकी वजह से बार-बार हमें फ़लसफ़ों के दरवाज़ों पर दस्तक देनी पड़ती है। असल जवाब, कहीं भी, किसी के पास नहीं है... पर फ़िलासफ़ी एक क़िस्म का मरहम लगा देती है जिससे उस वक़्त पीड़ा की तीव्रता से थोड़ी राहत मिलती है। कविताओं में निज को छुपाने के बहुत पैंतरे हैं, पर कहानियों में हर अँधेरे कोनों में एक दिया जलता दिखता है। एक दिन पिता ने मेरी कविता पढ़कर मुझे फ़ोन किया था।

"मैंने तुम्हारी कविता पढ़ी, उसमें कश्मीर का ज़िक्र झूठ है।"

"कौन-सी कविता?"

"तुम जानते हो कि मैं किस कविता की बात कर रहा हूँ। तुम मेरे कश्मीर

के बारे में क्या जानते हो? तुम्हें पता भी है कि वहाँ का जीवन कितना कठिन था? किस तरह की मुश्किलों से गुज़रना पड़ा है हमें? और कितनी मुश्किलों में जी रहे हैं वे जो वहाँ हैं अभी! वहाँ सिर्फ़ नीला आसमान, ख़ुशबू और बर्फ़ीले पहाड़ नहीं हैं, वहाँ ठिठुरती काँपती ज़िंदगियाँ हैं जिन्हें तुम्हारे झूठ ने कभी नहीं देखा है।"

पहली बार मेरे पिता के मुँह से मैंने 'मेरे कश्मीर...' जैसे शब्द सुने थे। मेरा ख़ुद की कविताओं से चिढ़ने का एक बहुत बड़ा कारण यह भी रहा है कि मैं जानता क्या हूँ? मैं अगर अपनी माँ के बारे में कविता लिखता हूँ तो इस प्रश्न का उत्तर देना बहुत कठिन हो जाता है कि मैं कितना जानता हूँ अपनी माँ को। पिता को जब रात भर नीद नहीं आती है और वह जब अपने बिस्तर पर बैठे हुए अँधेरा ताकते रहते हैं... क्या मैं उस वक़्त की कविता लिख सकता हूँ? कभी नहीं, इस विचार भर से मैं सिहर जाता हूँ कि अगर उन रातों में मैं अपने पिता के साथ कमरे में हूँ तो क्या करूँगा? क्या मैं मुँह मोड़कर सो जाऊँगा? हम कभी भी किसी के लिए बहुत नहीं कर पर पाते हैं और कभी भी किसी को इतना नहीं जान सकते हैं कि उनके बारे में लिखने के अधिकार अर्जित कर सकें। कहानियाँ थोड़ा ठीक लगती हैं, क्योंकि इनमें हमेशा एक काल्पनिक परत हमें बचा रही होती है कि यह संसार कल्पना की ज़मीन पर खड़ा है। इसमें दिख रहे घने जंगल के सारे पेड़ झूठ हैं, पर उन्हें बहुत गहरे सच के पानी और खाद से सींचा गया है।

देर रात मेरी नींद खुली। मैंने ख़ुद को अपने सोफ़े पर ही पाया। आज कौन-सा दिन है? क्या वक़्त हुआ है? वक़्त देखा तो तीन बजकर दस मिनट हो रहे थे। फ़ोन पर देखा कि अंतिमा का मैसेज भी आया हुआ था। मैंने मैसेज खोला- 'कल मिलोगे?' अंतिमा तो दिल्ली में है, मैं जानता हूँ। मैंने ख़ुद को एक थप्पड़ मारा... मुँह से आह निकली... थप्पड़ ज़ोर का पड़ गया था। फिर बाथरूम जाकर अपने चेहरे पर पानी मारा... वापस लैपटॉप और मोबाइल के सामने आया। कहाँ से शुरू करूँ? किसे पहले लिखूँ?

अंतिमा को या कहानी को? मैंने अंतिमा को मैसेज किया, "दोपहर में? प्लीज़। साड़ी पहनकर आना और अगर तुम्हारे पास कोई हरा धागा हो तो उसे

अपने दाएँ हाथ में बाँधकर आना।" मैसेज भेजते ही मैंने फ़ोन को अपने से दूर कर दिया। मैं वापस कहानी पर आया। की-बोर्ड पर अपनी उँगलियाँ रखीं और कहानी के जंगल में प्रवेश कर गया।

"छुट्टियों के दिन शुरू हो गए थे। दुष्यंत, वर्मा मैडम के साथ रहने आ गया था। कुछ दिन पहले जिस दोपहर रोहित ने हिरन देखा था, उसके बाद से वह वर्मा मैडम से नहीं मिला था। एक शाम दुष्यंत ने संदेश पहुँचवाया कि आज छत पर शाम को चाय पीएँगे। उन्होंने बुलाया है, यह अच्छी ख़बर थी। रोहित को थोड़ी शांति मिली कि सब ठीक है शायद। पर 'शायद' वाला एक संदेह था, क्योंकि संदेश वर्मा मैडम की तरफ़ से नहीं आया था। वह जब छत पर पहुँचा तो दुष्यंत ने उसका स्वागत यूँ किया मानो वे दोनों पुराने बिछड़े पक्के दोस्त हों। रोहित हाथ मिलाने गया, पर दुष्यंत ने उसे गले लगा लिया। रोहित ने देखा कि दुष्यंत के माथे पर बिंदी लगी हुई है। वह पहचान गया कि यह तो वर्मा मैडम की बिंदी है।"

तभी मैसेज की घंटी बजी। मेरी निगाह फ़ोन पर चली गई। अंतिमा का मैसेज आया था। उसने लिखा था, "हरा धागा क्यों?"

मैंने क्यों मैसेज देखा? मुझे कहानी पर रहना चाहिए। ख़ुद को कोसते हुए मैं वापस कहानी पर आया। कहानी में दुष्यंत ने रोहित को गले लगा रखा था। तभी एक मैसेज और आया। मेरा हाथ फ़ोन उठाने जा ही रहा था कि उनकी आवाज़ आई, "और मैं तुम दोनों के बीच क्या कर रही हूँ? तुम्हें दुष्यंत को गले लगता हुआ देख रही हूँ?"

मैंने फ़ोन को नहीं छुआ। मैं कहानी को देखता रहा और वर्मा मैडम का जवाब उसमें खोजता रहा।

"मुझे नहीं पता आप क्या कर रही हैं?" मेरी आवाज़ दयनीय हो चुकी थी।

"दुष्यंत ने नहीं मैंने तुम्हें छत पर चाय के लिए बुलाया था।"

"मेरी कहानी में दुष्यंत ने संदेश पहुँचवाया था और अब वही सच है।"

मुझे ग़ुस्सा आ गया। कुछ देर तक चुप्पी रही।

मैंने ग़ुस्से में फ़ोन उठाया और मैसेज देखा। अंतिमा ने लिखा था, "ठीक है मैं कुछ करती हूँ। See you tomorrow." मैंने एक हँसता हुआ चेहरा भेजा और फ़ोन रख दिया। मैं कहानी से बाहर आ चुका था और मेरे बग़ल में वर्मा मैडम थीं।

"जब तुम कहते हो कि तुम असल में किसको कितना जानते हो, इसलिए कविताएँ नहीं लिख सकते, तो इस वक़्त तो तुम जानते हो मैंने क्या किया था, तो मुझे बचा क्यों रहे हो?"

"मैं नहीं बचा रहा हूँ किसी को।"

"तुम बचा रहे हो।"

"नहीं।" मैं ज़िद पर अड़ा था।

"मैंने तुम्हारी कमर पर च्यूँटी काटी थी और पूछा था कि उस दिन कविता पूरी क्यों नहीं सुनाई? मैं इतने प्रेम से सुन रही थी, पर आधी कविता में भाग क्यों गए? पूछा था न?"

"हाँ।"

"तो उसे लिखने से इतना डर क्यों रहे हो?"

"मैं नहीं डर रहा।"

"तुम बचना चाहते हो, क्योंकि तुमने जो इतने सालों में अपने दिमाग़ में मेरी मूर्ति बना रखी है, वो चरमराकर ढह जाएगी। तुम सारे पुरुषों की यही समस्या है कि तुम्हें बाज़ार में सारी बदचलन औरतें चाहिए, पर अगर बात तुम्हारे जीवन में आई औरतों की हों तो वहाँ सारी-की-सारी पवित्र, वर्जिन, देवी होनी चाहिए।"

"ऐसा नहीं है! मैं उस पर आने वाला था। मतलब वह तो लिखना ही है।"

"तुम मुझे लिख सकते हो। तुम्हें याद है न, मैंने तुमसे कहा था।"

मैं चुप रहा। मुझे वह शाम याद है...

आकाश सुनहरा था और वर्मा मैडम के बग़ल में एक कबूतर आकर बैठ गया था। रोहित उन्हें कविता सुनाने आया था और वह कबूतर को देख रही

थीं। थोड़ी देर में वह कबूतर रोहित के घर की छत पर जाकर बैठ गया था। वर्मा मैडम ने रोहित को अपने क़रीब बिठा लिया था। जब रोहित ने उन्हें अपनी कविता सुनाई थी तो उन्होंने उसे गालों पर चूम लिया था और अपनी बिंदी निकालकर उसके माथे पर लगा दी थी। यह पहली बार था कि वर्मा मैडम को रोहित की कोई कविता इतनी ज़्यादा अच्छी लगी थी कि उन्होंने कहा, "सुनो, तुम मुझे लिख सकते हो... जैसा चाहो वैसा... मुझे छुपाने या मुझसे छुपने की ज़रूरत नहीं है।"

मैं कैसे भूल सकता हूँ उस शाम को जब पता चला था कि कविता असल में पूरी ही तब होती है जब उसको सुनने वाला कविता के भीतर ख़ुद को जीने लगता है।

"तुमने अपनी डायरी से फाड़कर वह कविता मुझे दे दी थी। याद है न!" वर्मा मैडम ने फुसफुसाते हुए कहा।

"हाँ।"

"तुम्हें याद है वह कविता?"

"कैसे याद नहीं होगी, मैं उसे अपनी पहली लिखी कविता मानता हूँ- जैसे दुष्यंत को अपना पहला..."

मैं वाक्य पूरा नहीं कर पाया।

"सुनाओ वह कविता।" मैं अपने कान के पास वर्मा मैडम की गर्म साँसें महसूस कर सकता था। मैं मना नहीं कर सका और मैंने कविता कहना शुरू किया। मुझे ख़ुद आश्चर्य हुआ कि मुझे वह कविता शब्दशः पूरी की पूरी याद थी...

"तुम जब कहती हो कि मुझे देखो
तो मैं किसे देख रहा होता हूँ?
जब आईना मेरे सामने होता है तब
मेरे चेहरे पर मुझे तुम्हारी बिंदी पड़ी दिखती है
मुझे लगता है कि बिंदी असल में आईने में लगी है
जब अपने चेहरे को छूता हूँ

तो देर तक दालचीनी की ख़ुशबू हाथों में छूट जाती है
तुम यहीं थी... आस-पास ही कहीं...
पर तुम्हारी बिंदी ग़ायब थी
तुम्हारी बिंदी खोजने में कपड़ों को झटकारकर पहनता हूँ
बहुत सारा परायापन झड़ जाता है
तुम्हारे बिना हर काम निरर्थकता ओढ़े आता है
मैं तुम्हें खुले बालों में हतप्रभ-सा ताकता हूँ
मेरे होने की सार्थकता, तुम्हारी बिंदी-सी
तुम्हारे बालों में फँसी दिखती है
जब तक उसे छूने जाता हूँ...
वह संबंधों की गहरी चोटी में कहीं गुम जाती है
कहीं भी जाता हूँ तो लगता है कि
तुम अभी-अभी यहाँ से उठकर गई हो
दूसरों से बात करते वक़्त मेरी आँखों को
तुम्हारी बिंदी यहाँ-वहाँ चिपकी दिखती है।
तुम्हारी आहटों को बटोरने की आदत में
मैं तुम्हारे सामने भी तुम्हें खोजता फिरता हूँ।
तुम जब कहती हो कि मुझे देखो
तो मैं किसे देख रहा होता हूँ?"

कविता सुनाने के बाद कुछ देर चुप्पी रही। मुझे लगा किचन में कबूतर घुस आया है और फिर से बाहर निकलने का रास्ता भटक गया है। बार-बार फड़फड़ाकर खिड़की से टकरा जाता है। उस मूर्ख को समझ नहीं आता कि वह खिड़की का काँच है। उस काँच के ठीक बग़ल में खिड़की खुली हुई है, वह वहाँ से जा सकता है; पर वह बार-बार बाहर निकलने की कोशिश में खिड़की से टकरा रहा होता है। मुझे साँस लेने में तकलीफ़ हो रही थी। मेरी इच्छा हुई कि मैं भागकर किचन में जाऊँ और किचन की खिड़की खोल दूँ। पर मैं कहानी पर वापस आया।

"यह मत करो।"

मैंने वर्मा मैडम की बात नहीं सुनी।

"तुम यह इसलिए कर रहे हो कि तुम इसमें अपना दुख बटोर सको ताकि तुम्हारा किया जस्टिफ़ाय हो सके।"

मैंने उनकी बातें अनसुनी करके कहानी आगे बढ़ाई...

"दुष्यंत से गले मिलने के बाद रोहित वर्मा मैडम के पास गया। वर्मा मैडम का माथा सूना था।

"गुड ईवनिंग मैडम!"

"इधर आ..." वर्मा मैडम ने उसकी कमर में च्यूँटी काटी और पूछा, "वह कविता पूरी क्यों नहीं सुनाई? मैं इतने प्रेम से सुन रही थी, पर आधी कविता में भाग क्यों गए?"

वर्मा मैडम हँसने लगी। तभी दुष्यंत ने कहा, "अरे वाह! कौन-सी कविता? भई मैं भी सुनना चाहूँगा।"

"अरे सही है... रोहित इन्हें भी सुनाना सर्वेश्वरजी की कविता और बिलकुल वैसे जैसे मुझे सुनाई थी।"

वर्मा मैडम अपनी हँसी नहीं रोक पा रही थीं और रोहित का चेहरा लाल हो चुका था। इसमें दुष्यंत को कुछ समझ नहीं आ रहा था।

"भई कैसे सुनाई थी... हमें भी सुना दो वैसे ही।"

वर्मा मैडम ने देखा कि रोहित असहज हो चुका है। उन्होंने तुरंत बात पलटी।

"दुष्यंत ने इतनी ख़ूबसूरत कविता लिखी है... मैं चाहती हूँ कि तुम सुनो उसे..."

"अरे अभी तो सुनाई थी... बाद में सुना दूँगा।"

"प्लीज़ दुष्यंत।" प्लीज़ कहकर वर्मा मैडम ने दुष्यंत का हाथ पकड़ लिया और उसे अपने पास खींच लिया।

"ठीक है।"

दुष्यंत ने अपना गला साफ़ किया और वर्मा मैडम को ऐसे देखा जैसे कविता वर्मा मैडम के चेहरे पर लिखी हो। जलन एक कमीनी पीड़ा का कबूतर

था जो रोहित के भीतर से कहीं बाहर निकलने के लिए फड़फड़ाने लगा। उसे लगा कि वह बहुत दूर है वर्मा मैडम से... कहीं दूर सूखे कुएँ के अंदर खड़ा होकर वह कविता सुन रहा है। कविता का हर एक शब्द उसके भीतर गूँज रहा था। दुष्यंत अपनी भारी आवाज़ में कविता कह रहा था...

"तुम जब कहती हो कि मुझे देखो
तो मैं किसे देख रहा होता हूँ?"

दुष्यंत ने पूरी कविता सुनाई और कविता ख़त्म होते ही वर्मा मैडम ने उसे चूम लिया। दुष्यंत ने अपने माथे से बिंदी निकालकर वापस वर्मा मैडम के माथे पर चिपका दी और उन्हें चूम लिया। जब दुष्यंत वर्मा मैडम को चूम रहा था तब वर्मा मैडम रोहित को देख रही थीं। रोहित कबूतर खोजने लगा जो हमेशा आस-पास फड़फड़ा रहा होता था, पर अब जब उसकी ज़रूरत थी तो वह कहीं नहीं था... पर उसका फड़फड़ाना रोहित अपने पूरे शरीर में महसूस कर सकता था।"

मैंने यह लिखकर एक गहरी साँस ली। मुझे पता था मेरे इस लिखने पर वर्मा मैडम कुछ कहेंगी। मैं इंतज़ार करता रहा पर कोई आहट नहीं हुई।

"आप कहो तो मैं इसे बदल देता हूँ?"

मेरा वाक्य हवा में टँगा रहा, उसे किनारा नहीं मिला।

कैसे एक वक़्त का सच दूसरे वक़्त में आते ही
सूखकर झड़ जाता है।
क्यों हम बार-बार बिगाड़ देना चाहते हैं
उन्हीं चीज़ों को
जिनकी स्थिरता में रहने के
हमने कभी सपने देखे थे?

मैं उठकर किचन में गया और किचन की खिड़की खोल दी, पर अब कबूतर कहीं नहीं था। मैं कबूतर की फड़फड़ाहट को लिए अपने बिस्तर पर आकर चित लेट गया। सोचा सुबह होने के पहले मैं एक घंटे की नींद ले सकता हूँ। मैं आँखें बंद किए पड़ा रहा, पर एक सवाल बार-बार दिमाग़ में घूम रहा था कि क्या मैं अपने बचपन से बदला ले रहा हूँ? नहीं बचपन से नहीं वर्मा मैडम से... नहीं उनसे भी नहीं ख़ुद से... नहीं पूरे ख़ुद से भी नहीं, ख़ुद के अभी इस तरह होने से... नहीं असल में अपनी सारी असफलताओं से... बेहद ख़ूबसूरत दुष्यंत से... पता नहीं... किससे? किस-किससे? क्यों मैं बार-बार बिगाड़ देना चाहता हूँ उन्हीं चीज़ों को जिनकी स्थिरता में रहने के मैंने कभी सपने देखे थे?

मुझे याद है अपनी छतों पर अकेले वर्मा मैडम की प्रतीक्षा में मैंने स्वप्न देखा था- उनके साथ रहने का। ठीक उनके साथ नहीं तो बिलकुल उन जैसे किसी के साथ, एक घर सजाने का। ट्रेन में बैठकर दूर कहीं चले जाने का। प्रेम का, साथ सुख की अनुभूतियों का, एक एकदम सरल जीवन का, जहाँ पूरी दुनिया ख़ाली लंबी पगडंडियों की तरह सामने फैली हों और हर मोड़ पर,

पीपल के पेड़ के नीचे एक ख़ाली खाट सुस्ताने के लिए पड़ी हो। कितना सरल जीना चाहता था मैं- एक सीधी-सादी नौकरी, छोटा-सा घर, घर की छोटी-छोटी समस्याएँ, उन समस्याओं को सुलझा लेने के क्षणिक सुख... बस इतना ही और बस इस सादी ज़िंदगी में हम दोनों अदृश्य रहें, किसी को न दिखें। अब उस सपने को लिखते हुए भी अजीब मिथ्याभिमान-सा लग रहा है। कैसे एक वक़्त का सच दूसरे वक़्त में आकर सूखकर झड़ जाता है! उस सूखे पड़े वक़्त को देखकर विश्वास नहीं होता कि यह कभी हमारा ही जिया हुआ वक़्त था। चीज़ें इतनी जटिल कब हो गईं? कब जिए हुए क्षण सूख-सूखकर आँखों के सामने झड़ने लगे? कब हर बार ऊपर चढ़ने में पिछले पायदान ग़ायब होने लगे थे? क्या कहानी लिखकर चीज़ें बदली जा सकती हैं? या मैं इस कहानी का अंत भी किसी पुरानी जटिलता पर लाकर छोड़ दूँगा?

रात सुबह की हदें पार कर गई थी। मैं बहुत देर तक सोता रहा। नींद बिस्तर पर अभी भी मुझे जकड़े हुए थी। आज कौन-सा दिन है? क्या वक़्त हुआ है? हमेशा वक़्त देखने पर दिमाग़ सपनों के मायाजाल से निकलकर इस उलझे यथार्थ पर चला आता है। पर आज मैं पड़ा रहा। बाहर भी रात की पार की हुई हदों में सारा कुछ स्याह था। कौए ज़्यादा बोल रहे थे और चिड़ियों की आवाज़ उनके कोरस के बीच में कहीं सुनाई दे जाती थी। हर पेड़ और उन पेड़ों का हर पत्ता स्थिर थे। आज बारिश होगी, ऐसा माहौल मौसम ने बना रखा था। बारिश किस क़दर नाटकीयता के साथ प्रवेश करती है! जैसे किसी नाटक के शुरू होने के पहली की नाटकीयता होती है। बारिश पूरा माहौल बनाती है- पहली, दूसरी, तीसरी घंटी से सबको आगाह करती है कि अपने घरों में चले जाएँ- अपनी बालकनी, खिड़की पर जमकर बैठ जाएँ, फिर उसके आने के ठीक पहले जब सब कुछ स्थिर... स्याह और चुप हो रहा होता है कि तभी एक bang के साथ वह अपनी पूरी ख़ूबसूरती लिए प्रवेश करती है।

वह बारिश के ही दिन थे जब माँ नहीं रही थीं। तब पूरा घर काटने को दौड़ता था। मैं और मेरे पिता के बीच से मानो सारा सामान्य किसी ने उधेड़ दिया था। हम दोनों उधड़े स्वेटर से पूरे घर में बिखरे पड़े रहते। मैं उनके लिए क्या करूँ और वह मेरे लिए क्या करें में हम दोनों एक-दूसरे को ताकते रहते।

घनघोर बारिश में मैं बहुत मुश्किल से मुंबई से अपने गाँव पहुँचा था। पूरे गाँव का हर व्यक्ति मुझसे कह रहा था कि अब तुम्हें ही इनका ख़याल रखना पड़ेगा, मानो मेरे पिता विकलांग हों... उन्हें यह बात क़तई पसंद नहीं थी। वह मुझे हमारे रिश्तेदारों से बचाते रहे। बार-बार कहते कि अगर तुम्हें मुंबई में काम है तो तुम चले जाओ, मैं सँभाल लूँगा। मैं अपने पिता को पूरे घर में घूम-घूमकर इस तरह अकेला काम करता देख नहीं पाया और उन्हें अपने साथ मुंबई ले आया था। वह मुंबई आकर सच में विकलांग हो गए थे। मैंने उनसे उनके सारे दोस्त छीन लिए थे। दोपहर में रघु किरानेवाले की दुकान पर घंटों बैठना, शाम को पार्क में जाकर दूसरे बूढ़ों से बहस करना और उनका कमरा जिस पर सालों से उनका राज था... सब कुछ। इस ग़लती का पछतावा मुझे बहुत जल्द ही हो गया और मैं उन्हें वापस छोड़ आया था।

अभी कुछ ही दिनों पहले मैंने बातों-बातों में अपने पिता को अपना कश्मीर का एक सपना सुनाया। सपना सुनते ही उनके भीतर एक ऊर्जा का संचार हुआ। वह इतने प्रसन्न हुए कि देर तक मुझे मेरे सपनों के इर्द-गिर्द की बातें बताते रहे। शायद यह लॉकडाउन के कुछ फ़ायदे हैं जिसमें मैं इतनी हिम्मत कर पाया कि उन्हें विस्तार से अपने कश्मीर का सपना सुना दिया। अब हम दोनों के संबंधों में उस कश्मीर के सपनों की बड़ी अहम भूमिका हो चुकी थी। मेरे कश्मीर के सपनों में वह अपने कश्मीर के क़िस्से भी मुझसे कहने लगे थे, पर बहुत छोटे... बस क़िस्सा उतना ही होता जितने क़िस्से में मैं कोई सवाल न पूछ सकूँ। मैं उनसे कहना चाहता था कि सपने भी काल्पनिक होते हैं- मेरी कविताओं और कहानियों की तरह, पर वह हर सपना ऐसे सुनते जैसे मैंने सच में उसे किसी समय में जिया हो। वह उन सपनों के पीछे की कहानी और पात्रों को सच में तलाशने लगते।

पिछली बार सपने में मुझे लगा कि मैं घोड़े पर बैठा हूँ और पहलगाम की पहाड़ी पर चढ़ रहा हूँ। मेरे हाथ में मोबाइल है और मैं लाल स्वेटर पहने अपने पिता की तस्वीरें खींच रहा हूँ। तभी पिता भागते हुए एक ढाबे पर राजमा-चावल खाने बैठ गए। मैंने देखा हम बानिहाल के एक ढाबे पर पहुँच चुके हैं और साथ बैठे हुए गर्म राजमा-चावल खा रहे थे। हमारी बस निकलने वाली थी, पर राजमा-चावल बहुत गर्म थे सो मैं जल्दी-जल्दी खा नहीं पा रहा था। मेरे पिता

राजमा-चावल की प्लेट लेकर मेरे साथ भागने लगे और भागते-भागते मेरे मुँह में राजमा-चावल ठूँसते रहे। हम चलती हुई बस में जैसे-तैसे चढ़ गए। जब बस बहुत दूर निकल गई थी, तब मुझे पता लगा कि यह तो ग़लत बस है, पर तब तक मेरे पिता आराम से सो चुके थे। मैं उनको नहीं बता पाया कि यह बस ग़लत दिशा में जा रही है।

इस सपने के सुनते ही मेरे पिता बहुत हँसे। मैंने उनसे पूछा, "मेरे कश्मीर के सपनों में माँ क्यों नहीं होती है?"

"क्योंकि वह कश्मीर को विदेश मानती थी।"

"सच में।"

"हाँ... उसे हमेशा लगता कि हम विदेश में रहते हैं। और वह बंबई को सपना कहती थी।"

"सपना!"

"जब तू बंबई चला गया था तो मैं उससे कहता था कि देख तेरा पति विदेशी है और तेरा बच्चा सपनों में गुम हो चुका है। अब बता तू कहाँ की है?"

"तो माँ ने क्या कहा?"

इसका पिता ने कोई जवाब नहीं दिया। उन्होंने कुछ ही देर में बहाना बनाकर फ़ोन रख दिया।

तभी मुझे दरवाज़े के ऊपरी कोने से छिपकली का प्रवेश दिखा। उसने दस क़दम लिए होंगे और वह थम गई थी। शायद उसे पता चल गया था कि उसे कोई देख रहा है। मैंने पवन को मैसेज किया, "मेरे कमरे में अभी छिपकली का प्रवेश हुआ है।" वह कमरे की दीवार और छत के बीच के हिस्से में रुक गई थी। मैंने बिस्तर पर करवट ली तो उसने भी कुछ क़दम आगे रखे। मैं उठकर बैठ गया तो वह खिड़की की तरफ़ भाग गई। मुझे लगा अगर वह खिड़की से बाहर जाएगी तो उसकी जान को ख़तरा होगा। मैं बिस्तर पर बैठा रहा और वह भी वहीं स्थिर रुकी रही। मैंने सोचा क्या छिपकलियों के बीच सत्रह हत्याओं की ख़बर फैल गई होगी? कैसे मैं उसको बताऊँ कि मैं पवन नहीं हूँ। हम इंसानों के जाने कितने छिछले-टुच्चे डर होते हैं, पर जानवरों का डर सीधा मौत का डर होता है। मैं बहुत धीमें क़दमों से सरकता हुआ कमरे से बाहर निकला आया... बाद में कमरे में झाँककर देखा तो छिपकली वहाँ नहीं थी।

प्रेम की सारी अच्छी-बुरी गलियों को पार करके
यह स्थिति आती है,
जब दूसरे के छूते ही लगने लगता है
कि आप घर आ गए हों।

दूसरे कमरे में आया तो लैपटॉप खुला पड़ा था। मैं उसे बंद करके चाय बनाने किचन में चला गया। मैंने फ़ोन देखा पवन ने मैसेज पढ़ लिया था, पर जवाब नहीं आया। मुझे थोड़ा अजीब लगा। सोचा एक बार कहानी देख लेता हूँ। कल रात क्या कुछ लिख डाला था। पर कल रात का भारीपन अभी भी माथे पर हरकत कर रहा था। सोचा चाय के बाद एक बार खोलकर देख लूँगा। सच और झूठ में यही अंतर होता है। झूठ की ढेरों गलियाँ होती हैं और हम उसमें देर तक ख़ुद को छुपाए रख सकते हैं, जबकि सच की एक सीधी-सपाट सड़क होती है जिसमें चिलचिलाती धूप से बचने के लिए कोई छाया नज़र नहीं आती। झूठ के घर नहीं होते और सच के रास्ते हम अंत में अपने घर पहुँच ही जाते हैं। मैं कल रात, झूठ की गलियों में भटक रहा था... एक ज़िद में... मैंने ठान लिया था कि अब कहानी से यह झूठ नहीं हटेगा, भले ही अंत में घर न पहुँच पाऊँ।

बारिश अपने आने की पूरी तैयारी करके नहीं आई। आस-पास एक भारीपन घिर आया था। सोचा पिता को फ़ोन करूँ, पर उन्हें सुनाने के लिए कोई कश्मीर का सपना नहीं था। फिर भी उन्हें फ़ोन किया और देर तक उनकी दिनचर्या सुनता रहा। वह सलीम की शिकायत कर रहे थे कि वह शक्कर वाली एक चाय देना भी बंद कर चुका है। सलीम ज़्यादा अच्छा बेटा साबित होता जा रहा था। पिता ने सलीम का जॉब एल.आई.सी. के ऑफ़िस में लगवा दिया

था। अब उसे घर आने की ज़रूरत नहीं थी, पर वह सलीम था; रोहित नहीं। सलीम से बात करते हुए हमेशा एक बेचारगी मेरी आवाज़ में दबी-छिपी चली आती थी, जिसे सलीम नज़रअंदाज़ करता चलता था। जब फ़ोन काटा तो देखा अंतिमा का मैसेज आया हुआ था, "Reaching in five minutes." उसका मैसेज पढ़ते ही मेरी निगाह मेरे बिखरे हुए घर पर पड़ी। जैसे शरीर में एक बिजली दौड़ गई। मैंने सारे कपड़े उठाकर अलमारी में ठूँस दिए। झाड़ू लेकर बाहर के कमरे की सफ़ाई कर दी। बिस्तर की चद्दर बदल दी। बर्तन के ढेर को जल्दी से साफ़ करके जमा दिया। पूरे किचन में गीले कपड़े से पोंछा लगाया। गैस अच्छे से साफ़ की। दीवारों के कोनों में देखा जाले लगे हुए हैं, पर उनको साफ़ करना यानी एक बार फिर झाड़ू को न्योता देना है। मैंने उन्हें वैसा ही रहने दिया। जब घंटी बजी, उसी वक़्त दरवाज़े के ऊपर मुझे छिपकली भागती हुई दिखी। मैंने छू-छू करके उसको भगाया और दरवाज़ा खोल दिया। मेरे दरवाज़ा खोलते ही अंतिमा ने अपना पर्स पटका और भागती हुई बाथरूम में चली गई। मैंने अपना सिर पीट लिया कि बाथरूम को तो साफ़ करना भूल ही गया था।

"सॉरी बाथरूम थोड़ा गंदा होगा... तुम ठीक हो?"

मैंने बाथरूम के बाहर खड़े होकर कहा, पर भीतर से कोई जवाब नहीं आया। तभी मुझे एक अजीब-सा ख़याल आया कि यह सच में हो रहा है? मतलब सच में अंतिमा घर में आई है या मैं अभी यह लिख रहा हूँ कि वह भागती हुई सीधा बाथरूम में चली गई, पर असल में बाथरूम में कोई भी नहीं है। मैंने फिर ख़ुद को एक चपत लगाने के बारे में सोचा, पर उससे बेहतर था कि मैं बाहर के कमरे में अंतिमा का पर्स देख लूँ। मैंने देखा पर्स सोफ़े पर ही पड़ा हुआ था। मतलब अंतिमा बाथरूम में ही है और यह हो रहा है। मैं सोफ़े पर बैठ गया। लैपटॉप खोला और अपनी कहानी देखने लगा। मेरा मुँह खुला का खुला रह गया। कहानी आगे बढ़ गई थी। कहानी कैसे आगे बढ़ सकती है? तभी अंतिमा बाथरूम से बड़बड़ाती हुई आई, "ये साड़ी में कितना अजीब होता है बाथरूम करना! तुम कुछ कह रहे थे?"

मैं भौचक्का-सा उसकी तरफ़ देख रहा था।

"क्या हुआ?" उसने पूछा और मेरे बग़ल में आकर बैठ गई।

"पता नहीं मुझे क्या हो रहा है?"

"क्या हो रहा है?"

"मैं पगला रहा हूँ? कुछ एकदम गड़बड़ हो रहा है।"

"रोहित, सुनो, मुझे डराओ मत। तुम्हें कोरोना तो नहीं हुआ?"

"नहीं-नहीं... मैं कहानी नहीं लिख पा रहा हूँ, पर कहानी आगे बढ़ती जा रही है।"

मेरी बात पर अंतिमा को हँसी आ गई।

"मतलब?" उसने अपनी हँसी दबाते हुए पूछा।

"मतलब मैं नहीं लिख रहा हूँ।"

"तो कौन लिख रहा है? मुझे लगता है कि या तो तुमसे लॉकडाउन सहन नहीं हो रहा या फिर लॉकडाउन का तुम बुरी तरह आनंद ले रहे हो?"

मैं चुप हो गया। मैं कैसे कह देता कि वर्मा मैडम लिख रही हैं। वही वर्मा मैडम जिनके जैसी अभी तुम दिख रही हो। मैंने देखा अंतिमा ने अपने दाएँ हाथ पर एक पतला हरा कपड़ा बाँध रखा है। मैंने उस कपड़े को छुआ। अंतिमा झेंप गई।

"कहाँ से लाती मैं हरा धागा... जो मिला मैं वही बाँध लाई।"

"बहुत सुंदर दिख रही हो तुम।" मेरे कहते ही उसने बात पलट दी।

"वह तो अच्छा हुआ कि मैं दिल्ली से कुछ साड़ियाँ भी रख लाई थी अपनी मीटिंग्स के लिए।"

अंतिमा खड़ी होकर अपनी साड़ी दिखाने लगी। मैं अंतिमा के पास गया।

"तुम हो न यहाँ?" उसे छूते ही मेरे मुँह से निकल गया। उसने मेरे कमर पर च्यूँटी काटी और मेरे मुँह से आह निकल गई। अंतिमा हँस दी, पर मेरे भीतर कहानी ज्यों-की-त्यों चलने लगी। उस दिन छत पर, वर्मा मैडम के साथ क्या हुआ था और कैसे हुआ था। अंतिमा बहुत अच्छे मूड में थी और मैं उससे कहने की हिम्मत नहीं जुटा पा रहा था कि क्या मैं अभी कहानी लिखने बैठ सकता हूँ? हम किचन में चले गए। अंतिमा अपने साथ कॉफ़ी पाउडर लाई थी। उसने मेरे पर्क्युलेटर में दो कप कॉफ़ी पाउडर डाला और उसे गैस पर चढ़ा दिया। कुछ देर में मैंने देखा उसके हाथों में कपड़ा था और वह पूरा किचन साफ़ कर रही थी।

"अरे मैंने अभी साफ़ किया है।"

उसने बस मुझे एक बार घूरकर देखा। मैं चुपचाप किचन के एक कोने में खड़ा हो गया। उसने चाय और शक्कर के डब्बे हटाए तो वहाँ कई दिनों का तेल जमा था जो गाढ़ा हो चला था। मैंने दूसरा कपड़ा उठाया और उसकी सहायता करने लगा।

"सुनो या तो तुम करो या मुझे करने दो। मैं यह गंदगी नहीं देख सकती हूँ। कॉफ़ी बनते तक हो जाएगा।"

मैं वापस पीछे अलमारी से टिककर खड़ा हो गया।

"तुम्हें एक बुरी ख़बर देनी है।" मैंने कहा।

"ओ नो... प्लीज़ इस वक़्त पूरी दुनिया बुरी ख़बरों से घिरी पड़ी है। मुझे नहीं सुनना है।"

"ओके।" वह कुछ देर काम में रही तभी उसे ख़याल आया, उसने काम रोककर पूछा।

"तुम्हारे घर में सब ठीक है न?"

"अरे वैसी बुरी नहीं।" वह वापस काम करने लगी। फिर उससे रहा नहीं गया।

"चलो बता भी दो अब।"

"ख़ान मार्केट में जो तुम्हारा दिल्ली का सबसे पसंदीदा बुक स्टोर है न..."

"सर्कल?"

"हाँ। वह बंद हो गया है- हमेशा के लिए।"

अंतिमा ने पोंछे का कपड़ा नीचे पटक दिया। एक गहरी साँस छोड़कर उसने अपने दोनों हाथ किचन के प्लेटफ़ॉर्म पर रखकर सिर को अपने कंधों पर लटका दिया। मैंने अंतिमा को कभी बिना किताबों के नहीं देखा था। उसके हिसाब से बिना किताबों के जीना यानी एक चौथाई जीना है। उसकी उदासी गहरी थी। वह फैल गई थी उसके बचे किचन के काम से, हमारे कॉफ़ी बनाने और हमारे बाहर बैठकर कॉफ़ी पीने में।

"Again bad timing... तुम इतने अच्छे मूड में थीं। मुझे यह ख़बर तुम्हें नहीं देनी थी। कम-से-कम अभी तो नहीं।"

"मैं ठीक हूँ।"

उसने अपना पर्स खोला और उसमें से अपना रूमाल निकालकर गीली आँखों को पोंछ डाला।

"तुम्हारी कविताओं के अँग्रेज़ी अनुवाद वाली किताब भी मैंने वहीं से ख़रीदी थी।"

"तुमने सर्कल बुक स्टोर के मालिक को उस किताब के बारे में पूछ-पूछकर परेशान कर दिया था। उस बिचारे को लाना पड़ा।"

"कितना ख़राब ट्रांसलेशन था!"

"कविताएँ भी ठीक ही थीं।"

"अरे हिंदी में तो... जाने दो तुम तो अपनी कविताओं के बारे में ऐसे बात करते हो मानो अपने किसी ख़राब संबंध के बारे में बात कर रहे हो।"

बाक़ी कॉफ़ी को हमने अपनी चुप्पी में ख़त्म किया।

"मैं लेटना चाहती हूँ।" उसने कहा और हम बेडरूम की तरफ़ चल दिए।

"तुम्हें पता है कि तुम्हारी कविताओं को मुझे ट्रांसलेट करना चाहिए था?"

"तुम्हारे पास वक़्त कहाँ था कभी भी! AC चला दूँ?"

"नहीं पंखा ठीक है।"

अंतिमा बिस्तर पर यूँ लेटी मानो वह दिन भर की भागा-दौड़ी के बाद घर आई हो। अब हमारी दोस्ती उस जगह पहुँच चुकी थी कि हम एक-दूसरे को छूकर अपना घर सूँघ सकते थे। शायद प्रेम की सारी अच्छी-बुरी गलियों को पार करके यह स्थिति आती है, जब दूसरे के छूते ही लगने लगता है कि आप घर आ गए हैं। आँखें बंद करते ही उसके माथे पर पड़े बल ठीक हो गए। अंतिमा हर पुराने को अपने रूमाल की तरह कसकर पकड़े रखना चाहती थी। वह जब भी अपने माँ-बाप से मिलने पहाड़ जाती थी तो उन्हें देखकर उसे रोना आ जाता था। वह उनका और बूढ़ा होना बर्दाश्त नहीं कर पाती थी। उसने अभी सोते हुए मुझे भी कसकर पकड़कर रखा था। उसके हाथ की पकड़ थोड़ी ढीली हुई तो मैंने ख़ुद को उससे धीरे से अलग किया और उसके दूसरे हाथ में जकड़े हुए रूमाल को निकालकर टेबल पर रख दिया। उसके माथे पर मैं हाथ फेर रहा था। उसके बालों में उँगलियों से हल्का मसाज कर रहा था। मैं पुरानी चीज़ों को जाने देता हूँ, पर जब भी उन पुरानी चीज़ों का ज़िक्र अंतिमा करती है तो मुझे लगता है कि मैं कितना सँभालकर रखता हूँ सारे पुराने को... पर उन

पुरानी बातों के चित्र अपने चेहरे पर नहीं आने देता। एक तरीक़े का तिलिस्म मैंने भीतर बना रखा था... जो भी पुराना भीतर दफ़न था वो गुम जाने की हद तक छुपा पड़ा रहता था। एक लेखन ही था जिसे सारे दरवाज़े खोलने की इजाज़त मैंने दे रखी थी। लिखने में ही दफ़न हो चुका सारा कुछ नदी के ऊपर आकर तैरने लगता था। इसलिए मैं अपने लिखे से बहुत डरा हुआ भी रहता हूँ।

अंतिमा सोते हुए कितनी ख़ूबसूरत लग रही थी! उसने मेरे कारण जो पीड़ा बटोरी थी, उसकी एक टीस मुझे हमेशा सालती रहती है। अभी तक उसके और मेरे संबंध में एक चीज़ क़ायम है... उसकी नींद। उसे हमेशा मेरे आस-पास सबसे गहरी नींद आती थी। मुझे लगता है कि शायद असल प्रेम यही होता है कि आपको दूसरे की उपस्थिति भर से गहरी नींद नसीब हो। मैं जब भी अपने काम से दिल्ली जाता था तो वह मुझसे मेरे होटल की चाबी ले लेती थी। जब मैं काम से वापस आता था तो उसे अपने होटल के बिस्तर पर गहरी नींद में सोया हुआ पाता था। मुझे कभी-कभी अपने ही होटल रूम के सोफ़े पर सोना पड़ता था।

अंतिमा ने मेरा हाथ लिया और उसे अपने गालों से लगाकर दूसरी तरफ़ करवट ले ली। मैं कुछ देर बिना हिले उसके बग़ल में बैठा रहा। मैं उसके हाथों में हरा कपड़ा देख सकता था। अंतिमा इतनी अच्छी दोस्त है कि वह कभी मुझे कहानी की पीड़ा नहीं दे सकती है। उसकी पीड़ा के लिए मुझे कहानी पर ही जाना पड़ेगा। कहानी के बाहर रहकर मैं कहानी को नहीं सुलझा सकता था। मैंने धीरे से अपना हाथ निकाला और बाहर के कमरे में आकर अपने लैपटॉप के सामने बैठ गया।

मैंने कहानी पढ़ी तो वर्मा मैडम ने मुझे झूठ की गलियों से निकालकर सच की सीधी-सपाट सड़क पर पटक दिया था। कल रात जो मैंने लिखा था, वह बदल गया था। मुझे ग़ुस्सा आने लगा। पर कहानी आगे बढ़ गई थी तो मुझे पहले उसे पूरा पढ़ना था।

जब अपने चेहरे को छूता हूँ,
तो देर तक
दालचीनी की ख़ुशबू हाथों में छूट जाती है।
तुम जब कहती हो कि मुझे देखो,
तो मैं किसे देख रहा होता हूँ ?

"छुट्टी के दिन शुरू हो गए थे और दुष्यंत, वर्मा मैडम के साथ रहने आ गया था। जिस दोपहर रोहित ने वर्मा मैडम के कमरे में हिरन देखा था, तब से वह उनसे नहीं मिला था। वर्मा मैडम ने कई संदेश पहुँचवाए, पर उसने माँ से कहा कि उसे बहुत सारा होमवर्क पूरा करना है। रोहित बस दोपहर को नदी जाता था और पैसे ढूँढ़ने के बहाने से, देर तक पानी के भीतर पड़ा रहता। वही एक जगह थी जहाँ उसे सबसे ज़्यादा सुरक्षित महसूस होता था। डर और ग्लानि की दुनिया पानी के भीतर प्रवेश नहीं कर पाती थी।

एक शाम रोहित को उसके कमरे के बाहर वर्मा मैडम और उसकी माँ की आवाज़ आई। जब तक वह सँभल पाता माँ ने दरवाज़ा खोल दिया।

"यह देखो... अपने बिस्तरे पर बैठा हुआ है। निकलता ही नहीं है यहाँ से।" वर्मा मैडम पहली बार उसके कमरे में आई थीं। रोहित ने अपनी डायरी में अपना सिर घुसा लिया।

"क्या हुआ है ? क्यों इस तरह मुँह छुपाए हुए हो ?" वर्मा मैडम उसके कमरे में रखी कुर्सी पर बैठ गईं। माँ वहीं खड़ी थीं।

"अरे पता नहीं क्या होमवर्क करता रहता है आजकल ? आपका असर है, वरना इतना तो कभी पढ़ता नहीं था।"

"अच्छा! पढ़ रहे हो, तब तो ठीक है।" वर्मा मैडम ने चुहल में कहा।

"मैं चाय लाऊँ आपके लिए?"

"नहीं मैंने तो इसके लिए चाय बनाई है... छत पर पीएँगे। चलें?"

"नहीं मुझे थोड़ा काम है।" रोहित ने तुरंत जवाब दिया।

"आप ही देखो क्या हुआ है, मैं चलती हूँ। इनकी शाम की चाय का वक़्त हो गया है।"

माँ के जाने के बाद रोहित ने झूठा पढ़ना बंद किया। वर्मा मैडम रोहित के पास आईं और उन्होंने च्यूँटी काटी।

"वह कविता पूरी क्यों नहीं सुनाई? मैं इतने प्रेम से सुन रही थी, पर तुम आधी कविता में भाग क्यों गए?"

रोहित को हँसी आ गई। वह हँसी च्यूँटी काटने से आई थी या शर्म में, यह रोहित ख़ुद नहीं समझ पाया। वर्मा मैडम उसे देखकर मुस्कुराने लगीं।

"तुम्हारी जो उम्र है न रोहित, वह बहुत कमाल है... मैं अगर तुम्हारी जगह होती तो बिलकुल ऐसे ही व्यवहार करती। देखो मैं तुम्हारी दोस्त हूँ तो तुम्हें अपने दोस्त से छुपने की ज़रूरत नहीं है।"

वर्मा मैडम बहुत पास बैठी थीं। रोहित के कान लाल हो रहे थे। उसे डर था कि कहीं माँ कमरे में न आ जाएँ। वह खिसककर वर्मा मैडम से थोड़ा दूर हो गया और वापस अपना सिर डायरी में घुसा लिया।

"तो हम दोस्त नहीं रहे? ठीक है।" कुछ देर की चुप्पी के बाद वर्मा मैडम उठकर जाने लगीं।

"हैं न हम अच्छे दोस्त।" रोहित ने जवाब दिया।

"दोस्ती ऐसे थोड़े ही होती है। मैं तुम्हें लेने आई हूँ और तुम बात ही नहीं कर रहे हो!"

रोहित ने पहली बार आँखें उठाकर उन्हें देखा।

"मैंने कुछ लिखा है।"

रोहित ने डायरी से अपनी कविता का पन्ना फाड़ा और उसे वर्मा मैडम को पकड़ा दिया। वर्मा मैडम उसके बग़ल में बैठ गईं और कविता पढ़ने लगीं। रोहित को दालचीनी की ख़ुशबू आने लगी। उसने गहरी साँस भीतर ली और चोरी से वर्मा मैडम की गर्दन को देखने लगा। उसे लगा कि उनकी गर्दन हिरन

से कितनी मिलती है! उसे गर्दन और कंधे के बीच लटका हुआ एक तिल दिखा। उसे लगा यह अभी-अभी उगा है। इसके पहले उसने इस तिल को कभी नहीं देखा था। कविता ख़त्म करके वर्मा मैडम ने मुस्कुराते हुए उसे देखा और उसको कसकर गालों पर चूम लिया। जब तक रोहित कुछ समझ पाता उन्होंने रोहित का हाथ पकड़ा और उसे सीधा छत पर ले गईं। दुष्यंत वहाँ दोनों का इंतज़ार कर रहा था।

"कितनी देर लग गई, चाय शायद ठंडी हो चुकी है।" दुष्यंत ने हमें आता हुआ देखकर कहा।

"तुम चाय छोड़ो यह पढ़ो... मज़ा आ जाएगा।"

वर्मा मैडम ने कविता का पन्ना दुष्यंत को थमा दिया।

"तुमने लिखी है?" दुष्यंत ने पूछा।

"हाँ।" रोहित हल्का महसूस कर रहा था।

"तुम्हारी कविता है, तुम्हें पढ़कर सुनानी चाहिए।"

"नहीं आप अच्छा सुनाते हैं।" रोहित ने झेंपते हुए कहा।

"ठीक है।"

वर्मा मैडम ने रोहित को अपने पास खींच लिया और उसके माथे पर अपनी बिंदी लगा दी। दुष्यंत ने अपना गला साफ़ किया और रोहित की इजाज़त ली।

"तुम जब कहती हो कि मुझे देखो
तो मैं किसे देख रहा होता हूँ?
जब आईना मेरे सामने होता है तब
मेरे चेहरे पर मुझे तुम्हारी बिंदी पड़ी दिखती है
मुझे लगता है कि बिंदी असल में आईने में लगी है
जब अपने चेहरे को छूता हूँ
तो देर तक दालचीनी की ख़ुशबू हाथों में छूट जाती है..."

रोहित अपनी कविता सुनाने की इस सारी व्यवस्था से बेहद ख़ुश था। वह ख़ुश था वर्मा मैडम के इस तरह होने से, उनके इतने पास खड़े होने से, उसके गाल पर उठ रही गुदगुदी से जहाँ वर्मा मैडम ने उसे चूमा था। वह ख़ुश था दुष्यंत की भारी आवाज़ से जिसमें उसकी कविता गहरे अर्थ फेंक रही थी। वह

उस कबूतर से भी ख़ुश था जो वहाँ दिखाई नहीं दे रहा था। वह अपनी छत के, वर्मा मैडम की छत के इतने पास होने से ख़ुश था। वह ठीक इस वक़्त बेहद ख़ुश था।

कविता सुनाने के बाद दुष्यंत रोहित के क़रीब आया-

"क्या मैं जानता हूँ तुम्हें?" दुष्यंत ने मज़ाक़ में कहा और रोहित को गले लगा लिया।

"अच्छी लगी आपको?" रोहित ने लजाते हुए पूछा।

"दोस्त, शुरुआत हो चुकी है। अब और कविताएँ सुनी जाएँगी, पर चाय गर्म करना थोड़ा ज़रूरी है।"

यह कहते ही दुष्यंत केतली लेकर नीचे चला गया।

"देखो एक कवि को भी तुम्हारी कविता अच्छी लगी है।" वर्मा मैडम ने कहा।

"दुष्यंत की आवाज़ में कितनी खनक है! उनके मुँह से कविता ज़्यादा अच्छी लग रही थी। मुझे लगा कविता उन्होंने ही लिखी है।"

"यह कविता बहुत अच्छी है।" वर्मा मैडम ने कहा।

"तो क्या हर बार कविता लिखने के लिए इतनी ही तकलीफ़ से गुज़रना पड़ेगा?" रोहित ने काग़ज़ अपनी जेब में रखते हुए कहा।

"किसी भी चीज़ के पैदा होने में तकलीफ़ तो है। एक बीज को भी ज़मीन के भीतर जाकर टूटना पड़ता है, तब कहीं जाकर एक सुंदर पेड़ पैदा होता है। छोड़ो इसे... यह बोलो इतनी अच्छी कविता के बदले तुम्हें क्या चाहिए?"

उसे सारा कुछ चाहिए था, पर उसके शब्द नहीं थे उसके पास। वह चाहता था कि उसके हाथ में अभी सबसे ख़ूबसूरत फूलों का गुलदस्ता हो और वह एक-एक करके सारे फूलों को फाड़ दे... चीर दे... उसकी एक-एक पंखुड़ी नोच ले। वह ठीक इस वक़्त को भी बीच से फाड़ देना चाहता था जिसमें वह और वर्मा मैडम एक किनारे हो जाएँ और दुष्यंत जो नीचे चाय गर्म करने गया है वह उनके पास कभी वापस न आ सके। वह चाहता था कि वर्मा मैडम हिरन हो जाएँ जिसे वह अपने घर ले जाकर अपनी दीवार पर चिपका दे हमेशा के लिए। वह वर्मा मैडम को चूम लेना चाहता था। वह उनकी कमर से फिसलकर उनकी नाभि के ज़रिये उनके भीतर बस जाना चाहता था। पर

उससे भी ज़्यादा वह चाहता था कि वर्मा मैडम से कह दे कि वह कविताएँ नहीं लिखना चाहता है। कविताएँ जिस ज़मीन से पैदा होती हैं, उसे वह ज़मीन बिलकुल पसंद नहीं है। इतना सब कहने में वह अभी, इसी वक़्त इन सब बातों पर एक कविता लिखना चाहता था और चाहता था कि वह जैसे ही उस कविता को लिखे... लिखने के तुरंत बाद उसे फाड़ दे... जला दे... गाड़ दे कि वह कभी किसी को अपने होने की सुध न दे पाए।

"मुझे कुछ नहीं चाहिए।" रोहित ने कहा।

"चाय तो चाहिए।" पीछे से दुष्यंत की आवाज़ आई। वह गर्म चाय की केतली लिए आ रहा था।

चाय पीते हुए दुष्यंत कविता पर देर तक बात करता रहा। उसे रोहित के भीतर बहुत संभावनाएँ दिख रही थीं।

"तुम्हें पता है कि शुरू में मैं किसी भी बात पर कविता कर सकता था। मुझे हर चीज़ में काव्य नज़र आता था। मैं जो भीतर गहरे में महसूस करता था उसके शब्द मुझे दिन-रात दिखने लगते थे। खाने की थाली में, बाज़ार में, लोगों की जेबों से गिरे सिक्कों में, सुबह के होने में, देर रात के जागने में... और जब तक मैं उन्हें लिख नहीं लेता वह मेरा पीछा नहीं छोड़ते थे। तुम्हारी कविता को सुनकर मुझे मेरे वे मासूम दिन याद आ गए।"

रोहित ने देखा दुष्यंत का चेहरा सौम्य था और उसकी आँखों में मुस्कुराहट। इसे कैसे पता कि मेरे साथ यही हुआ है? वह सोचने लगा।

"आज भी जब आप कविता लिखते हो तो आपके साथ ऐसा ही होता है?" रोहित ने पूछा।

"काश ऐसा ही होता! अब तो सारा कुछ उल्टा होता है। अब मैं इंतज़ार करता हूँ देर तक... और शब्दों के पीछे भागना पड़ता है। वह कभी दिखते हैं तो कभी छूते ही ग़ायब हो जाते हैं।"

"तो आप कविता क्यों लिखते हो?" रोहित ने अपनी मासूमियत में पूछा। वर्मा मैडम और दुष्यंत दोनों हँस पड़े।

"कुछ ग़लत पूछ लिया?" रोहित ने खिसियाते हुए आगे जोड़ा।

"बिलकुल नहीं..." दुष्यंत ने कहा, "यह सबसे महत्त्वपूर्ण सवाल है जिसका जवाब कभी पता नहीं होता। अटकलें लगा सकता हूँ, पर ठीक-ठीक

कुछ नहीं कह सकता हूँ।"

"मैं कविता नहीं लिखना चाहता हूँ।"

इस पर दुष्यंत चुप हो गया। उसने चाय की आख़िरी घूँट ली और आसमान में उड़ते हुए कबूतर को देखने लगा। वर्मा मैडम ने रोहित के चेहरे से बिंदी निकालकर वापस अपने माथे पर लगा ली।

"तुम्हें हिंदी की क्लास सबसे थका देने वाली लगती थी और आज तुम कविताएँ लिख रहे हो। मेरे लिए यह परिवर्तन बहुत सुखद है... और तुमने कितनी कविताएँ सुनाई हैं मुझे! मैं ख़ुद आश्चर्य में थी क्योंकि मैंने भी कितने कवियों को पहली बार तुम्हारे मुँह से सुना था।" वर्मा मैडम ने कहा।

"पर मुझे समझ में नहीं आईं ज़्यादातर कविताएँ।" रोहित ने कहा।

"तुम्हारे भीतर यह उथल-पुथल नयी है और इसमें तुम बहुत ईमानदार हो... तुम कविताएँ नहीं लिखना चाहते हो, यह बात मैं समझता हूँ।" दुष्यंत ने बहुत सोच-समझकर सारे शब्द कहे मानो वह ख़ुद से कह रहा हो।

"नहीं आप नहीं समझ सकते हो।" रोहित अपनी हल्की नाराज़गी पर बना रहा। दुष्यंत भागकर नीचे गया और एक कॉपी और पेन ले आया। एक कोरा पन्ना निकालकर उसने रोहित को पेन पकड़ा दिया।

"अभी लिखो जो नहीं लिखना चाहते हो... जो भी शब्द तुम्हारे दिमाग़ में हो... जैसे भी।"

"मुझे नहीं लिखना।" रोहित ने पेन वापस देना चाहा।

"कविता नहीं... जो भी अल्लम-बल्लम तुम्हारे दिमाग़ में आए।"

"अरे वह नहीं लिखना चाहता है तो जाने दो।" वर्मा मैडम ने कहा।

"ठीक है जाने दो।" दुष्यंत ने कहा।

रात ने शाम का सारा बचा हुआ उजाला खा लिया था। रोहित जहाँ था वहीं जड़ हुआ पड़ा था। उसे बस कोरा पन्ना और उसके बग़ल में रखा हुआ पेन दिख रहा था। वर्मा मैडम ने ख़ाली कप और केतली उठाई और नीचे जाने लगीं।

"मैं अपने काम पर बैठती हूँ। दुष्यंत तुम आ रहे हो?"

"मैं कुछ देर में आता हूँ।"

दुष्यंत ने रोहित के सामने रखी हुई कॉपी और पेन उठाई।

“सुनो, इसमें ज़्यादा मत सोचो। जब मन करे तब लिख लेना।”

दुष्यंत उठने को हुआ कि रोहित ने कॉपी उसके हाथ से छीन ली। दुष्यंत ने कॉपी वापस लेना चाहा, पर रोहित ने उसे दिया नहीं। उसने दुष्यंत से पेन माँगा। दुष्यंत ने बेमन से उसे पेन दिया और वहाँ से चला गया।

रोहित पेन का ढक्कन खोलकर जब कोरा पन्ना छूने को हुआ तो उसने देखा है कि उसके हाथ काँप रहे थे। उसके सामने रखे कोरे पन्ने को छोड़कर हर तरफ़ अँधेरा था। हल्की हवा में रोहित के बाल उड़ रहे थे। छत पर इस वक़्त कोई नहीं था। रोहित उस कोरे पन्ने को अपने चेहरे के बहुत क़रीब ले आया, इतना कि उसे सारा कुछ सफ़ेद दिखने लगा। उसे लगा वह किसी नदी के भीतर छुपा बैठा है और मछलियों के बजाय उसे उस नदी में शब्द तैरते दिख रहे हैं। उसने कुछ शब्दों को अपने क़रीब आते हुए देखा। वह मछलियाँ उसके कंधे, उसके हाथों, उसके घुटने पर आसरा पाने लगी थीं।”

मैंने पढ़ना रोका और अब मेरा आश्चर्य यह नहीं था कि कौन लिख रहा है? मेरा आश्चर्य था कि यह क्यों लिखा जा रहा है? क्यों वर्मा मैडम उठकर चली गईं? और दुष्यंत? नहीं, मुझे कहानी के उस तरफ़ नहीं जाना है। मैं नदी के इसी तरफ़ की कहानी लिखना चाह रहा था। नदी के दूसरी तरफ़ गहरी पीड़ा है जिससे मैं ख़ुद को अभी तक बचा रहा था। क्या अब बचना संभव है? मैं आगे पढ़ना शुरू कर ही रहा था कि मुझे याद आया भीतर अंतिमा सो रही है। मैं उसे देखने गया तो वह गहरी नींद में थी। उसकी साड़ी उसके शरीर पर अस्त-व्यस्त लिपटी पड़ी थी। मैं अंतिमा के बग़ल में जाकर लेट गया। एक गहरी इच्छा हुई कि अंतिमा को पलटाकर उससे कह दूँ कि मैं तुमसे बेहद प्रेम करता हूँ। मैं कैसे भी बचना चाह रहा था- नदी के दूसरी तरफ़ जाने से, मुझे अंतिमा की शरण चाहिए थी। उसके बग़ल में लेटना ही कितना सुखद था! शायद ऐसी ही शांत चुप घड़ियों में आप ख़ुद को बेहद अकेला महसूस करते हैं और लगता है कि यही तो है जिसकी ज़रूरत थी पूरी ज़िंदगी। मैंने अंतिमा के कंधे पर हाथ रखकर उसे पलटाया। वह एक अँगड़ाई लेकर पलट गई। मैं उसका चेहरा देख रहा था और मुझे लगा कि मेरे सामने आईना रखा है। वह

इतनी पवित्र लग रही थी कि मुझे लगा मेरे छूते ही यह आईना टूटकर बिखर जाएगा। 'तुम क्या सपना देख रही हो?' मैं पूछना चाहता था। किन गलियों में होगी अंतिमा अभी? हम कभी भी किसी को पूरी तरह नहीं जान सकते हैं। कैसे मैं अभी अंतिमा के इन सपनों का हिस्सा हो जाना चाहता हूँ जो वह अभी साफ़ माथे और होंठों पर हल्की मुस्कान लिए देख रही थी। फिर इच्छा हुई कि उसे जगा दूँ, उसे अपवित्र कर दूँ। उसे अपनी गहरी वीरानी में फिर से धक्का दे दूँ जिससे वह बड़ी मुश्किल से निकली थी। एक वक़्त के बाद आप जिससे प्रेम करते हैं, उसे आप अथाह ख़ुशी में ग़ोते लगाता हुआ देखना चाहते हैं। जब वह उठेगी तो मैं उससे पूछूँगा कि वह क्या सपना देख रही थी? कहाँ थी? किन बातों पर चेहरे पर उसके मुस्कुराहट थी, और मैं कोशिश करूँगा कि मैं इस वक़्त देखा उसका सपना सच कर सकूँ।

किसी कविता का बनना और प्रेम का होना...
असल में- बहुत अँधेरे में,
किसी विशाल तूफ़ान के विरुद्ध अपना नृत्य पेश
करती हुई एक आग की लौ है।

"दुष्यंत कुछ देर बाद छत पर सिगरेट पीने आया तो उसने देखा रोहित अभी भी वहीं बैठा हुआ है।

"अरे तुम अभी भी यहीं हो? क्या हुआ? सब ठीक है?"

दुष्यंत रोहित के बग़ल में जाकर बैठ गया। उसने देखा रोहित के हाथों में कॉपी है और कोरा पन्ना अब कोरा नहीं है।

"सुनाओ क्या लिखा है।" दुष्यंत ने कहा।

रोहित ने कॉपी दुष्यंत के सामने रख दी। दुष्यंत ने सिगरेट वापस अपनी जेब में रखी और कॉपी उठा ली।

"आईने के सामने खड़े रहने पर तरस खाता एक आदमी दिखता है
उसकी आँखें वहाँ जाती हैं जहाँ मैं नहीं पहुँच पाता हूँ।
क्या तुमने कभी उसे छुआ है जो जीवन है? -वह पूछता है।
मैं अपना हाथ बढ़ाकर उसे छूने की कोशिश करता हूँ
मेरे उँगलियों के स्पर्श से ठीक पहले वह बदल जाता है
मैं ठिठकता हूँ क्योंकि मैं अब उसे नहीं जानता हूँ
वह साड़ी पहने हुए एक हिरन है जिसकी नाभि बहुत गहरी है
मैं उसकी नाभि छूना चाहता हूँ
उसके जितना क़रीब मैं जाता हूँ

वह उतना बदलता जाता है...
मैं ख़ुद को गीला होता देखता हूँ
उसके बदलने के बीच में ही कहीं मुझे जीवन दिखता है।
मैं अपनी पूरी क्षमता से उसे छूता हूँ
और आईना चरमराकर झड़ जाता है।"

दुष्यंत ने पूरी कविता बुदबुदाते हुए पढ़ी थी। उसने कविता पढ़ने के बाद जब रोहित को देखा तो रोहित रो रहा था। उसकी सिसकियाँ बहुत भीतर कहीं से उठ रही थीं। दुष्यंत ने रोहित का हाथ पकड़कर उसे अपने पास खींचा और उसे अपने गले लगा लिया। रोहित गले लगते ही निढाल हो गया। जैसे वह बहुत देर से ख़ुद को रोके हुए था। उसने ख़ुद को बह जाने दिया। दुष्यंत उसकी पीठ पर हाथ फेर रहा था।

"बहुत अच्छा लिखा है।" उसने फुसफुसाते हुए रोहित के कानों में कहा। रोहित दुष्यंत की छाती से चिपका हुआ था।

"मुझे नहीं लिखना है।" रोहित ने टूटते हुए शब्दों में कहा। दुष्यंत ने रोहित के चेहरे पर अपने दोनों हाथ रखकर उससे कहा, "तुमने बहुत-बहुत अच्छा लिखा है। जो अभी तुम्हारे भीतर है, उसे बह मत जाने दो... उसे रोको... बाँध जैसा बनाओ और लिखो उन सबको... बहुत नयी आवाज़ है यह... मैं इस आवाज़ को सुनना चाहता हूँ।"

रोहित के आँसू नहीं रुक रहे थे और उसका चहरा दुष्यंत के बहुत क़रीब था। रोहित रोना नहीं चाह रहा था। वह ख़ुद अपने आँसुओं को रोकने की पूरी कोशिश कर रहा था, पर उसकी आँखें डबडबा जा रही थीं। वह अपने आँसू पोंछना चाह रहा था, पर उसने अपनी मुट्ठी से दुष्यंत की शर्ट को कसकर पकड़े रखा था। उसे लग रहा था कि अगर यह छूट गया तो सब छूट जाएगा। उसे दुष्यंत पानी में डूबा हुआ दिख रहा था। तभी उसे लगा कि दुष्यंत के पीछे बहुत सारे कबूतर फड़फड़ाकर उड़ने लगे हैं। उसकी आँखों के सामने वही हिरन कुलाँचे मार रहा है जो अब तक वर्मा मैडम के कमरे की दीवार पर चिपका हुआ था। तभी उसकी निगाह दुष्यंत के होंठों पर गई। उसके होंठों पर उसे पीले और नारंगी फूलों की पंखुड़ियाँ तैरती हुई दिखीं। वह उन पंखुड़ियों

के क़रीब गया और उसने धीरे-धीरे अपने होंठों से उन्हें बटोरना शुरू किया। हर एक पंखुड़ी की कोमलता वह अपने होंठों पर महसूस कर सकता था। हर पंखुड़ी उसके होंठों को छूते ही मिश्री की तरह उसके मुँह में घुलने लगी थी। वह जितनी पंखुड़ियों को छूता... दुष्यंत के मुँह से उतने ही फूल खिलते हुए उसे दिखते। ऐसे रंग, इतनी गहरी उनकी ख़ुशबू थी कि रोहित की आँखें नशे में आधी बंद होने लगीं। वह दुष्यंत से कहना चाह रहा था कि मैं गहरी नींद सोना चाहता हूँ, पर वह बहुत भूखा भी था। उसे उन पंखुड़ियों की भूख थी, जिसका पता उसे उनके चखने के बाद लगा था। वह उन्हें लगातार खाता जा रहा था।

वर्मा मैडम जब छत पर दुष्यंत को खोजती हुई आईं तो उन दोनों को देखकर वह जहाँ थीं वहीं खड़ी रह गईं। उन्हें लगा कि वह किसी कविता का बनना देख रही हैं। बहुत अँधेरे में किसी विशाल तूफ़ान के विरुद्ध अपना नृत्य पेश करती हुई एक आग की लौ।

क़िले के पास, नदी किनारे, पीपल की पेड़ की छाया तले दुष्यंत और रोहित लेटे हुए थे। पीपल के पत्तों से छनती हुई सूरज की किरणें उनके नग्न शरीर पर ऐसे पड़ रही थीं मानो उजाला उनके शरीर से जगह-जगह फूट रहा था।

"एक पैटर्न है चारों तरफ़ और उस पैटर्न से हम सब जुड़े हुए हैं। एक बहुत बड़ी कलाकृति है जिसमें हम महज़ एक ब्रश का स्ट्रोक हैं। और इस कलाकृति की सबसे ख़ास बात है कि यह बदलती रहती है लगातार। आप अपना रंग और पैटर्न लिए सिर्फ़ कुछ ही समय तक इस कलाकृति का हिस्सा हैं। कुछ वक़्त बाद एक नया स्ट्रोक आपके ऊपर से गुज़र जाएगा- एक नया रंग लिए और आप इस लगातार बदल रही कलाकृति के भीतर कहीं दफ़न हो चुके होंगे। हमारी बस इतनी ही शिरकत है।" दुष्यंत ने कहा और रोहित ने दिमाग़ में इस पैटर्न के विन्यास को बनते-बिगड़ते देखा। रोहित यूँ भी आजकल बाहर कम और अपने दिमाग़ में ज़्यादा रहने लगा था। दुष्यंत के पास बहुत वक़्त था और वर्मा मैडम अपनी थीसिस में व्यस्त रहती थीं। दुष्यंत का बहुत वक़्त रोहित के साथ ही गुज़रता था। दोनों दोपहर में नदी जाते जहाँ पानी में ग़ोते लगाकर पैसे बीनना उनका सबसे पसंदीदा काम था। रोहित को नदी की आदत थी और वह बहुत गहरे में बहुत देर तक रुक सकता था, पर दुष्यंत

पानी के भीतर ज़्यादा नहीं रह पाता था। कई बार दुष्यंत पानी के ऊपर आता और रोहित का इंतज़ार करते हुए उसे लगता कि वह शायद डूब गया है। कुछ देर बाद रोहित, दुष्यंत के डरों पर हँसता हुआ बाहर निकलता। फिर वह अपनी पसंदीदा जगह बैठते- क़िले की दीवार के पीछे, नदी किनारे, पीपल के पेड़ के नीचे और अपने बटोरे पैसों का हिसाब लगाते। रोहित अधिकतर जीत जाता था, पर खेल जीत-हार से कहीं आगे बढ़ चुका था। बहुत आगे बढ़ने पर भी दोनों के संबंध का धागा कविता से ही जुड़ा हुआ था। हमेशा किन्हीं ख़ूबसूरत क्षणों में रोहित को फूलों की पंखुड़ियाँ दुष्यंत के होंठों पर दिख जाया करती थीं और वह उन्हें अपने होंठों से तुरंत लपक लेता...

"ख़ुशियाँ अजनबी होती हैं
कितना ही उन्हें स्नेह दो
वो अपना परायापन छोड़ती नहीं हैं
बहुत संयम के बाद
एक छोटी-सी चिड़िया पास आकर बैठ जाती है
यह ख़ुशी है...
जो हमेशा टिककर नहीं रह सकती
यह हमारे आने और उड़ जाने के बीच का क्षणिक जीवन है
और इसमें सुख- छोटे वक़्त के दानों को चुगना है
इसके परे सारा दृश्य काल्पनिक है
और पीछे सारा छलावा
सब कुछ यहीं, बहुत कृत्रिम में
हमारे आस-पास ही पड़ा है
इसमें ख़ुशी को पकड़कर पिंजरे में बंद कर लेना
हमारा अंधा होना है
क्या आप यह देख सकते हैं?"

दुष्यंत ने लेटे हुए यह कविता सुनाई। रोहित बैठा हुआ नदी के दूसरे छोर को देख रहा था।

"यह कब लिखी आपने?"

"कल रात।" दुष्यंत ने कहा।

"किसके लिए?"

"लेखक से ऐसे सवाल कभी नहीं करते। जिसे कविता अच्छी लगती है, समझो उसी के लिए लिखी है।"

"आपसे बात करके लगता है कि कभी तो आप बहुत पास हैं और कभी आप झटक देते हैं सारा कुछ।"

"कविता कैसी लगी?"

"देखा... फिर आपने किया... आपने झटक दिया मुझे।"

रोहित यह कहते ही दुष्यंत के बग़ल में लेट गया।

"कविता बहुत अच्छी थी।" रोहित दुष्यंत के कानों में फुसफुसाया।

रोहित के सपनों में उसे आजकल अलग ही रंग दिखते थे... और वे सारे रंग एक पेंटिग में तब्दील हो जाते जिसमें वह ख़ुद को हिरन होता हुआ देखता। शायद यह उस हिरन का शाप है कि उसे दुष्यंत और वर्मा मैडम को रोज़ साथ सोते हुए देखना है। कभी-कभी वह दुष्यंत के हाथों को छूता और सोचता कि इन्हीं हाथों ने वर्मा मैडम को कल रात छुआ होगा हर तरफ़... उसे भीतर घनघोर जलन महसूस होती, पर साथ-ही-साथ एक अजीब क़िस्म की उत्सुकता उसके भीतर घर कर जाती कि वह दुष्यंत से पूछे कि कल रात इन हाथों ने वर्मा मैडम के शरीर के किन हिस्सों को सहलाया था? वह बार-बार अपना सिर झटकता... वह कहाँ जा रहा था? किन गलियों में, किस घर की तलाश में था?

एक शाम तीनों छत पर चाय पी रहे थे। वर्मा मैडम और दुष्यंत एक-दूसरे से सटकर बैठे हुए थे। रोहित अपनी चाय और पारले-जी बिस्कुट के साथ दूसरी तरफ़ था। रोहित को उन दोनों को साथ देखने की आदत थी, पर फिर भी उसके भीतर एक टीस उठती जब भी वर्मा मैडम दुष्यंत का हाथ पकड़तीं या जब दुष्यंत वर्मा मैडम के कानों में कुछ फुसफुसा देता और वह दोनों देर तक हँसते। कई बार वह समझ नहीं पाता कि उसे जलन किससे हो रही है और किसकी तरफ़ से हो रही है? क्या वह दुष्यंत से जल रहा है? या वर्मा मैडम से?

"मैं एक कविता सुनाना चाहता हूँ।" रोहित ने कहा।

"अरे वाह! सुनाओ।" दुष्यंत रोहित की तरफ़ खिसक आया। दुष्यंत में निश्छलता थी। उसके भीतर बस स्नेह था सबके लिए और अजीब-सा आकर्षण हर ख़ूबसूरत चीज़ के लिए।

"कहीं रख दिया जाऊँ तो पड़ा रहूँ
किसी और के छू लेने तक
कुछ कहने की हरकत न हो
मेरे सब कुछ सह लेने तक
तुम आओ तो घर कर जाओ
वरना पड़े रहने दो मुझे मेरे न होने तक
गर पास हो तो साँस लेने की जगह न हो
वरना चले जाओ, जैसे जाता है कोई राख होने तक
हर कोशिश की थकान से ऊब है
मैं डूब जाऊँ और डूबा ही रहूँ... नदी होने तक।"

कविता ख़त्म होने के बाद दुष्यंत का सिर नीचे था, मानो वह कुछ सोच रहा हो। एक अजीब-सी असहजता तीनों के बीच फैल गई।

"अरे वाह! वाह! बहुत ही अच्छी कविता है।" वर्मा मैडम ने कहा।

"एकदम बकवास है। इस तरह क्यों लिख रहे हो? क्या हुआ? कविता जैसी कविता लिखने की क्या ज़रूरत है? मत लिखो पर लिखो तो वह लिखो जो तुम... पता नहीं... तुम..."

दुष्यंत को लगा कि वह कुछ ज़्यादा बोल गया है, इसलिए वाक्य अधूरा छोड़कर उठ खड़ा हुआ और छत के एक कोने में चला गया। रोहित ने उस कविता को मरोड़कर अपनी मुट्ठी में छुपा लिया।

"दुष्यंत, इतनी अच्छी है कविता। क्या हुआ तुम्हें? और ये कोशिश कर रहा है... कई तरह की कविता यह लिखेगा। तुम्हें ऐसा नहीं कहना चाहिए।"

दुष्यंत वापस रोहित के पास आया और उसकी मुट्ठी से कविता छीनी और उसे उसके सामने फाड़ दिया। "मैं यह इसलिए कर रहा हूँ कि जब मैंने ऐसी कविता लिखी थी तो किसी ने उस कविता को फाड़ा नहीं था और जिसका मुझे आज तक पछतावा है।"

तीनों बिलकुल अलग दुनिया के लोग थे। हर एक अपनी अलग गली से निकलकर इस तिग्गडे पर आकर मिले थे। घर्षण होना लाज़मी था और उससे उठती चिंगारियों से किसी का जल जाना भी। रोहित जल रहा था। वह उस उम्र में भी था जिसमें हर परिवर्तन का होना उसको सहना पड़ रहा था। हर बार पीड़ा के बुलबुलों के फूटने से पहले रोहित सबसे छुप जाना चाहता था। वैसे तो कविता में ख़ुद को छुपाया जा सकता था, पर जिस कविता की उम्मीद दुष्यंत उससे कर रहा था, उसमें नंगा होने की ज़रूरत थी, जबकि रोहित नंगे होने का डर लेकर कविता लिख रहा था।

क़िले के पास, नदी किनारे, पीपल के पेड़ की छाया तले, किन्हीं ख़ूबसूरत क्षणों में जब रोहित को फूलों की पखुड़ियाँ दुष्यंत के होंठों पर दिखतीं तो वह उन्हें बटोरने की हिम्मत नहीं जुटा पाता। जब भी उसने ख़ुद को दुष्यंत के क़रीब पाया था, दुष्यंत ने मुँह मोड़ लिया था। कुछ दोपहरों में रोहित वर्मा मैडम से मिलने की कोशिश में उनके कमरे तक उन्हें खोजता हुआ पहुँचा था, पर कमरा भीतर से बंद होता। बाहर उसे दुष्यंत और वर्मा मैडम की किल्लोल सुनाई देती। उसके दिमाग़ में जिस तरह के दृश्य घूमने लगते, उन्हें वह कितना भी झटका देता वे बाहर नहीं गिरते थे। उन दृश्यों के साथ जब भी वह अकेले कमरे में होता उसे लिखने का मन करता... पर वह इस आदत से थक गया था। हर दुख, हर उथल-पुथल को वह लगातार कविता नहीं बनाना चाहता था। शाम की चाय हो या नदी में गहरे ग़ोते लगाना हो, उसने ख़ुद को उन दोनों से एक दूरी पर पाया था- लगातार। वर्मा मैडम सच में व्यस्त थीं, पर दुष्यंत दिन भर उसके साथ रहते हुए भी दूर था। दिन बीतने में दुष्यंत का जाना क़रीब आता जा रहा था। रोहित महज़ दुष्यंत के साथ ज़्यादा-से-ज़्यादा वक़्त नहीं बिताना चाहता था। वह उसका होना चाहता था। वह उसके निज में अपना प्रवेश चाहता था। दुष्यंत का एक दूरी बनाए रखना उससे सहन नहीं हो रहा था।

एक दिन क़िले के पास, नदी किनारे, पीपल के पेड़ की छाया तले जब रोहित को फूलों की पंखुड़ियाँ दिखीं तो उसने दुष्यंत को एक पन्ना पकड़ाया। दुष्यंत ऐसे उठकर बैठा जैसे वह जाने कब से इसी का इंतज़ार कर रहा था। उसने बुदबुदाते हुए रोहित की कविता पढ़ी...

"कुछ दूर, साथ चलने में शामिल होना
जीवन में शामिल होने-सा भ्रम देता है
पीछे छूट गए जिस मोड़ पर वह हासिल हुआ था
उसका सुख अब
वह किसी भी मोड़ पर ओझल हो जाएगा- के डर का जूता हो गया था
जो चलते वक़्त लगातार काट रहा होता था
हर आने वाले मोड़ पर शक होता था
क्या वह यहाँ से मुड़ जाएगा?
अगर वह रुकता,
तो साँसें रुक जातीं
जूता अपने अँगूठों से लाल होने लगता
क्या एक अंतहीन सीधी सड़क नहीं हो सकती है?
क्या दूसरे के भीतर उठ रही
किसी भी मोड़ की प्रतीक्षा का कोई अंत है?
काश इस संबंध को घसीटकर मैं उस मोड़ पर ले जा सकता
जहाँ से हमने साथ चलना शुरू किया था
मैं उसके साथ चलने के पहले ही पलट जाता...
वह मुझे पुकारता
और मेरा नाम 'दुख' होता
और दुख किसी की सुनता नहीं है।"

दुष्यंत ने कविता दो बार पढ़ी और जब उसने नज़रें उठाकर रोहित को देखा तो रोहित को उसके होंठों पर कोई भी पंखुड़ियाँ नहीं दिखीं। उसके होंठ गीले थे और उसकी आँखों में सूरजमुखी के फूल दिख रहे थे। दुष्यंत रोहित के क़रीब आया और उस दोपहर, क़िले के पास, नदी किनारे, पीपल के पेड़ की छाया तले दोनों ने एक-दूसरे को प्रेम दिया। अपनी क्षमता से कुछ क़दम ज़्यादा दोनों एक-दूसरे के थे। और दोनों ने तेज़ी से चल रही साँसों के बीच कहा था कि यह कितना ख़ूबसूरत है, और दोनों के लिए इस वाक्य के अर्थ अलग-अलग थे।"

अपने लिखे पात्रों से अनुमति माँगना,
सपनों में आए लोगों से अनुमति माँगना है।
आपके पात्र आपका झूठ सूँघ लेते हैं
और अंत में सपना टूट जाता है।

बाहर बहुत तेज़ बारिश हो रही थी। मैं कॉफ़ी और बटर-टोस्ट तैयार कर रहा था। अंतिमा ने अपने पसंदीदा गाने लगा रखे थे। मुझे लग रहा था कि मैं कई साल पीछे जा चुका हूँ। कई साल पहले भी मैं यूँ ही अंतिमा के लिए नाश्ता तैयार कर रहा था, वही गाने पीछे बज रहे थे और बाहर बारिश हो रही थी। तब हम अलग होने की परिधि पर थे और हर दूसरी बात पर लंबी चुप्पी गहराती जाती थी।

"मैं कुछ मदद कराऊँ?" अंतिमा ने किचन में आकर पूछा।

"नहीं बस हो गया।"

कितनी मुक्तता है इस सहजता में! किसी को कितना ज़्यादा जानना होता है, तब कहीं जाकर उसके भीतर की वह धरती हमें मिलती है जिसमें हमें लगता है कि हम आराम से सुस्ता सकते हैं! अंतिमा ने मेरे भीतर और मैंने उसके भीतर वह धरती पा ली थी।

"तुमने मुझे साड़ी पहनने को क्यों कहा? और यह धागे का क्या सीन है?"

हम बालकनी में आकर बैठ गए थे। अंतिमा ने टोस्ट और कॉफ़ी के बीच में पूछा। मैंने देखा उसके पीछे एक छोटी चिड़िया आकर बैठ गई है। मुझे दुष्यंत की कविता याद हो आई।

“मुझे लगा कि मैं कहानी आगे नहीं लिख पा रहा हूँ मुझे कुछ प्रेरणा चाहिए थी इसलिए... और हरे धागे की बात नहीं बता सकता, क्योंकि कहानी अभी उस जगह नहीं पहुँची है।”

“हाँ, पर तुम मुझे तो बता ही सकते हो।”

“वह कहानी से धोखा है... मैं नहीं कर सकता।”

“तुम नहीं बता सकते, क्योंकि तुम्हें भी नहीं पता है।”

“हाँ, मुझे सच में नहीं पता कि अब कहानी में क्या हो रहा है।”

“तुम हमेशा से ही इतने उलझे हुए थे?”

“टोस्ट कैसे लग रहे हैं?”

मेरे सवाल पर अंतिमा मुस्कुरा दी। तभी मैसेज आया मैंने देखा पवन ने जवाब दिया था, “क्या तुम उस छिपकली को पहले से जानते हो?” मैं मैसेज पढ़कर हँस दिया।

“क्या हुआ?” अंतिमा ने पूछा।

“अरे वही जो मेरा दोस्त है, मतलब दोस्त हो गया है, उसी का मैसेज है।”

“तो तुम लोगों से मिल रहे हो? देखो थोड़ा सँभलकर पता नहीं कौन कितने और लोगों से मिलता हो?”

अंतिमा टोस्ट ख़त्म कर चुकी थी। बारिश रुक गई थी। आसमान पक्षियों से फिर से भरने लगा था। शाम के वक़्त हमेशा कुछ गहरी चुप्पी भीतर रेंग रही होती है। कभी लगता है कि उसे उस चुप के बारे में सारा कुछ कह दूँ, पर हम क्या-क्या कह दें? और यूँ भी मेरे ऊपर उलझे होने की तोहमत तो लगती रहती है। पर मैं चुप न रह सका।

“एक गिल्ट हो रहा है।” मैंने कहा।

“कैसा गिल्ट?” अंतिमा मेरी ऐसी बातों की आदी थी, उसने बहुत कम ध्यान देते हुए पूछा।

“क्या मुझे पवन को बता देना चाहिए कि मैं उसे लिख रहा हूँ?”

“वही जिसका मैसेज आया था?”

“हाँ। क्या करूँ?”

“तुम ऐसा नहीं कर सकते हो।”

“क्या? नहीं बताऊँ?”

"नहीं, तुम इस तरह अपने जीवन में आए लोगों को नहीं लिख सकते। मतलब किसने तुम्हें हक़ दिया है?"

"मैं नाम बदल रहा हूँ... और क्या करूँ?"

"गाने का एक शब्द बदलकर तुम ख़ुद गा दो और कहो कि यह तुम्हारा ओरिजनल काम है?"

"उसमें और इसमें अंतर है।"

"मुझे तो यह ज़्यादा ख़तरनाक लगता है।"

"तो एक लेखक से तुम क्या अपेक्षा करती हो? वह कहाँ से लिखे?"

"तुम तो काल्पनिक लिखते हो? तो इस्तेमाल करो अपनी कल्पना?"

"कल्पना की बुनियाद तो रियल होनी चाहिए... वह कहाँ से लाऊँ?"

"मुझे नहीं पता, पर तुम ऐसे किसी के जीवन को उठाकर अपने लिखे में इस्तेमाल नहीं कर सकते। वह तुम्हारे लिखे में बस एक गूँगा-बहरा ग़ुलाम बनकर रह जाएगा। तुम जो बोलोगे वो बोलेगा, तुम जहाँ कहोगे वो जाएगा, यह गुनाह है।"

अंतिमा बहुत नाराज़ हो गई थी। मैं जानता था इस बहस का अंत क्या है? मैं इसे यहीं ख़त्म कर देना चाहता था, सो चुप रहा। बारिश बंद हो गई थी और उमस बढ़ गई थी। मुझे पसीना आ रहा था जिसके कारण मैं असहज था। मैंने अपनी कॉफ़ी ख़त्म की और पसीना अचानक मेरे चेहरे से टपकने लगा।

"तुम्हें बहुत पसीना आ रहा है! तुम ठीक हो?" अंतिमा ने शक से पूछा।

"ठीक हूँ।" मैंने देखा अंतिमा अभी भी उतनी ही ख़ूबसूरत लग रही है जितनी वह आई थी, जैसे मैं उसे जानता था। जैसे मैं उससे पहली बार दिल्ली में मिला था।

"मुझे पसीना क्यों नहीं आ रहा है?" अंतिमा ने पूछा... और मैं सकते में आ गया।

"आ तो रहा है तुम्हें भी पसीना।"

तभी एक पसीने की बूँद अंतिमा के माथे से यात्रा करती हुई उसकी गर्दन से खिसकती हुई उसके शरीर में समा गई। यह मेरी ग़लती थी। अंतिमा ग़ुस्से में खड़ी हो गई। मैंने अपना सिर झुका लिया। जब आप कोई सपना देख रहे होते हैं और एक असहजता आपके भीतर पैदा होती है कि सपने में ऐसा क्यों

हो रहा है ? और आपको तभी भनक लगती है कि असल में आप सपना देख रहे हैं। यह रियल नहीं है। तब आप उस असहजता के साथ खेलना चाहते हैं और यहीं आप ग़लती करते हैं। सपने में आपके साथ जो लोग थे, वे आपके सपने में भाग लेने से इंकार कर देते हैं। बग़ावत पर उतर आते हैं और आपको अपनी आँखें खोलनी पड़ती हैं। मैंने सिर उठाकर अंतिमा की तरफ़ देखा। वह ग़ुस्से में तमतमा रही थी। मुझे उसे साड़ी पहनने के लिए नहीं कहना था। मुझे उससे पवन की बात नहीं करनी चाहिए थी। मुझे पवन का गिल्ट नहीं था। मुझे अंतिमा का गिल्ट सता रहा था। मैं उससे अनुमति चाहता था और उसे उसकी भनक लग गई थी। अपने लिखे पात्रों से अनुमति माँगना, सपनों में आए लोगों से अनुमति माँगना है। आपके पात्र आपका झूठ सूँघ लेते हैं और अंत में सपना टूट जाता है।

"मैं कहाँ हूँ अभी ?" अंतिमा ने पूछा, अभी जवाब देना घातक है तो मैं चुप ही रहा।

"क्या मैं दिल्ली में हूँ ?" मैं चुप रहा।

"क्या सारा कुछ झूठ था ?" उसने मेरे क़रीब आकर पूछा।

"एक अंश भी झूठ नहीं था। मैं सारा कुछ अपनी पूरी शिद्दत के साथ जी रहा हूँ।"

"मैंने तुम्हें मना किया था कि तुम मुझे कभी मत लिखना।"

यह कहकर अंतिमा निढाल-सी सामने कुर्सी पर बैठ गई। ऐसा क्यों लगता है कि मैं सबका इस्तेमाल कर रहा हूँ और मुझे असल में कोई फ़र्क़ नहीं पड़ता। मैं भी तो अपने सारे पात्रों के साथ कहानी के अंधे कुएँ में छलाँग लगाता हूँ। अपनी, उनकी, सारी हँसी, सारी पीड़ा को अपने जिए से एक घर आगे जाकर जीता हूँ। मैं अंतिमा को इस तरह नहीं देख सकता हूँ। मैं चुप रहकर अब बातें टाल नहीं सकता हूँ।

"तुम्हें याद है वह वियना एयरपोर्ट पर जब हम एक-दूसरे से विदा हो रहे थे। मैं अपनी फ़्लाइट की लाइन में लगा था और तुम दूर खड़ी होकर अपना रोना रोक रही थीं। मैं तुम्हारा इस तरह असहाय खड़ा होना सहन नहीं कर पा रहा था। तुम जब ज़बरदस्ती मुस्कुराते हुए, हाथ हिलाकर अपने वेटिंग रूम की तरफ़ चली गई थीं, तब मैं अपनी फ़्लाइट की परवाह किए बग़ैर भागता

हुआ तुम्हें आख़िरी बार चूमने आया था। याद है न, मैं तुम्हें बटोरने आया था। तुम्हारा सारा दुख... तुम्हारी डबडबाती आँखें... तुम्हारे साथ की सारी यात्राओं को... तुमको... मैं बस तुम्हें चूमते हुए सब कुछ बटोर रहा था ताकि तुम्हारे चेहरे पर वापस वह बच्चों वाली मुस्कुराहट देख सकूँ। मैंने उसे कभी नहीं लिखा... कभी भी नहीं।"

"पर अभी तुमने उसे लिख दिया।"

"वरना तुम कभी छूटोगी नहीं। तुम मेरे लिखे में अलग-अलग नाम लेकर आती रहोगी। मैं अगर यह अभी नहीं लिखूँगा तो इसके आस-पास के लिखे में तुम हमेशा भटकती रहोगी। मुझे इसे लिखकर ख़त्म करना ही पड़ेगा।"

"तुम कितने ज़्यादा उलझे हुए हो!"

"अभी जिन चीज़ों से मैं सुलझ सकता हूँ, उन धागों के सारे सिरे तुम्हारे हाथों में हैं।"

"तुम उलझे हुए नहीं हो, तुम नितांत स्वार्थी हो। तुम्हारी ईमानदारी बस तुम्हारे लिखे से है और यह एक त्रासदी है।"

मैं माफ़ी माँगना चाह रहा था, पर वह व्यर्थ होता क्योंकि अंतिमा मुझे कभी भी माफ़ नहीं करेगी, मैं जानता था। वह बिना मेरी इजाज़त लिए चली गई।

हम सामान्य जीवन में कितना भीतर रहते हैं और कितना बाहर ? तो क्या यह अपने जीने से धोखा नहीं है ? कल्पना सबके भीतर बराबर मात्रा में काम करती है। मेरे पिता अपने सामने, मेरी और माँ की एक हँसती हुई तस्वीर हमेशा रखते हैं। मेरी हर बहस में उनके मुँह से निकल जाता था कि मैं तेरे से बात नहीं कर सकता। मेरा बेटा तो इस तस्वीर में है... तब मुझे उनकी बातों का बुरा लग जाता था कि क्यों वह मुझे पूरी तरह स्वीकारते नहीं हैं, पर अब लगता है कि कौन किसे पूरी तरह स्वीकारता है ! हर आदमी आधा हिस्सा अपनी कल्पना का इस्तेमाल करता है और आधा सच... तब कहीं जाकर आप किसी से लगातार संवाद रख पाते हैं। तो अगर मैं उस अपनी आधी कल्पना वाले आदमी को लिखना चाहता हूँ तो स्वार्थी कैसे हुआ ? मैं अपना हिस्सा लिख रहा हूँ। और मैं उसकी इजाज़त भी लेना चाहता हूँ, पर मैंने देखा है कि वह हमेशा घातक होता है। क्या हम अपने सपनों में आए लोगों से पूछते हैं कि आप मेरे सपने में हैं, आपको इससे कोई परेशानी तो नहीं है ?

इस लॉकडाउन का एक अजीब-सा असर है, कोई भी चीज़ देर तक भीतर गूँजती रहती है, चाहे फिर वह अपने ख़ुद के पात्रों से की हुई जिरह ही क्यों न हो। मैं जानता हूँ कि मैं एक कहानी लिख रहा हूँ, जिसे मुझे जल्द से जल्द अपने संपादक को भेजना है। इसके अलवा सच क्या है, और कल्पना क्या है—इसका धागा लगातार बारीक होता जा रहा है।

मैंने तय किया कि इस कहानी के ख़त्म होते ही मैं अगली बार जो भी कहानी लिखूँगा, वह किसी अजनबी के बारे में होगी। जैसे वह बूढ़ा आदमी जो मुझे वॉक पर जाते वक़्त रोज़ पार्क के बाहर लगी हुई बेंच पर बैठा दिखता है। मैंने हमेशा उसकी पीठ देखी है। वह घंटों बेंच के सामने वाले बरगद को ताक रहा होता है। उसकी कहानी लिखूँगा, इसमें अनुमति का कोई झंझट ही नहीं है, क्योंकि न तो वह मुझे जानता है और न ही मैं उसे।

मैंने फ़ोन उठाया और अंतिमा को मैसेज किया।

"कृपया मुझे माफ़ कर दो।" कुछ देर में उसका मैसेज वापस आया।

"किस बात की माफ़ी? तुम ठीक हो रोहित? क्या हुआ?"

"मैं ठीक हूँ... बस यूँ ही कहा।"

"पागल।"

अंतिमा के मैसेज में लिखे पागल को मैं सुन सकता था। मैं देर तक बालकनी में अपनी कॉफ़ी लिए, पागलों-सा लगातार मुस्कुराए जा रहा था।

अगर मैं तुम्हें कोमल कहूँ,
तो क्या मेरे शरीर के,
सारे निजी स्पर्श तुम्हारा नाम होंगे?
और रोंगटे? वह क्या तुम्हारा चेहरा बनाएँगे?

क्या टाइम हुआ है? आज दिन कौन-सा है? घर में पड़े-पड़े इतने दिन हो चुके हैं कि अब किसी भी क़िस्म की सुध लेने में कोई दिलचस्पी ही नहीं जगती है। अब सारी ख़बरें भी जैसे ही आती हैं, वह उसी वक़्त बासी हो जाती हैं। कोई भी ख़बर बहुत दिन तक लोगों का मनोरंजन नहीं कर पा रही है। लोगों को घर बैठे हुए एक क़िस्म का मनोरंजन चाहिए, क्योंकि वह भी किसी चीज़ का सिर-पैर नहीं पकड़ पा रहे हैं। सोशल मीडिया पर हर बात पर युद्ध हो जा रहे हैं। चीन लद्दाख में घुस आया है, नेपाल का अपना ग़ुस्सा है, पकिस्तान से हम सारे वक़्त कभी न ख़त्म होने वाली बहस में बने रहते हैं, मेरे कई दोस्त अपना घर छोड़कर जा चुके हैं, कुछ लोगों ने जैसे-तैसे कुछ महीने और इंतज़ार करने का फ़ैसला किया है। सब सोच रहे हैं कि बस कुछ ही दिनों में सब ठीक हो जाएगा। इसमें सांत्वना वाले संवाद सिर्फ़ यही हैं कि यह वायरस उतना ख़तरनाक नहीं है। हम जब भी मृत्यु की ख़बर सुनते हैं तो एक-दूसरे से फिर वही संवाद करते पाए जाते हैं, पर यह उतना ख़तरनाक नहीं है। एक प्रतीक्षा है हर आदमी की आँखों में... और उसकी थकान है। मृत्यु की संख्या हर बार ज़्यादा दिखती है, पर लोग सड़कों पर बढ़ते जा रहे हैं। इन महीनों के डर ने लोगों के भीतर जो नीरसता पैदा कर दी थी, ऐसा लगता है कि अब वह नीरसता को मारने बाहर निकले हैं। एक मास्क पहनकर सबने अपने डरों से

किनारा कर लिया है। सब्ज़ीवाला, किरानेवाला, दूधवाला वायरस की बातों के आते ही उसे झिड़क देता है। हर आदमी के भीतर जीविका की शंका है। पहली बार भविष्य उतना महत्त्वपूर्ण नहीं दिख रहा है, सबको अपने वर्तमान की बेहद चिंता है... आज की, अभी इस वक़्त की जब वह अपना सामान सड़ने के पहले बेच देना चाहते हैं।

जब सब कुछ ठीक था, तब सारे नेताओं और अमीर लोगों ने हमें यह विश्वास दिलाया था कि यह जो सामाजिक संरचना है, जिसमें सारे लोग लगातार काम कर रहे होते हैं और महज़ कुछ चुनिंदा लोग ही लगातार अमीर होते जाते हैं, इस व्यवस्था के अलावा या इससे अच्छी कोई भी दूसरी सामाजिक संरचना नहीं हो सकती है, और अगर कोशिश करेंगे तो सारा कुछ चरमराकर ढह जाएगा। पर वे सब झूठे थे। अब लगता है कि असल में सामाजिक संरचना कितनी अलग-अलग तरीक़े की हो सकती है। कितने अलग-अलग तरीक़े से असल में हम इस व्यवस्था को चला सकते थे। मार्क्स ग़लत नहीं थे और उनके जैसे बहुत सारे लोग जो देख पा रहे थे कि सिर्फ़ यही एक व्यवस्था सबसे कारगर नहीं है। इसके अलावा भी हम बहुत तरीक़ों से जी सकते हैं जिसमें पावर सिर्फ़ कुछ ही लोगों के हाथों में नहीं होगा... जो बाँटा जा सकता है- सबसे नीचे से सबसे ऊपर तक।

सलीम की चिंता बढ़ती दिखती थी। मैंने उससे कहा कि मैं वहाँ आ जाता हूँ। पर उसे लगता है कि मैं मुंबई में बहुत व्यस्त रहता हूँ। अभी इस वक़्त भी मैं लगातार एक मीटिंग से दूसरी के बीच भाग रहा हूँ। मैंने उसे समझाया कि मैं आ सकता हूँ, पर उसका ज़्यादा हक़ है इन सारी बातों पर। उसने कहा कि कुछ दिनों में वह मेरे पिता के साथ रहने लगेगा। वह वापस अपने घर नहीं जाएगा। पिता ने मेरे वहाँ आने की बात सुनी तो ख़ुश हुए, पर उन्हें चिंता थी उन बहसों की जो हमारे बीच कभी भी फूट सकती थीं। और अगर मैं दिन-रात उनके सिर पर मँडराता रहूँगा तो स्थिति ज़्यादा ख़राब हो सकती हैं। मैं आजकल, एक दिन पिता को फ़ोन करता हूँ और अगले दिन सलीम को... दोनों की बातों को खाना बनाते, बर्तन माँजते, घर जमाते हुए पूरा करता हूँ। पिता ने कहा कि कश्मीर में भी वायरस फैल रहा है, पर वहाँ वह कुछ नहीं कर पाएगा। वहाँ के पानी और हवा में जाने कितनों का ख़ून है, वह वहाँ टिक नहीं पाएगा। मेरे

पास उनकी ऐसी बातों का कोई जवाब नहीं होता था। फिर उन्होंने एक बच्चे-सी उत्सुकता से पूछा कि आजकल सपने कैसे आते हैं तुम्हें ? बतौर लेखक मैं वह सारे सपने बना सकता हूँ जो देखे जा सकते थे या जिसे मेरे पिता सुनना चाहते थे, पर अपने पिता के साथ मैं यह नहीं करना चाहता था। फिर सोचा कम-से-कम उनसे अनुमति ले लूँ कि मैं उन्हें अपनी कहानी में लिख रहा हूँ। पर मैंने उनसे नहीं पूछा।

अरु का मैसेज आया, "अगर तुम्हें कोमल कहूँ, तो क्या सारे स्पर्श तुम्हारा नाम होंगे ?"

मैंने जवाब में 'बहुत सुंदर...' लिखा और तुरंत पवन से मिलना तय किया।

संपादक का मेल आया हुआ था।

"अपनी कहानी जल्द पूरी करिए। इस वक़्त लोग पढ़ना चाह रहे हैं। वक़्त बहुत सही है- कहानियों के लिए... जितनी लिखी है, उसे भेज दीजिए। मैं उसे एडिट करता रहूँगा।"

मैंने जितनी कहानी लिखी थी, उसे मेल में अटैच किया और भेजने के पहले सोचा लिखूँ कि यह कहानी मैं नहीं लिख रहा हूँ। वर्मा मैडम ने कहानी को जिस खिड़की से देखना शुरू किया था, वह खिड़की मेरी नहीं थी। उस खिड़की से दिख रहे बादल, नदी, पेड़, दुष्यंत के शरीर पर उगे हुए थे। मैं जब भी दुष्यंत के जंगल में क़दम रखता, मेरे पैर फिसलने लगते। अब मैं बस इंतज़ार ही कर सकता था। मैं कभी-कभी सोचता हूँ कि अगर दुष्यंत इस कहानी को अपनी खिड़की से देखता तो उसे क्या दिखता ? मैं हल्के-फुल्के प्रेम संबंध के पीछे मुख्य कहानी को छुपा रहा था। वर्मा मैडम ने सारे छुपे हुए को बयाँ कर दिया था। और अगर दुष्यंत लिखता तो वह उसे जीता... उसके एक-एक शब्द को सहता, जैसा उसने मुझे सहा था। मैंने send का बटन दबाया और अपने सारे विचारों को विदा किया।

मैं पवन से मिलने जा रहा था और भीतर इच्छा थी कि अरु से पूछूँ कि वह इस वक़्त क्या कर रही है। पार्क के बग़ल से गुज़रते हुए मुझे वही बेंच दिखी और वही बूढ़ा आदमी उस पर बैठा हुआ था। मेरी अगली कहानी का पात्र... क्या कुछ देर उसके बग़ल में बैठकर सुस्ताया जा सकता है ? क्या अपनी इस

कहानी के डरों को अपनी अगली कहानी के पात्र से साझा कर सकता हूँ? नहीं मैं अगली कहानी को अपनी इस कहानी से दूषित नहीं करना चाहता था। मैंने फ़ोन निकाला और अरु को चलते-चलते मैसेज किया कि क्या मैं पूरी कविता सुन सकता हूँ? मैसेज भेजते ही मुझे सामने से पवन आता हुआ दिखाई दिया। उसने सिर पर एक पन्नी बाँध रखी थी।

"यह पन्नी क्यों बाँध रखी है?"

"बारिश कभी भी हो सकती है और मुझे मेरे बालों को बचाना है।"

"क्यों?"

"बाल चले जाने से बड़ा दुख कुछ नहीं है।"

पवन की हर बात में मरने-मारने वाली गंभीरता होती है। हम दोनों चलने लगे थे। थोड़ी दूर चलने पर ही उसने कहा, "आज दाएँ मुड़कर पीछे की तरफ़ वॉक करेंगे।"

"क्यों?"

"हमें अपने शरीर और आँखों को शॉक देते रहना चाहिए, वरना वह आदी हो जाते हैं- हमारी आदतों के, और आलसी हो जाते हैं। उन्हें छोटे-छोटे शॉक देते रहने चाहिए, इससे सारी इंद्रियाँ और शरीर हमेशा किसी भी ख़तरे के लिए तैयार रहता है।"

"कैसा ख़तरा?"

"यह वायरस! तुम्हें पता है कि भारत नंबर तीन पर है? और यक़ीन मानो वायरस उन्हें ही पकड़ रहा है जिनका शरीर आलस में, एक ही रूटीन की गिरफ़्त में है।"

हम दोनों पीछे की तरफ़ चलने लगे। बारिश की वजह से सड़कों पर कीचड़ था और जिस तरफ़ पवन जा रहा था, वहाँ कहीं-कहीं सड़क कच्ची भी थी। मेरी इच्छा हुई कि पवन से कहूँ कि वापस चलते हैं। मैं तसल्ली से घूमना चाह रहा था। अभी हर बार ध्यान देना पड़ रहा था कि साफ़ सड़क कहाँ है और कीचड़ कहाँ है? मैं भीतर ही भीतर चिड़चिड़ाने लगा था। मैं कुछ बोलूँ इसके पहले ही पवन ने पूछ लिया, "तुमने छिपकली को मार दिया है?"

"नहीं।"

"क्यों?"

"अरे मैं ऐसे कैसे मार दूँ?"

"चप्पल उठाओ और मार दो... मेरे अनुभव से तुमने कुछ सीखा नहीं।" पवन नाराज़ हो गया। उसके लिए यह एक बड़ा मुद्दा था।

"मुझे छिपकली ठीक लगती हैं।" मैंने बात को हल्का करना चाहा।

"शुरुआत में ऐसा ही था मेरे साथ भी। पर देखो तुम अकेले रहते हो और इस वक़्त तुम्हारा शरीर किसी का साथ चाहता है। तुम समझ रहे हो न?"

"नहीं... मैं बिलकुल नहीं समझ रहा हूँ।"

"छिपकली यह बात जानती है कि तुम अकेले रहते हो। वह इन दिनों किसी भी भरे-पूरे परिवार वाले घर से दूर रहती है। उन्हें अकेलेपन के मारे, किसी के साथ के भूखे, सिंगल लोग आकर्षित करते हैं।'

"मैं भूखा नहीं हूँ।" मैंने इल्ज़ामों का तुरंत खंडन किया।

"तुम मुग़ालते में हो।"

"नहीं भाई... मैं सच कह रहा हूँ।"

"अच्छा, तो बताओ हम इतने अच्छे दोस्त क्यों हुए? अगर यह लॉकडाउन नहीं होता तो तुम मेरे साथ वक़्त बिताने के लिए इस तरह मुझे मैसेज नहीं करते?"

इस बात का जवाब मेरे पास नहीं था। पवन कुछ उन लोगों में से था जिनके लॉजिक किसी दूसरी दुनिया से आते थे। आप उनसे बहस करके ख़ुद को सही सिद्ध नहीं कर सकते। अगर मुझे अपनी शाम की वॉक का आनंद लेना है तो पवन से हर बात में सहमति रखनी पड़ेगी। मैं बस चाहता था कि हम वापस उसी सड़क पर घूमने चल दें, जहाँ हम इतने दिनों से घूम रहे थे। यह नया रूट कीचड़ और अँधेरे से भरा था।

"सही कह रहे हो तुम।" मैंने कहा।

"तुम देखना अभी छिपकली तुम्हें हर जगह दिखेगी, जब तुम अंदर से बर्बाद हुए पड़े हो। रोने वाले तुम्हारे घर के कोनों में अचानक तुम्हारे सामने वह सरसराती हुई प्रगट हो जाएगी। उस वक़्त तुम यह नहीं सोचोगे कि यह आई कहाँ से है? तुम्हें बस किसी भी जीवित चीज़ का तुम्हारे आस-पास होना अच्छा लगेगा। पर वह बस कुछ ही देर तुम्हारा साथ देगी। जब तुम थोड़ा ठीक महसूस करने लगोगे, वह भाग जाएगी। अब अगली बार जब भी तुम दुखी

होगे, तुम उसकी तलाश शुरू करोगे और यह छिपकली की जीत होगी, यही उसका मिशन है।"

"कैसा मिशन?" मैं पवन की बातों पर पूरी तरह यक़ीन कर रहा था।

"मिशन है कि तुम उन्हें अपना लो। स्वीकार कर लो उन्हें कि वह इसी घर का अहम हिस्सा हैं। और तुम देखना फिर तुम्हारे दिमाग़ में यह ख़याल आने लगते हैं कि दुनिया तो सबकी है। हम सबका इस दुनिया पर बराबर का हक़ है। यह सब छिपकलियों का किया-धरा है। वे अपना हक़ माँगती हैं- तुम्हारा अकेलापन, ख़ालीपन भरने के बदले में। और वह दिन दूर नहीं जब किसी कमज़ोर क्षण में तुम उनसे बात करते पाए जाओ। मकड़ी, कॉकरोच, चीटियाँ, मच्छर कोई भी हमें इतना अपनापन नहीं देता है। इन्हें आप आसानी से मार सकते हैं और कोई भी बुरा विचार दिमाग़ से नहीं गुज़रता। पर छिपकली... वह अपनी सरसराहट से, इंसानी दिमाग़ को पढ़ने के हुनर से आपको फँसा लेती है।"

"क्या तुमने कभी बात की है छिपकली से?"

पवन चुप हो गया। मैंने मास्क निकाला और गहरी साँसें लेने लगा। कई बार मास्क में लगातार रहने से दम घुटने लगता है। पर मैंने मास्क निकाला था ताकि पवन भी मास्क निकाले और मैं उसका चेहरा देख पाऊँ। इन चुप्पियों के चेहरे कितने अलग होते हैं! उसकी आँखों में एक मुर्दा शांति थी। उसने अपना मास्क नाक के नीचे किया और कुछ साँस लेकर उसे वापस ऊपर कर दिया। मैं उस चुप्पी की आधी झलक देख पाया। क्या मैं पवन से कह दूँ कि मैं तुम्हें लिख रहा हूँ? मेरे भीतर यह इच्छा बहुत तीव्र हुई कि तभी बारिश होने लगी। हम दोनों भागते हुए मोची की बंद दुकान के छप्पर के नीचे खड़े हो गए। कुछ देर बाद पवन ने कहा, "मैं आशा और मनोहर से बात करता था।"

"ये कौन हैं?"

"जिन दो छिपकलियों को मैंने सबसे पहले मारा था।"

तेज़ बारिशों में अक्सर मुझे मेरी माँ की मृत्यु का दिन याद हो आता है। चुप्पी से लदे चेहरे, ढेरों आँखें जो मेरे भीतर एक गहरा दुख तलाश रही थीं। दूसरे की पीड़ा में एक अजीब आकर्षण है... अगर वह पीड़ा सही वक़्त पर हमें किसी की आँखों में न दिखे तो हम विचलित हो जाते हैं। मृत्यु पर सामान्य

बातचीत करता हुआ बेटा सबको असहज कर देता है। मुझे कामू की किताब 'आउटसाइडर' ध्यान आ गई। मैं उसमें रखी बोर्खेज़ की कविता पढ़ना चाह रहा था... अभी... इसी वक़्त। तभी पवन ने मास्क निकाला और मैंने उसकी आँखों में नमी देखी... मुझे लगा मैं अपना वही रिश्तेदार हूँ जो मुझे रोता हुआ देखना चाहता था। मैं सड़क पर आते-जाते लोगों को देखने लगा जो बारिश की वजह से उकड़ू भाग रहे थे, मानो उनके उकड़ू होने से वे नहीं भीगेंगे। तभी अरु का मैसेज आया, 'आप जैसे सुनना चाहें...'

मैसेज पढ़कर मेरे चेहरे पर मुस्कुराहट आई।

"अरु का मैसेज है?" पवन ने पूछा।

"हाँ।" मैंने फ़ोन जेब में रखते हुए कहा।

"क्या कह रही है?" पवन की आवाज़ में शक था। उसने शायद मैसेज पढ़ लिया था।

"मैं मिला नहीं हूँ कब से... तो..." मैंने बात को टालते हुए कहा।

"बुला रही है?" पवन ने पूछा।

"हाँ... जाऊँगा उससे मिलने।"

"चलो फिर साथ चलते हैं।"

"अभी?"

"हाँ, अभी बुला रही है न। एक काम करो उससे कहो कि तुम आ रहे हो, मुझे देखते ही वह सरप्राइज़ हो जाएगी।" अगर बारिश नहीं पड़ रही होती तो शायद मैं घर चला जाता। पर अभी मैं इस छप्पर में पवन के साथ फँस चुका था।

"अरे नहीं... मैं बाद में मिलूँगा... मुझे कुछ काम है।"

"तुम झूठ नहीं बोल पाते हो गुरु। चलो, निकालो फ़ोन मैसेज करो कि तुम अभी आ रहे हो।"

बारिश कम हो चुकी थी। पवन अपने आइडिया को लेकर इतना उत्साहित हो चुका था कि मेरे बहुत मना करने पर भी वह अपनी उत्सुकता पर बना रहा। मैंने अरु को मैसेज किया कि मैं अभी आ रहा हूँ। अरु ने बहुत से दिल के इमोजी भेज दिए जिसे पवन शायद नहीं देख पाया। हम अरु के घर की तरफ़ चल दिए। पवन की चाल में एक उछाल थी और मैं हर चार क़दम पर थोड़ा-

सा दौड़ता दिखता। मना नहीं करने से मेरे भीतर एक द्रव्य फूट पड़ा था जिसकी वजह से मुझे पवन के प्रति एक ग़ुस्सा महसूस हो रहा था। मुझे नहीं पता कि अरु के घर पर क्या होगा? वह क्या सोचेगी कि मैं पवन को अपने साथ क्यों लाया? पवन ने लिफ़्ट का बटन दबाया और लिफ़्ट छठवें माले से हमारी तरफ़ गिरने लगी। मैंने पवन से कहा, "मैं एक बात तुमसे कहना चाह रहा था।"

"बोलो..."

"मैं तुम्हें लिख रहा हूँ।"

"मतलब?"

"मतलब तुम मेरी कहानी का हिस्सा हो। मुझे लगा तुम्हें बता देना चाहिए।"

"तुम लिख चुके हो... या अभी लिखोगे?"

"मैं लिख रहा हूँ... अभी ठीक इस वक़्त भी मैं तुम्हें लिख रहा हूँ।"

पवन ने अपना मास्क उतारा और वह मुझे टकटकी बाँधकर देखने लगा। वह इस वक़्त किसी पक्षी-सा लग रहा था जो आईने में ख़ुद को ही देखकर स्तब्ध रह गया हो। लिफ़्ट आ चुकी थी। मैं लिफ़्ट का दरवाज़ा खोलने गया ही था कि उसने मुझे रोक लिया।

"क्या मैं खलनायक हूँ- तुम्हारी कहानी में?" पवन ने पूछा।

"यह नायक और खलनायक वाली कहानी नहीं है।"

हम लिफ़्ट में घुस गए। कुछ देर में उसने फिर पूछा, "क्या छिपकलियाँ भी हैं?"

"हाँ।"

"तो तुम जिसको लिखते हो उससे परमिशन लेते हो?"

"Its fiction... तो परमिशन नहीं है यह।"

"तो क्या है?"

"मुझे बस लगा कि पूछ लूँ।"

"पूछ लूँ कि क्या मैं तुम्हारे बारे में कुछ भी लिख सकता हूँ?"

"कुछ भी नहीं... वह कहानी है।"

"काल्पनिक है न, तो तुम्हें आज़ादी है कि मेरा नाम लेकर तुम कुछ भी लिख दो।"

"तुम कहो तो मैं तुम्हारा नाम बदल दूँगा।"

"और छिपकली... उसे क्या कॉकरोच कहोगे?"

छठवाँ माला आ चुका था। पवन ने बेल बजाई। अरु ने मुस्कुराते हुए दरवाज़ा खोला और पवन को देखते ही उसकी मुस्कुराहट काफ़ूर हो गई।

"सरप्राइज़!" पवन चिल्लाया।

मुस्कुराहट के काफ़ूर होने और उसे वापस लाने में अरु ने ज़्यादा वक़्त नहीं लगाया। मैं अरु से आँख नहीं मिला पाया। मैंने देखा अरु ने पूरा घर बहुत सुंदर छोटे दीयों से सजा रखा था। वह सुंदर काली फ्रॉकनुमा ड्रेस पहने हुई थी। वाइन के दो गिलास बाहर बालकनी में रखे हुए थे और हल्का संगीत सुनाई दे रहा था।

"मैं रोहित से कह रहा था कि मुझे नहीं आना, पर इसने ही कहा कि चलो सरप्राइज़ देते हैं।"

पवन ने कहा और मैं पवन की तरफ़ आश्चर्य से देखने लगा। अरु पवन के लिए गिलास लेने गई और पवन मेरे पास आकर फुसफुसाया, "जब तुम झूठ लिख सकते हो, तो मैं भी झूठ कह सकता हूँ।"

मैंने अपना सिर पीट लिया। तभी सलीम का मैसेज आया, "आज फ़ादर्स डे है। वह तुम्हारे फ़ोन का इंतज़ार कर रहे हैं।" एक टीस भीतर उठी और मैंने ऊपर आसमान की तरफ़ देखा। घने-काले बादल हट गए थे और कुछ तारे दिखने लगे थे। हमने चीयर्स किया।

"आज बड़ी ख़ूबसूरत लग रही हो तुम।" पवन ने अरु से कहा।

"इस लॉकडाउन में घर के कपड़े पहने-पहने बोर हो चुकी थी तो सोचा कि आज एकदम तैयार होती हूँ।"

यह अरु ने मुझे देखते हुए कहा। इतना हक़ नहीं था कि वह मुझसे शिकायत कर सके, पर इतना हक़ तो था कि अपनी नाराज़गी दिखा सके। मैं वहाँ नहीं था। मुझे बार-बार अपने पिता का चेहरा दिख जाता। तभी पवन अपने सिर पर पन्नी बाँधने के फ़ायदों पर बात करने लगा और हम दोनों उसकी बातों में बहने लगे। मैंने इससे पहले कितनी बार अपने पिता को फ़ादर्स डे पर फ़ोन किया था? पहले हर बार माँ याद दिला देती थीं। मुझे लग रहा था कि मेरा आधा निज घर की पुरानी खूँटी पर टँगा हुआ है और फ़ोन के क़रीब बैठे हुए

पिता के शरीर को देख रहा है। अगर मैंने फ़ोन करने में देर कर दी तो वह सो चुके होंगे और अगर नहीं सोए होंगे तो मुझे इसका दुख कहीं ज़्यादा होगा। मैं बहुत देर तक अरु और पवन की बातों में शरीक नहीं हो पाया। कुछ ही देर में मैंने अपने पिता को फ़ोन लगाया और छत के दूसरे कोने में चला आया।

"Happy Father's Day Daddy." उनके फ़ोन उठाते ही मैंने कहा।

"अरे... तुम्हें याद था? मैं सोचा तुम व्यस्त होगे, क्या परेशान करूँ तुम्हें फ़ोन करके। वैसे Father's day क्या होता है? तुम्हारा जब फ़ोन आए तभी फ़ादर्स डे है।"

हम अपने माँ-बाप के लिए कितना कम कर पाते हैं, यही एक बात है, जिसकी वजह से शरीर के केंद्र में कहीं खुजली उठती है, एक तेज़ टीस की तरह, नाभि और पीठ के बीच में कहीं और हम पूरे शरीर में खुजाते फिरते हैं; पर वह खुजली शांत नहीं होती। एक अटकी हुई छींक की तरह हम पूरी तरह तृप्त नहीं हो पाते कि हमने उन्हें भरपूर प्रेम दिया है। हमेशा खलता है कि हम क्यों उतना साथ और स्पर्श सूँघ नहीं पाए जितना हमारे पास हमेशा से था।

"आज दोपहर में गहरा सो गया था और मुझे कश्मीर का सपना आया। वह भी दिन में- पहली बार।"

"मैं था उस सपने में?"

"हाँ।"

"और तुम्हारी माँ?"

"वह भी थी।"

हम हमेशा से सच कहना, सच्चा प्रेम देना चाहते हैं। पर सच एक वक़्त पर आकर इतना बोरिंग हो जाता है कि उसमें से प्रेम निचोड़े नहीं निचुड़ता। अगर मैं सीधा कह देता कि हाँ मैं भूल गया था आज का दिन तो यह क्षण जितनी पीड़ा उन्हें देता उस पर मरहम लगाना हमेशा असंभव बना रहता।

मैं सपनेवाला झूठ टाल सकता था, पर उस ग्लानि का क्या करूँ जो शरीर के केंद्र में टीस के ठीक बग़ल से कहीं लगातार उठ रही होती है।

"दिन का सपना तो अच्छा होता है।" पिता की आवाज़ में उत्साह भर गया।

"हाँ, सपने में मैंने बर्फ़ देखी। सूरज की नर्म धूप में, सब तरफ बिखरी बर्फ़ चमक रही थी।"

मैं कुछ देर चुप हुआ। आगे क्या कहूँ? कश्मीर की गलियों में जाना मेरे लिए आसान था सो इस वक़्त मैं जहाँ भी अपने दिमाग़ में जा सकता था, जा रहा था। छत के दूसरे कोने में पवन अरु से बात कर रहा था और अरु का ध्यान मेरी तरफ़ था। तभी अरु के बेडरूम का दरवाज़ा खुला और अरु के बेड पर मुझे हिरन खड़ा हुआ दिखा। मुझे लगा कि वह चलता हुआ मेरी तरफ़ आएगा, पर वह वहीं खड़ा रहा मानो मेरे बेडरूम में आने की प्रतीक्षा कर रहा हो। मैंने देखा उस हिरन की आँखें सफ़ेद थीं, जब ध्यान से मैंने उन आँखों को देखा तो वहाँ मुझे बर्फ़ पड़ी दिखी। उस बर्फ़ में मुझे नीले गर्म कोट में एक आदमी घर जाता हुआ दिखा।

"फिर?" पिता की आवाज़ आई।

"आप नीला गर्म कोट पहनकर ऑफ़िस से घर आ रहे थे और माँ भीतर से हम तीनों के लिए चाय और क्रैकजैक बिस्कुट लेकर आई। हम बर्फ़ के बीच में जगह बनाकर चाय पीने बैठ गए थे। मैं आपकी गोद में बैठा था और मुझे आपकी दाढ़ी गड़ रही थी। आप मेरे कंधों को अपने गर्म हाथों से सहला रहे थे, क्योंकि मैं ठंड से काँप रहा था।"

"हाँ, तुझे बर्फ़ के दिनों में बहुत ठंड लगती थी।"

मुझे हिरन की आँखों में मेरे पिता, अपने गाँव क्रे घर में बैठे दिखे। उनकी आँखों में रूई भरी हुई थी। दूर से देखो तो वह रूई बर्फ़ के होने का भ्रम देती थी। वह पुराना फ़ोन अपने कानों पर चिपकाए काँप रहे थे। वह बार-बार खड़े होकर वह सपना छूना चाह रहे थे जो मैं उन्हें सुना रहा था, पर फ़ोन का तार छोटा था सो वह बार-बार लड़खड़ाकर गिर जाते। मेरे शरीर के केंद्र में असहजता के भभके उठ रहे थे और मुझे ठंड लगने लगी।

"हम बाहर की बर्फ़ छोड़कर, भीतर, बुख़ारी वाले कमरे में आकर बैठ गए। पर कमरा गर्म नहीं हो रहा था, क्योंकि हमारे कमरे की खिड़की टूटी हुई थी। सारी गर्मी उस टूटी खिड़की से बाहर निकल जा रही थी। मैं उस खिड़की पर जाकर बैठ गया और बुख़ारी की पाइप से निकलता हुआ धुआँ देखने लगा। उस धुएँ के कारण लग रहा था कि पूरा कश्मीर जल रहा है। आप बार-बार

कह रहे थे कि इतना ख़ूबसूरत है कश्मीर और लोग अपनी कमज़ोर शारीरिक ठंड को भगाने के लिए पूरे कश्मीर को जला रहे हैं। आपने बुख़ारी बुझाकर काँगड़ी जला दी और आपने मुझे अपने फैरन में घुसा लिया था। ग़लती से मेरा हाथ काँगड़ी में चला गया था। तब आपने मुझे पहली बार अपना नीला गर्म कोट दिया था। मैंने रोते हुए उसे पहना, पर उसके मिलने की ख़ुशी में मेरे हाथों की जलन काफ़ूर हो गई थी। फिर आप देर तक रफ़ी के पुराने गाने गाते रहे और हम सब एक ही रज़ाई में चिपककर सो गए थे।"

मेरे पिता को अंत में ख़ुशी चाहिए थी। मैंने हिरन की आँखों में देखा मेरे पिता अपनी अलमारी के भीतर कुछ टटोल रहे हैं। उन्हें हमारे पुराने घर की पीली पड़ गई तस्वीरें मिलीं। उस तस्वीर को उन्होंने अपने हाथों में कसकर पकड़ रखा था। इसके बाद हिरन की आँखें सुर्ख़ कत्थई हो गईं और मैं चुप हो गया। सब कुछ गीला हो गया अचानक... मेरी आँखों से झूठ, ग्लानि और शर्म बहने लगी।

"और फिर मेरी नींद खुल गई। मुझे उठते ही इतना अच्छा लगा कि बता नहीं सकता आपको।"

"तू रो रहा है क्या?"

"नहीं-नहीं... मैं क्यों रोऊँगा?"

"जब सब ठीक होगा तो हम दोनों कश्मीर जाएँगे... और सलीम को भी साथ ले जाएँगे।"

"जी बिलकुल... Happy Father's Day..."

"हाँ, और अरु को भी मेरा प्रेम देना।"

"जी।"

एक गहरी साँस लेकर मैंने अपने फ़ोन को जेब में रखा और अरु और पवन की तरफ़ बढ़ा। अरु के बेडरूम में हिरन अभी भी मेरी प्रतीक्षा में खड़ा था। मैं काँप रहा था। मेरे शरीर में कश्मीर के लाल तिल अभी भी ठंड में ठिठुर रहे थे। मैंने एक झटके में अपना वाइन का गिलास ख़त्म किया। अरु मुझसे कुछ कह रही थी, पर उसके संवाद मुझे सुनाई नहीं दे रहे थे। मैं आजकल जहाँ भी पैर रखता हूँ, वहाँ की ज़मीन सच की है या काल्पनिक यह पता करना मुश्किल हो जाता है। मैं पवन को लिख रहा हूँ, यह बात मुझे उसे बतानी नहीं

चाहिए थी, पर अभी उससे बात करना व्यर्थ है। क्या अरु है यहाँ?

"मुझे तुमसे कुछ बात करनी है।" मैंने अरु से कहा।

"हाँ बोलो?"

"यहाँ नहीं... अकेले में..."

"हाँ बिलकुल। पवन दो मिनट।"

पवन ने वाइन का गिलास मेरी ओर दिखाकर 'चीयर्स' कहा। मैं अरु को उसके बेडरूम की तरफ़ ले गया, "क्या हुआ?" अरु ने पूछा।

बेडरूम में हिरन नहीं था, पर मैं उसके निशान बेड की चद्दर पर देख सकता था। मैंने अरु का हाथ पकड़ा और उसे अपने क़रीब खींच लिया।

"कितना बजा है? क्या तारीख़ है आज? तुम हो न यहाँ?" मैंने रिरियाते हुए पूछा।

अरु मेरी आँखों में एक पागलपन देख सकती थी। उसके होंठ खुल गए और आँखों में बहुत पुरानी पहचान के चिह्न तैरने लगे। मानो वह जानती हो कि आगे क्या होने वाला है और उसे सारा कुछ एकदम सतही-सा जान पड़ रहा हो। मुझे लगा कि मैं वहाँ से निकल जाऊँ अभी। अरु ने अपने दोनों हाथ मेरे चेहरे पर रख दिए और हल्के-हल्के मेरे चेहरे को सहलाने लगी। इस वक़्त मैं उसे ऐसे देख रहा था, मानो वह मुझे बाहर से अंदर, बेडरूम में लेकर आई हो। उसने मेरी आँखों पर अपना हाथ रखकर मेरी पलकें बंद कर दीं। मैं उसे चूमना चाहता था, पर उसने मुझे रोक दिया। वह मेरे शर्ट के बटन खोलने लगी। मैं समर्पण कर चुका था। उसने धीरे-धीरे मेरे कपड़े उतारे और मुझे अपने बिस्तर पर लिटा दिया। मुझे लगा कि मैं किसी नाटक का हिस्सा हूँ जिसे अरु लिख रही है। मैंने अपनी आँखें नहीं खोलीं, क्योंकि मेरी एक भी ग़लती मुझे दर्शक बना सकती थी। कुछ देर में वह मेरे क़रीब आई। उसकी साँसें मैं अपने जिस्म के अलग-अलग हिस्सों में महसूस कर सकता था। वह रेंग रही थी मेरे शरीर के हिस्सों में, वह शायद अपनी जगह तलाश रही थी, जहाँ से वह मेरे भीतर प्रवेश कर सके। उसने पहला स्पर्श मेरे कंधे के पास किया और मेरे रोंगटे खड़े हो गए। उसके बाक़ी स्पर्श से पता लगा कि उसने भी कपड़े नहीं पहने हुए थे। मैं उसे ठीक अभी इसी वक़्त नग्न देखना चाह रहा था, पर इस नाटक का हिस्सा होना भी मैं छोड़ना नहीं चाहता था। मैं अपनी आँखें बंद किए रहा।

जब मैंने अरु के भीतर प्रवेश किया, तब पहली बार मैंने अपनी आँखें खोलीं। वह मेरे ऊपर थी और उसके खुले बाल मेरे चेहरे पर ऐसे टकरा रहे थे, मानो तेज़ बारिश में मैंने अपने घर की खिड़की से अपना चेहरा बाहर निकाला हो। मैं भीग रहा था। नाटक के इस हिस्से में मुझे याद आया कि मैंने बेडरूम का दरवाज़ा बंद नहीं किया था। मेरी निगाह वहाँ गई तो मुझे लगा वहाँ ज़रूर मुझे हिरन खड़ा हुआ दिखेगा। पर वहाँ हिरन नहीं था, वहाँ पवन दर्शक बनकर इस दृश्य को देख रहा था। क्या मैं अभी दरवाज़े पर पवन का होना लिख रहा हूँ? क्या अरु है यहाँ? मैंने अरु के बालों को पकड़कर उसे अपनी तरफ़ खींचा और उसे चूमने लगा। मैं छू सकता हूँ उसे। वह है मेरे आस-पास... सारा कुछ कल्पना नहीं है। मैं सोचने लगा कि क्या मैंने यह दृश्य कभी देखा है? नहीं, मैंने इस दृश्य की कल्पना की थी कि एक दिन दुष्यंत और वर्मा मैडम अपने कमरे का दरवाज़ा खुला छोड़ देंगे और मैं उन्हें ठीक इसी तरह गुत्थम-गुत्था होते हुए देख सकूँगा। मैंने अरु को पलटाकर पीठ के बल लिटा दिया। उसने दरवाज़े की तरफ़ देखा। क्या वह पवन को वहाँ खड़ा हुआ देख सकती थी? मैं चाहता था कि वह दरवाज़े की तरफ़ देखे और तब मैं उसे जी भरकर चूमना शुरू करूँ। अरु ने मेरी तरफ़ देखा। मैंने उसका चेहरा वापस दरवाज़े की तरफ़ मोड़ दिया। मैं चाहता था कि दुष्यंत और वर्मा मैडम मुझे देखें, जब वह एक-दूसरे के भीतर हों। अरु दरवाज़े की तरफ़ देख रही थी और मैं महसूस कर रहा था- ख़ुद को दरवाज़े पर खड़े हुए। मैं बदला लेना चाह रहा था ख़ुद से... अपने बचपन से। तभी मुझे लगा कि मैं नहीं दुष्यंत खड़ा है दरवाज़े पर और मैं और वर्मा मैडम इस वक़्त बिस्तर पर हैं। इस विचार से ही मेरे मुँह से चीख़ निकलने लगी। अरु मेरा मुँह दबाने की कोशिश कर रही थी। वह नहीं चाहती थी कि आवाज़ बाहर तक जाए। पर मैं अपने बस में नहीं था। अरु बार-बार मुझे देखना चाह रही थी और मैं बार-बार उसका चेहरा दरवाज़े की तरफ़ घुमा देता। दुष्यंत के दरवाज़े पर खड़े होने की कल्पना में पागलपन था। कुछ ही देर में एक विस्फोट-सा हुआ और मुझे लगा कि अरु के पूरे कमरे में ताज़ी गर्म बर्फ़ गिर गई है और सारा कुछ इतना चकाचौंध हो गया है कि सब कुछ सफ़ेद हो चला था। उस चमकती सफ़ेदी में मुझे कुछ भी दिखाई नहीं दे रहा था। मैं अरु के बग़ल में गिर गया और लगा कि मुझे बहुत गहरी साँस

लेने की ज़रूरत है, वरना मेरा दम घुट जाएगा। किसी बहुत भूखे बच्चे-सा मैं ढेरों साँसें खाने लगा। मैंने अपनी आँखें बंद कर लीं। मैं कश्मीर की गर्म बर्फ़ की सफ़ेदी से निकलकर सीधा गहरे पानी में घुस गया था। मैं अपनी नदी के भीतर तैर रहा था। पानी के नीचे, दूर एक आदमी मुझे पैसे ढूँढ़ता हुआ दिख रहा था। मैं उसके क़रीब पहुँचा तो देखा वह दुष्यंत है, जो पानी में पैसे नहीं मरी हुई छिपकलियाँ बीन रहा है। मैं दुष्यंत को देखते ही ख़ुश हो गया, पर वह मुझे नहीं देख पा रहा था। वह अपने काम में बुरी तरह व्यस्त था। वह मरी हुई छिपकलियों को अपने मुँह में डालता जाता, जैसे हम पानी के भीतर सिक्के मिलने पर उन्हें अपने मुँह में फँसा लेते थे। दुष्यंत का मुँह फटने की हद तक फूला हुआ था। मैंने ऊपर देखा... पानी के ऊपर, नदी किनारे हिरन खड़ा था जिसकी आँखों से एक-एक करके मरी हुई छिपकलियाँ झड़ रही थीं। मैं दुष्यंत को छोड़कर हिरन की तरफ़ जाने लगा, पर कितना भी हाथ-पैर मारूँ... मैं पानी के ऊपर पहुँच ही नहीं पा रहा था। मेरे हाथ-पैर मारने में मुझे एक ज़ोर का झटका लगा और मैंने देखा मैं अरु के बिस्तर पर हूँ। बाथरूम से शॉवर की आवाज़ आ रही थी। पूरे कमरे की बर्फ़ पिघल चुकी थी। दरवाज़े पर कोई भी नहीं था। बग़ल में अरु नहीं थी। पंखा नहीं चल रहा था, पर ठंडी हवा चेहरे पर लग रही थी। जैसे ही बाथरूम का दरवाज़ा खुलने की आहट हुई, मैंने अपनी आँखें बंद कर लीं।

पहला झूठ बहुत पीड़ा देता है। पर एक बार सच की दीवार में सेंध लग जाए तो फिर झूठ की आवाजाही, हमारे दैनिक जीवन में सच की ठंडी ख़ुशबू फेंकने लगती है।

मुझे कभी-कभी वही बूढ़ा आदमी लकड़ी टेकते हुए, बहुत धीरे-धीरे दूर रखी अपनी बेंच की तरफ़ बढ़ता हुआ दिखता है। हर थोड़ी देर में वह अपने चश्मे को ठीक करके उस बेंच को देख लेता है कि कहीं उस बेंच का वहाँ होना उसका वहम तो नहीं है? फिर कुछ क़दम आगे रखकर वह साँसें बटोरने के लिए रुक जाता है। जब वह बेंच के थोड़ा क़रीब पहुँच रहा होता होगा तो उसके दिमाग़ में यह विचार शायद कौंधता होगा कि उसने अभी तक यह तो तय ही नहीं किया कि वह बेंच पर बैठकर करेगा क्या? वह किसे बुलाएगा? किससे संवाद करेगा? कितना व्यर्थ है, इतने परिश्रम के बाद वहाँ पहुँचना और यह तय न कर पाना कि वह वहाँ आया क्यों है? मैं उस बूढ़े आदमी की कहानी गढ़ने लगा था। उसका अपनी बेंच तक पहुँचना मुझे कितना अपने लिखे-सा लगता है! आप एक वाक्य से दूसरे वाक्य की तरफ़ बढ़ते हैं, फिर घंटों साँस बटोरने के लिए रुकते हैं। आपको कहानी का अंत दिख रहा होता है, पर आप तय नहीं कर पाते कि वह वहाँ है भी कि नहीं। और जब आप अंत के क़रीब पहुँच रहे होते हैं तो भूल जाते हैं कि यह कहानी पूरी करके आपको किसे सुनानी है? यह लिखी किसलिए थी? कहानी के अंत में, बेंच पर कौन मिलने वाला था?

एक लेखक के कितने डर होते हैं! पर सबसे बड़ा डर होता है कि एक

दिन वह अपना सारा लिखा ख़त्म कर देगा और अकेला हो जाएगा। एक लेखक अपना लिखा ख़त्म करने के बाद जो ख़ालीपन महसूस करता है, वह उससे कभी सहन नहीं होता। इससे बचने के लिए वह हमेशा पहला घर छोड़ने के पहले ही, दूसरे घर की कल्पना कर चुका होता है। वह ख़ुद को उस ख़ालीपन से बचाना चाहता है। अगर आप किसी लेखक को ध्यान से पढ़ें तो कहानी के अंत तक आते-आते आपको अगली कहानी के निशान उसी कहानी में दिख जाएँगे। लिखना कितना बड़ा ट्रैप है! यह नशा है, अगर आपने एक बार इसका स्वाद चख लिया है तो इसके बिना आप बस एक बेजान शरीर हैं। शायद इस लॉकडाउन का असर है कि मैं कुछ भी छुपा नहीं पा रहा हूँ। मैं अपनी अगली कहानी के बूढ़े आदमी का दिखना भी इसी कहानी में बयाँ कर दे रहा हूँ। क्या मैं अपनी इस कहानी को कह सकता हूँ कि मैं तुम्हें ख़त्म करने के बाद पार्क की बेंच पर सुस्ताने जाऊँगा? क्या मैं यह कर सकता हूँ?

मैं पिछले कुछ दिनों से जब भी घर का सामान लेने बाहर निकला हूँ तो मुझे इतने सारे लोग सड़कों पर दिखे हैं कि लगा अगर मैं ख़बरों की तरफ़ ध्यान न दूँ तो सब कुछ सामान्य ही दिख रहा है। लोगों ने अपने रहन-सहन, आचार-विचार और पहनावे में इस महामारी को शामिल कर लिया है। इसकी दवाई की अटकलें लोगों को आशा के लॉलीपॉप दे रही हैं। वे इसे चूसते रहेंगे और दिन-महीने यूँ ही गुज़रते रहेंगे। यह वायरस हम सबसे होकर गुज़रेगा। शायद लोगों ने इस सत्य को, लॉलीपॉप चूसते हुए, सूँघ लिया है। हर दिन हज़ारों केस आ रहे हैं। वे लाखों में पहुँचने ही वाले हैं। पर अब इसका डर जाता रहा है।

मैं घर से सिर्फ़ ज़रूरी काम के लिए निकला हूँ। घूम-फिरकर अपनी कहानी पर वापस आता हूँ। शब्दों के आस-पास भटकता रहता हूँ, पर कुछ लिख नहीं पाता हूँ। सबसे ख़तरनाक होता है- अपने पात्रों के मोह में फँस जाना। मुझे नहीं पता कि मैं इन सबके बिना क्या करूँगा? बार-बार सारा कुछ बनाना और उसे अपनी आँखों के सामने ख़त्म होता देखना कितनी बड़ी हिंसा है। इस हिंसा के घाव जाने कब तक पीड़ा देते रहेंगे। क्या हम एक ही कहानी को अंत तक नहीं लिख सकते हैं? या शायद हम एक ही कहानी अंत तक लिख रहे होते हैं?

सुबह नींद खुली तो देखा एक मैसेज पड़ा है। मैसेज पिता का था और

उन्होंने तीन बजकर दस मिनट पर यह मैसेज किया हुआ था। मैंने मैसेज खोला, "क्या तुम्हारी माँ तुम्हारे सपनों में आती है?" उन्होंने पूछा था। कुछ वाक्य होते हैं जो आपके साथ रहने लगते हैं। उन्हें अपने शरीर से आप आसानी से झाड़ नहीं सकते। पूरा दिन मैं इसका कोई जवाब नहीं दे पाया था। मुझे हमेशा लगता रहा है कि एक त्रिकोण है- उनके, मेरे और मेरी माँ के बीच, जिसमें मेरे और मेरी माँ के बीच की रेखा पर सिर्फ़ हम दोनों का हक़ है, जैसे उनके और मेरी माँ के बीच की रेखा मेरे लिए हमेशा घर का वो हिस्सा है, जहाँ मेरा प्रवेश वर्जित रहा है। मेरे पिता जब ऐसे सवाल करते हैं तो वह घर के उस कमरे में प्रवेश करने की आज्ञा माँग रहे होते हैं, जहाँ उनका प्रवेश निषेध रहता रहा है। आपसी संबंधों में यही बातें एक-दूसरे को असहज करती हैं। कुछ घर होते हैं जो पूरी तरह खुले होते हैं सबके लिए, पर हमारा वैसा घर नहीं था। हमारा घर त्रिभुज के आपसी तनाव की बुनियाद पर खड़ा हुआ था। शाम होते-होते मैंने जवाब दिया, "कुछ सुंदर सपनों में उनका मुस्कुराता चेहरा दिखता है कभी-कभी।" मैंने यह अपने पिता को ख़ुश करने के लिए कहा था। उस रात अरु के घर में, कश्मीर वाले सपने का झूठ बोलकर मैंने सच की दीवार में सेंध लगा दी थी। अब हमारी बातों में झूठ का प्रवेश हो चुका था। पहला झूठ बहुत पीड़ा देता है। पर एक बार सच की दीवार में सेंध लग जाए तो फिर झूठ की आवाजाही, हमारे दैनिक जीवन में सच की ठंडी ख़ुशबू फेंकने लगती है और मन भी उतना क्लांत नहीं होता है। यह पवन का पहली छिपकली मारने जैसा अनुभव है। तकलीफ़ बस पहली मौत देती है।

मेरे संपादक के मेल्स को मैं और अनदेखा नहीं कर सकता था। मैं उनके जवाब लिखने बैठा तो लगा बहुत लिखना पड़ेगा। मैंने फ़ोन करना ज़्यादा उचित समझा।

"नमस्कार!" उन्होंने फ़ोन उठाते ही कहा।

"नमस्कार! मैं आपके मेल्स के जवाब नहीं दे पाया तो सोचा फ़ोन ही कर लेता हूँ।"

"हाँ, मुझे कहानी अच्छी लग रही है और इसका इस संग्रह में शामिल होना भी ज़रूरी है, पर थोड़ा जल्दी कीजिए। सारा काम इस कहानी के कारण

रुका पड़ा है।" वह शायद व्यस्त थे। मुझे फ़ोन पर अगल-बग़ल कुछ लोगों की आवाज़ें सुनाई दे रही थीं।

"आपने ऑफ़िस जाना शुरू कर दिया है? मतलब वहाँ काम शुरू हो चुका है?" मैं कहानी पर चर्चा टाल रहा था।

"हाँ, काम तो करना पड़ेगा। तो बताइए, कहानी कहाँ तक पहुँची है?"

"बस, जल्द ही पूरी होने वाली है। अब ख़त्म करके ही भेजूँगा, इसलिए थोड़ी देर लग रही है।"

"जी जल्दी कीजिए, जहाँ तक आपने कहानी भेजी थी, वह एडिट भी हो चुकी है।"

मैंने जल्द कहानी भेजूँगा का वादा करके फ़ोन काट दिया। मुझे अंत दिख रहा था और मैं उस तरफ़ चलने भी लगा था। जब मेरी माँ मेरी कविताएँ पढ़ा करती थीं तो वह हमेशा कहती थीं कि तुम सीधी कविता क्यों नहीं लिखते हो? सीधी कविता से उनका मतलब ख़ुश, सकारात्मक कविताओं से होता था। और साथ-साथ राइमिंग हो और वह कविता जैसी सुनाई दे। राइम वाली सीधी कविताएँ आज भी दिमाग़ में आती हैं तो दुष्यंत का नाराज़ चेहरा दिमाग़ में घूमने लगता है। पर मैंने इस कहानी में बहुत कोशिश की थी कि नदी के इस तरफ़ ही रहूँ। एक हल्की-फुल्की बचपने के निश्छल क्षणों की कहानी कह दूँ। पर लिखने की प्रक्रिया में पात्रों की मौजूदगी ने सब गड़बड़ कर दिया। हमें अपने पात्रों से लिखने के बाहर संवाद नहीं करने चाहिए। वे हमारे डर और कमज़ोरी सूँघ लेते हैं। जैसे घुड़सवारी में अगर घोड़ा आपका डर सूँघ ले तो वह आपको तुरंत फेंक देता है और फिर आप उसकी दौड़ में बस उसके पीछे घिसटते पाए जाते हैं। मैं घिसट रहा था।

यह दुनिया कब की ख़त्म हो जाती अगर इस जीवन में चल रही सारी क्रूरताओं के बीच, बेहद कोमल प्रेम लगातार न घट रहा होता।

मैंने जूता पहना और बाहर वॉक पर निकल आया था। आसमान पर निगाह डाली तो दूर एक अकेली चील मँडरा रही थी। उसके आस-पास सारा कुछ सुर्ख़ लाल हुआ पड़ा था। कुछ क़दम आगे रखे और फिर ऊपर देखा तो आसमान बदल गया था। सुर्ख़ रंग के पैटर्न्स अब अलग थे। किस क़दर प्रकृति लगातार नयी रचना गढ़ती है और उसे लगातार बदल रही होती है! मुझे इसलिए थिएटर प्रकृति के बहुत क़रीब लगता है। वह जब और जैसा घट रहा होता है, वह वैसा-का-वैसा फिर कभी नहीं घटेगा। अपने देखे नाटकों के बारे में सोचते हुए मैं पार्क के बग़ल से गुज़र रहा था, मैंने देखा उसके बाहर रखी हुई बेंच पर वही बूढ़ा आदमी बैठा हुआ था। वह मेरी इस कहानी के ख़त्म होने का इंतज़ार कर रहा है शायद। मैं उसकी कहानी अभी नहीं शुरू करना चाहता हूँ, पर एक लालसा है कि क्या मैं एक बार उनका चेहरा देख सकता हूँ। मैं चलता रहा। मुझे इसी कहानी पर बने रहना है। मैं वॉक करता हुआ उस सड़क पर चला आया, जहाँ मैं पवन के साथ वॉक किया करता था। मैं उस सड़क के अंत में जाकर पवन का इंतज़ार करने लगा। आसमान में अब बहुत सारे कौओं के बीच चील मुश्किलों से ही दिख रही थी। बहुत से बूढ़े लोग अपने चेहरों पर मास्क लगाए चल रहे थे। बीच-बीच में जवान लोग भागते, साइकिल चलाते हुए उन बूढ़े लोगों के बग़ल से गुज़र जाते। इस वायरस ने बूढ़े लोगों के भीतर एक गहरा डर भर दिया था। उनकी चाल सिकुड़ गई थी और उसमें

ज़िंदगी नदारद थी। शाम की इस भीड़ में सारे बूढ़े अलग-से दिखाई दे जाते थे।

"मेरा इंतज़ार कर रहे हो?" पीछे से पवन की आवाज़ आई।

मैंने पलटकर देखा तो पवन ने मास्क नहीं लगाया था। वह चलने लगा और मैं उसके साथ हो लिया।

"मास्क नहीं लगाया तुमने?"

"तुम भी मास्क नीचे कर लो। वायरस सबको होना ही है, इससे कोई बचाव नहीं है, और अपनी ही कार्बन डाइ ऑक्साइड ख़ुद भीतर लेना ठीक नहीं है।"

मैंने मास्क नाक के नीचे कर लिया। बहुत देर तक हम अपनी चुप्पी में चलते रहे। मैंने चुप्पी तोड़ने की कोशिश की।

"तुम अपने गाँव जाने की नहीं सोच रहे हो? अब तो सफ़र कर सकते हो?"

"तुम्हें पता है वायरस कितना फैल चुका है? हम नंबर तीन से नंबर दो की तरफ़ बहुत तेज़ी से बढ़ रहे हैं।"

उसने सीधा जवाब देकर बात ख़त्म कर दी। हम पार्क के बग़ल से गुज़रे, मेरी निगाह फिर उस बूढ़े आदमी पर गई। इस बार मैंने कोशिश की, पर फिर भी मैं उनका चेहरा नहीं देख पाया। पार्क को पार करके हम दूसरी सड़क पर पहुँच गए थे, यहाँ से आसमान खुला हुआ दिखता था।

"तुम्हें पता है मुंबई की एक ख़ासियत है?" पवन ने कहा, "देश के किसी भी शहर में जाओ और अगर तुम किसी से पूछो कि फलाँ जगह कितनी दूर है तो लोग जवाब देते हैं कि फलाँ जगह दो किलोमीटर या पाँच किलोमीटर दूर है यहाँ से, पर अगर तुम यही सवाल मुंबई में पूछो तो जवाब मिलेगा कि फलाँ जगह बीस मिनट या पैंतालिस मिनट की दूरी पर है। यहाँ लोग टाइम से दूरी नापते हैं, किलोमीटर से नहीं। वक़्त कितना ज़्यादा ज़रूरी है, इस शहर के लिए। इसलिए जब लोगों के पास अचानक बहुत ज़्यादा वक़्त आ गया है तो उनकी समझ में नहीं आ रहा कि वह इस वक़्त का क्या करें? हम सबके भीतर अजीब रिएक्शंस हो रहे हैं इस वजह से। लोग अपने होने से बाहर जाकर बर्ताव कर रहे हैं।"

मुझे समझ नहीं आया कि पवन का इशारा किस तरफ़ है। मैंने उसकी

बात पर हामी भरी और चुपचाप उसके बग़ल में चलता रहा। मैं बस उसके साथ इतना वक़्त बिताना चाहता था कि उस रात की सारी टीस भीतर से निकल जाए। हम बहुत देर तक पिछली सड़क के गोल-गोल चक्कर काटते रहे। एक मोड़ पर आकर पवन रुक गया।

"मुझे चलना चाहिए अब। कुछ ज़रूरी काम है।"

मैंने जवाब में कुछ नहीं कहा। जाते वक़्त पवन ने कहा कि...

"अगर कभी तुम उस रात के बारे में लिखो तो मेरी शिरकत उस क़िस्से से निकाल देना। मैं ख़ुद को वहाँ नहीं देखना चाहता हूँ।"

यह कहकर पवन चला गया। मैं वापस अपने घर की तरफ़ जाने लगा। मैं लिख चुका था सारा कुछ। अतीत में जाने कितनी ऐसी घटनाएँ थीं जिनमें मैं मेरी शिरकत नहीं चाहता था, पर मैं उन घटनाओं का गवाह था। मैं अतीत में जाकर, अपना वहाँ होना मिटा नहीं सकता था। क्या पवन कभी मुझे माफ़ कर पाएगा? क्या मेरे लिखे किसी भी पात्र से मैं माफ़ी माँगने का हक़दार हूँ? आसमान देखा तो तारे निकल आए थे। तारे और चाँद के उजाले में बादलों का कालापन एक नाटकीयता प्रदान कर रहा था। तभी मुझे सलीम का मैसेज आया। एक तस्वीर थी और सलीम ने लिखा था, "यह पिताजी ने तुम्हें भेजने को कहा है।" मैंने देखा वह पीला पड़ चुका मेरा बर्थ सर्टिफ़िकेट है। मैंने पहली बार इसे देखा था। सेंट जोसेफ़ हॉस्पिटल, श्रीनगर... नीचे मेरा नाम और डेट ऑफ़ बर्थ लिखा था और उसके नीचे जन्म का वक़्त था- तीन बजकर दस मिनट। मुझे हँसी आने लगी। किस क़दर हमारे आज तक की हलचल के सिरे हमारी माँ की नाभि से जुड़े होते हैं। कहानी हमारे पैदा होते ही शुरू हो जाती है- किसी पहेली की तरह और पूरी ज़िंदगी उस पहेली के जवाब हमको क़िस्तों में मिलते रहते हैं।

मैं पार्क के बग़ल से होकर गुज़र रहा था। अँधेरे में रखी उस बेंच पर निगाह गई तो वह बूढ़ा आदमी अभी भी वहाँ बैठा हुआ था। मैं रुक गया। इस वक़्त उनका चेहरा देखने की लालसा को रोक नहीं पाया। उस बेंच के पास पहुँचकर मैंने जैसे ही उनका चेहरा देखा तो दंग रह गया, वह एक बूढ़ी औरत थीं। सफ़ेद कुर्ते-पाजामे में पीछे से वह बूढ़े आदमी जैसी लग रही थीं। वह मेरी तरफ़ पलटीं तो उन्हें मेरे चेहरे पर गहरा आश्चर्य दिखा।

"मैं ज़िंदा हूँ।" उन्होंने कहा।

"नहीं... सॉरी! मुझे लगा... जाने दीजिए।"

"हम लोग अगर बहुत देर तक न हिलें तो मर जाने का भ्रम देते हैं, सो मैं बोल देती हूँ।"

"मैंने ऐसा क़तई नहीं सोचा था।"

उन्होंने उठने की कोशिश की, पर दो कोशिशों के बाद भी वह उठ नहीं पाईं। मैंने सहायता करने की कोशिश की तो उन्होंने तुरंत अपना हाथ उठाकर मुझे सहायता करने से रोक दिया। उनकी साँसें गहरी हो गई थीं।

"मुझे कुछ और वक़्त लगेगा उठने में। आप जाएँ, मैं चली जाऊँगी।" यह वाक्य अधमरे पक्षियों से उनके मुँह से निकले।

"मैं कुछ देर बैठ जाऊँ? आपकी सहायता नहीं, आपके लिए भी नहीं, मुझे बैठने की ज़रूरत है।"

उन्होंने इशारा किया बैठने का। मैं उनके बग़ल में बैठ गया। मैं वहाँ से चला जाता, पर मुझे इस बात का बेहद दुख था कि हम कितना ज़्यादा प्रदूषित हैं भीतर से... हमारे पुरुष समाज का हमारे भीतर कितना गहरा असर है कि मैं पीछे से हर बार इन्हें देखने पर भी... कभी इनके औरत होने की कल्पना नहीं कर पाया। हमें अपनी कहानी के मुख्य पात्र भी पहली नज़र में पुरुष ही दिखते हैं। मैं अपनी शर्मिंदगी में उनके बग़ल में सिर झुकाए बैठा रहा। सामने पीपल का बड़ा ऊँचा पेड़ था और उसके ठीक पीछे, अगल-बग़ल की दीवारों पर अपनी जड़ें फैलाए हुए बरगद खड़ा था। शायद दिन में यहाँ बैठना बहुत सुखद होगा, पर इस वक़्त इन घने पेड़ों में हवा चलने से एक धुन उठ रही थी जिसके कारण चारों तरफ़ एक वीरानगी फैल गई थी। मैंने देखा कि उन्होंने एक सूखा पीला पड़ गया पत्ता ज़मीन से उठाकर अपनी गोद में रख लिया था, जो अभी-अभी हवा से उड़ता हुआ उनके पास चला आया था। उनके हाथों में, उँगलियों में बेहद कोमलता थी। वह पत्ते को अपनी गोद में रखकर ऐसे सहला रही थीं, मानो वह बरसों से ज़ख़्मी पड़ा हो रास्तों पर।

"मेरी पोती है वह एक दिन आकर पूछती है कि अगर आप अपनी जवानी के दिनों में कोई एक चीज़ बदल सकतीं तो वह क्या होती? जवान लोग इस तरह के सवाल बहुत पूछते हैं। मैंने कहा कि मैं कुछ भी नहीं बदलती... मुझे

बहुत ख़ुशी है कि मैं यहाँ तक चली आई जीते-जीते। वह ख़ुश हो गई, पर वह सवाल मेरे दिमाग़ में जैसे बस गया। मैं क्या-क्या चीज़ें बदलती?"

मुझे लगा जैसे वह पत्ते से बात कर रही थीं। मेरा वहाँ होना महज़ संयोग था। कुछ देर की चुप्पी के बाद उन्होंने मुझे ऐसे देखा मानो मैंने ही वह सवाल किया था। मैंने पहली बार उनका चेहरा इतने क़रीब से देखा था। मुझे लगा कि उनके बूढ़े चेहरे पर किसी ने जवान आँखें लगा दी हैं। उनकी आँखों में अजीब चंचलता थी जो इस अँधेरे में भी अपनी चमक छोड़ने को तैयार नहीं थी।

"क्या-क्या बदलतीं आप?" मैंने पूछा।

"सब कुछ... सारा कुछ... पागलपन की हद तक। तुमसे कह सकती हूँ, अपनों से कहने में इसके अर्थ बदल जाते हैं।"

तभी मैंने देखा एक छिपकली बेंच के एक पैर से होती हुई उनके घुटने के क़रीब आकर बैठ गई थी। कुछ देर में उन्होंने पत्ते को छोड़ा और छिपकली के पास अपनी एक उँगली रख दी। छिपकली ने अपने मुँह से एक-दो बार उनकी उँगली को छुआ फिर एक पैर उनकी उँगली पर रख दिया और वैसे ही कुछ देर रुकी रही, जैसे सही वक़्त का इंतज़ार कर रही हो। फिर एक झटके में वह उनके हाथों में थी। उन्होंने छिपकली को उठाकर पत्ते के ऊपर रख दिया और उसे निहारने लगीं। यह दुनिया कब की ख़त्म हो जाती, अगर इस जीवन में चल रही सारी क्रूरताओं के बीच बेहद कोमल प्रेम लगातार न घट रहा होता।

"बहुत दिनों से यह आस-पास भटक रही थी, अभी कुछ दिनों से यह पास आकर बैठने लगी है। इन्हें हम इंसानों पर वापस विश्वास करने में बहुत वक़्त लगता है।"

उन्होंने उस छिपकली के गले के आस-पास अपनी उँगलियाँ फेरते हुए कहा। मुझे लगा कि एक संगीत है इन सबमें। बिलकुल वैसा ही संगीत जैसा मैं अपने लिखने की गति में महसूस करता हूँ। अपनी अगली कहानी के मिलने की ख़ुशी में मैं भीतर से बहुत धीमी गति का नृत्य कर रहा था। उन्होंने कब पत्ते समेत छिपकली को बेंच के नीचे रखा, कब मुझे हाथ देकर एक झटके में उठ गईं और कब हम अपने घरों की तरफ़ बढ़ने लगे मुझे पता ही नहीं चला। वह मेरे घर से बहुत दूर नहीं रहती थीं। मैं उनको लिफ़्ट तक छोड़ने गया तो उन्होंने जाते हुए कहा, "बस अब इसके आगे मत आना, वरना मेरे घरवालों

को लगेगा कि मेरा तुमसे चक्कर चल रहा है।"

मैं इस बात पर हँस दिया। लिफ़्ट का दरवाज़ा बंद करते हुए मैंने उन्हें अपना नाम बताया, "वैसे मैं रोहित हूँ।"

वह मुस्कुरा दीं, मानो उन्हें मेरा नाम पहले से पता हो। मैं उनका नाम पूछना चाहता था, पर हिम्मत नहीं हुई। वह ऊपर की तरफ़ जा रही थीं और मैं उन्हें हतप्रभ-सा ताक रहा था।

मैं यह सब लिख नहीं रहा था। मैं अपने लिखे के आस-पास घट रहा था। मैं पहली बार उस संसार का हिस्सा था जो उतना ही उलझा हुआ था जितना बचपन में पानी से भीगा पतंग का माँझा छत पर उलझ जाया करता था। सरलता सिर्फ़ उन जानवरों के पास थी जो हर कुछ वक़्त, हमारे जीवन में अपनी उपस्थिति दर्ज कर रहे होते थे। मैं अपने लैपटॉप के आस-पास टहल रहा था और मुझे लगा कि मेरे पैर ज़मीन पर नहीं हैं- वे डेढ़ इंच ऊपर हैं। मेरे हाथों में वाइन का दूसरा गिलास था और आधी पी जा चुकी सिगरेट। मैं बहुत दिनों बाद गहरे ग़ोता लगाना चाह रहा था। बहुत दिनों बाद अपनी कहानी के बिखरे पड़े सिक्कों को अपने मुँह में क़ैद कर लेना चाह रहा था। मैं अपने लैपटॉप के सामने बैठा और कहानी के आगे के कोरेपन को मुस्कुराकर देखने लगा। मैं लिखना चाह रहा था जो भी, जैसा भी इस वक़्त भीतर हरकत कर रहा था, सारा कुछ काग़ज़ पर उतार लेना चाह रहा था। मैंने की-बोर्ड पर अपनी उँगलियाँ रखीं और एक शब्द लिखा 'दरगाह' और उसे देर तक निहारता रहा।

"कितना एक चौथाई-सा जीवन हम जी रहे होते हैं!" वर्मा मैडम मेरे बग़ल में बैठी थीं। मैं उन्हें उनकी पूरी ख़ूबसूरती के साथ महसूस कर सकता था।

"मुझे पता था आप आस-पास ही हो।" मैंने की-बोर्ड से अपने हाथ नहीं हटाए।

"दरगाह पर क्या हुआ था?" उन्होंने फुसफुसाते हुए पूछा।

"मुझे लगा आपको पता होगा।"

"हमारे एक चौथाई जीवन में ऐसे कई हिस्से हैं जिन्हें हमने अपनी कल्पना से पूरा किया है। मेरे लिए यह हिस्सा भी उसमें से एक है। जैसे मैं जब अपनी छत पर चाय पी रही होती थी और तुम नहीं आते थे तो मैं कल्पना करती थी

कि रोहित शायद अपने हिस्से में कविता गढ़ रहा होगा, यह सोचते ही मेरा छत पर अकेले चाय पीना मुझे ठीक लगता था। फिर जब तुम आकर कहते थे कि मैं बाज़ार में काम से गया था तो मुझे मेरी कल्पना के रोहित को जो कविता गढ़ रहा था, उसे उस रोहित से बदलना पड़ता था जो बाज़ार गया था और मुझे लगता कि हाँ अब तो ठीक है, अब मैं पूरा जी रही हूँ... अपने जिए के हर हिस्से को। पर असल में हम कितना कम देख, चख और छू पाते हैं। उससे कहीं ज़्यादा हमारी कल्पना होती है जिसमें हम लगातार सारा कुछ पूरा कर रहे होते हैं, वरना हमारे पास बचा हमारा एक चौथाई हमें निरर्थक जान पड़ेगा।"

"मेरी कल्पना का बड़ा हिस्सा वह दोपहरें रही हैं जब आप और दुष्यंत कमरे में होते थे और मैं छत पर मँडरा रहा होता था।"

"नहीं तुम बंद दरवाज़े के दूसरी तरफ़ हमारी आहटें सुनने खड़े रहते थे।"

मैंने की-बोर्ड से अपने हाथ हटा लिए और एक गहरी साँस लेकर वाइन का गिलास उठा लिया।

"क्या लिखूँ?" यह मैं पूछना नहीं चाह रहा था।

"जो तुम नहीं लिखना चाहते हो वह लिखो।" वर्मा मैडम ने कहा।

"क्या हम अंत बदल नहीं सकते हैं?" मैंने मदद की गुहार-सी लगाई।

"उन गलियों में क्यों क़दम रखना जो बंद हैं?"

"मुझे पता है कि आप यहाँ क्यों हैं?"

"क्योंकि मैं भी अंत जानना चाहती हूँ, पर वह जो घटा था, एक लेखक की चालाकी का अंत नहीं।"

"आपने अपनी दीवार पर हिरन की तस्वीर क्यों लगा रखी थी?"

"मेरी दीवार पर हिरन की तस्वीर कभी नहीं थी।"

किस तरह हम अपनी कल्पनाओं में अपने डरों को एक साफ़-सुथरी जगह टाँग देते हैं! हमें लगता है कि अगर हम अपने डरों को किसी दूसरी कहानी का हिस्सा बना लेंगे तो वह अपनी तीव्रता छोड़ देगा। पर काश कहानियाँ हम इंसानों जैसी होतीं और हमारे हर झूठ पर विश्वास कर लेतीं। जब पूरी ज़िंदगी हमने अपने डरों को ज़िंदगी के एक हिस्से में भोगा है तो कहानियाँ उन हिस्सों से वो डर कैसे निकाल सकती हैं! मैं अपना एक हाथ वर्मा मैडम की कलाइयों पर ले गया और उनके हरे धागे को अपनी उँगलियों से सहलाने लगा।

सुख जब घट रहा होता है
तब उसका स्वाद सख़्त होता है।
उसके बीत जाने के बाद
वह चाशनी-सा बूँद-बूँद टपकता है।

"दुष्यंत बीत रहा था, वर्मा मैडम और रोहित के बीच से, मानो एक ख़ूबसूरत दिन हो जिसकी हल्की ठंड में मुलायम धूप दोनों की देह सहलाती चलती हो। दिन सबका था, पर क्योंकि वह बीत रहा था तो दोनों उसमें अपनी उपस्थिति ज़्यादा-से-ज़्यादा चाह रहे थे। रोहित के दिमाग़ में गणित चल रहा था, जिसमें वह बहुत कमज़ोर था कि अगर रातें वर्मा मैडम की हैं तो पूरा दिन उसका होना चाहिए। पर यह बात वह कभी उन दोनों के सामने कह नहीं सकता था। दिन गुज़रने में भी रोहित के सामने बड़ी दिक़्क़त पेश आ रही थी, दोपहर का नदी पर जाने का वक़्त जो सिर्फ़ रोहित और दुष्यंत का था उसमें भी वर्मा मैडम अपनी थीसिस से जुड़ी किताबें लिए उपस्थित रहने लगी थीं। हद तो तब हो गई जब कुछ शामें, रोहित को वर्मा मैडम और दुष्यंत के बग़ैर ही, अपनी छत पर अकेले टहलते हुए बितानी पड़ीं। दुष्यंत के जाने की घड़ी बहुत पास आ गई थी। वर्मा मैडम की उपस्थिति में रोहित को दुष्यंत के होंठों पर फूलों की पंखुड़ियाँ नज़र ही नहीं आती थीं। रोहित, वर्मा मैडम की नज़रें चुराकर, दुष्यंत से इशारे में कुछ संवाद करने की कोशिश करता; पर दुष्यंत की आँखें रोहित पर बहुत देर नहीं ठहरती थीं कि वह एक भी इशारा समझ पाए।

रोहित एकांत चुराना चाहता था जिसमें सिर्फ़ वह और दुष्यंत हो और तेज़ धूप दोनों के नंगे शरीर पर पड़ रही हो, तभी बारिश हो जाए, नदी के भीतर

बाहर हर जगह बस पानी-ही-पानी हो और वह उस पानी में अपने लिखे कुछ शब्द दुष्यंत के कानों में कहे और उसे उसके होंठों पर फूल खिलते हुए दिखें।

दुष्यंत कल जाने वाला था। स्कूल की छुट्टियाँ भी कल ख़त्म हो रही थीं। रोहित ख़ुद को सँभालने की पूरी कोशिश कर रहा था। दोपहर का वक़्त था। वर्मा मैडम नदी के किनारे बैठे हुए दोनों को नदी में गहरा ग़ोता लगाते हुए देख रही थीं। दुष्यंत को जब भी पैसे मिलते, वह किसी बच्चे-सा अपनी सफलता वर्मा मैडम को दिखाता और वर्मा मैडम उसके लिए ताली बजातीं। तभी रोहित को, नदी के भीतर, पत्थर के पीछे पहली बार एक रुपये का सिक्का मिला। उसने पानी के अंदर ही दुष्यंत को दिखाया। दुष्यंत ने उसके हाथ से सिक्का छीना और बाहर आकर वर्मा मैडम को ऐसे दिखाया, मानो उसने ही वह सिक्का पाया हो। रोहित दुष्यंत से लड़ने लगा।

"मैंने ढूँढ़ा है... इन्होंने छीन लिया मुझसे।"

"झूठ बोल रहा है।" दुष्यंत ने हँसते हुए कहा।

तीनों की हँसी नहीं रुक रही थी। रोहित अपना सिक्का छीनने के लिए दुष्यंत के ऊपर चढ़ गया। दुष्यंत रोहित के वज़न से पानी के नीचे जाने लगा, साँस लेने के लिए उसने कई बार मुँह ऊपर करने की कोशिश की, पर रोहित उसे दबाए जा रहा था और कह रहा था कि 'सिक्का छोड़ दो, वरना मैं आपको नहीं छोड़ूँगा।' बहुत देर बाद जब दुष्यंत से सहन नहीं हुआ, तब जाकर उसने सिक्का छोड़ा। दोनों लस्टम-पस्टम होकर वर्मा मैडम के अगल-बग़ल में आकर लेट गए। दुष्यंत लाल हो चुका था और गहरी साँस ले रहा था। वर्मा मैडम ने दुष्यंत के सिर पर हाथ फेरा और पूछा, "तुम ठीक हो?"

दुष्यंत ने वर्मा मैडम का हाथ चूमा और उनकी तरफ़ देखकर मुस्कुराता रहा। रोहित ने कभी दुष्यंत को इतना ख़ूबसूरत नहीं देखा था। जिस तरीक़े से वह वर्मा मैडम को देख रहा था, रोहित के भीतर एक विस्फोट-सा हुआ। उस विस्फोट में जलन से भरे हुए नुकीले पत्थर थे जिनकी चुभन रोहित पूरे शरीर में महसूस कर सकता था।

"नदी के उस पार जाकर तरबूज़ चुराकर लाएँ?" रोहित ने दोनों के बीच का सम्मोहन तोड़ने के लिए कहा।

"नहीं, अब चलते हैं वापस..." वर्मा मैडम अपनी किताबें समेटने लगीं।

"हमारे गाँव के तरबूज़ पूरे देश में मशहूर हैं। और अगर चुराया नहीं तो क्या तरबूज़ खाया!"

"नदी का पाट बहुत बड़ा है। पता नहीं, मुश्किल है मेरे लिए।"

"अरे मैं कई बार पार कर चुका हूँ, बहुत आसान है।" रोहित ने झूठ बोला।

"मुझसे नहीं होगा।" दुष्यंत चित लेट गया।

"ठीक है, मैं अकेला ही जाकर लाता हूँ। आप दोनों एक-दूसरे को देखते रहो।"

रोहित से रहा नहीं गया और उसके भीतर की जलन और ग़ुस्सा पहली बार बाहर आ गया था। वह ग़ुस्से में खड़ा हुआ और पानी में कूद गया। रोहित तैरते हुए ख़ुद को कोसता रहा कि उसे ऐसा नहीं कहना चाहिए था, उसे अपनी जलन से घृणा हो रही थी और ग़ुस्से में उसके हाथ पानी को इतनी क्रूरता से काट रहे थे कि उसे होश नहीं था कि वह किस तरफ़ जा रहा है और क्यों? वह हाथ-पैर मारता और जब भी साँस भरकर पानी के भीतर अपना मुँह डालता तो ख़ुद को गाली देता। इसी बीच कहीं उसे अचानक ठसका लगा। वह ठसके की वजह से थोड़ा पानी पी गया। खाँसते हुए वह रुका और उसने ख़ुद को नदी के बीचोबीच पाया। इतनी दूर तैरते हुए वह पहले कभी नहीं आया था। रुकते ही उसे अचानक पूरे शरीर में दर्द होने लगा और उसे लगा कि उसकी साँसें बहुत तेज़ चल रही हैं। उसने पलटकर देखा तो दुष्यंत धीरे-धीरे तैरते हुए उसकी तरफ़ आ रहा था। वर्मा मैडम चिंता में नदी किनारे खड़ी हुई थीं। रोहित की सारी थकान दुष्यंत को देखते ही काफ़ूर हो गई। बहुत धीरे-धीरे तैरते हुए दुष्यंत रोहित तक पहुँचा। रोहित ने दुष्यंत का चेहरा देखा तो वह लाल हो चुका था। उसकी आँखों में डर था।

"आराम से रुकते हुए चलेंगे... आधा हो गया... बस आधा ही बचा है।"

दुष्यंत ने हाँ में सिर हिलाया और दोनों धीरे-धीरे नदी के दूसरे किनारे की तरफ़ बढ़ने लगे। रोहित हर कुछ देर में दुष्यंत के लिए रुकता और अपने कंधे का सहारा उसे देता ताकि वह थोड़ी देर सुस्ता सके।

"बस पहुँच गए... कुछ हाथ और मारने हैं और फिर रेत आ जाएगी।"

दूसरे किनारे पर पानी के नीचे रेत जल्दी आ जाती थी। थोड़ी देर में रोहित

ने महसूस किया कि उसके पैरों से रेत टकराने लगी है। वह रेत पर खड़े होते ही दुष्यंत को दिखाने लगा कि हम पहुँच गए। दुष्यंत को वह आख़िरी और छोटी दूरी तय करने में बहुत वक़्त लगा। जैसे ही दुष्यंत के पैर रेत से टकराए, वह निढाल होकर रोहित पर लटक गया। रोहित उसे खींचते हुए रेत पर चलने लगा। दोनों किनारे की गर्म रेत पर पहुँचकर चित लेट गए। जब साँस-में-साँस आई तो दुष्यंत कूद-कूदकर, नदी के उस पार खड़ी वर्मा मैडम से अपनी ख़ुशी का इज़हार करने लगा। रोहित ने भी अपने हाथ हिलाकर ख़ुशी ज़ाहिर की।

"चलो, तुम्हें एक जगह लेकर चलता हूँ।" रोहित ने कहा।

"नहीं, चलो वापस चलते हैं, वह चिंता करेगी।" दुष्यंत ने अपने शरीर से रेत झाड़ते हुए कहा।

"अभी नहीं जा पाएँगे... शरीर थका हुआ है... तैरते ही पुरानी थकान वापस आ जाएगी। चलो पीछे की तरफ़ बहुत सुंदर जंगल है।"

नदी के दूसरी तरफ़ घना जंगल था। दुष्यंत ने वर्मा मैडम को इशारे से बताने की कोशिश की कि कुछ देर में हम वापस आएँगे, पर वर्मा मैडम एक बिंदु जितनी छोटी दिख रही थीं। उसे नहीं पता था कि वह उसे देख भी पा रही हैं कि नहीं।

रोहित जंगल में प्रवेश कर चुका था। दुष्यंत उसके पीछे-पीछे चल रहा था। जंगल के भीतर सूरज की रौशनी पेड़ों से छनते हुए नीचे गोल पत्थरों पर गिर रही थी। यहाँ चल रही हवा में ठंडक थी। दुष्यंत को लगा कि वह तेज़ गर्मी से सीधा पहाड़ों पर चला आया है। वह इस जंगल की ख़ूबसूरती को निहार ही रहा था तभी उसके पैरों को मुलायम रेत छूने लगी। वह अपने पैर उसी रेत में घुसाते हुए चलने लगा। उसने देखा कि सामने रोहित रुक गया है। वह उसके बग़ल में पहुँचा तो देखा सामने एक बहुत ही घना और विशाल बरगद का पेड़ है जिसके नीचे हरे चद्दर से ढँकी एक छोटी-सी मज़ार है। दुष्यंत को लगा कि यह बरगद और मज़ार किसी दूसरी जगह का हिस्सा हैं, किसी ने उन्हें इस जंगल के बीच पेंट किया हुआ है।

दुष्यंत के मुँह से 'अनरियल' शब्द फूटा। रोहित आगे बढ़ने को हुआ, पर दुष्यंत ने उसे रोक दिया और धीरे से उसे इशारा किया। मज़ार के पीछे की तरफ एक हिरन खड़ा हुआ दोनों को देख रहा था। रोहित की आँखें फटी रह

गई थीं। इससे पहले उसने हिरन को कभी नहीं देखा था।

"नहीं, उसे यूँ न देखो..." दुष्यंत ने कहा, "उसे अनदेखा करते हुए देखो तो वह भागेगा नहीं।"

दोनों हिरन को नहीं देखते हुए मज़ार पर पहुँचे। हिरन सचेत था, पर वहीं खड़ा था।

"इस दरगाह को लोग बहुत मानते हैं।" रोहित कहते ही दरगाह के चबूतरे पर चढ़कर लेट गया। दुष्यंत नीचे खड़ा होकर मज़ार की ख़ूबसूरती निहारने लगा। रोहित ने लेटे हुए दुष्यंत को अपनी तरफ़ खींचा... और उसके होंठों के एकदम पास आकर रुक गया।

"क्या हुआ?" दुष्यंत फुसफुसाया।

"फूलों का इंतज़ार कर रहा हूँ।" रोहित ने कहा।

"क्या यह अंत है?" दुष्यंत ने कहा, "हम बहुत दूर आ चुके हैं। तुम रुकना नहीं, यह नहीं कहना कि थक गया हूँ। तुम कहना कि तेज़ धूप में छाया तलाश रहा हूँ। हम कहानी के उस हिस्से में फँसे हैं, जहाँ हमारी ख़ाली पड़ी ज़िंदगी में धूप घुस आई है। पर अब मेरे हाथ में झाड़ू है। तुम छाया की तलाश में बरगद चुनना और उसके नीचे लेटकर सुनना देर तक मेरे बुहारने के क़िस्से को। कल मैं जा रहा हूँ और हमारी कहानी का अंत इसी बरगद की छाया में पल रही दरगाह में है।"

"काश मेरे पास मेरी डायरी होती और मैं इसे लिख लेता।"

"हर चीज़ लिख मत लो, कुछ जीने के लिए भी छोड़ दो।" दुष्यंत ने कहा और वह रोहित के एकदम क़रीब आ गया।

"पर यह तो कविता थी।"

"जो दिखा वह कह दिया। तुम्हें क्या दिख रहा है?"

रोहित दुष्यंत की साँसें अपने होंठों पर महसूस कर सकता था।

"सुख जब घट रहा होता है, तब उसका स्वाद इतना सख़्त क्यों होता है? उसके बीत जाने के बाद फिर वह चाशनी-सा बूँद-बूँद क्यों टपकता रहता है?"

रोहित के शरीर में समर्पण था और उसे दुष्यंत की आँखों में से सूरजमुखी के फूल बाहर आते हुए दिख रहे थे। होंठों पर उनकी पंखुड़ियाँ झड़कर गिरने लगी थीं। वह हल्के-हल्के उन्हें दुष्यंत के होंठों से बीनने लगा।

“पहले मुझे यह कविता पूरी सुननी है।”

“कौन-सी?”

“यह जिसके दो वाक्य अभी तुमने कहे।”

“इसे तो बस अभी जीना शुरू किया है।”

“कब सुनाओगे?”

“आज रात अगर आप अकेले छत पर आओगे, तो पूरी सुनाऊँगा।”

दुष्यंत कूदकर चबूतरे पर चढ़ गया और रोहित के बग़ल में जाकर बैठ गया।

“तुम्हारे लिखे में घुटन और मुक्ति का अजीब घर्षण है।” दुष्यंत ने कहा।

“मुझे नहीं पता।” रोहित ने चुहलबाज़ी में कहा।

“तुम्हें लिखना चाहिए। अभी बहुत कुछ है जो फूटना बचा है, बहुत जल्दी तुम्हारी कविताओं की किताब छपेगी। सबको तुम्हारा लिखा पढ़ने को मिलेगा।”

“मैं सिर्फ़ आपके लिए लिखता हूँ।”

“यही तो ख़ूबसूरती है तुम्हारे लेखन में कि वह इतना निजी होकर भी कितना सार्वभैमिक है। तुम्हें बहुत लिखना है।”

“मैं एक शब्द भी नहीं लिखूँगा।”

रोहित नाराज़-सा होकर मज़ार के दूसरी तरफ़ जाकर लेट गया। उसके पीछे दुष्यंत भी आया और उसके बग़ल में लेट गया। दुष्यंत बरगद देख रहा था।

“बहुत सुंदर जगह है। यह पेड़ पर हरे धागे क्यों लटके हैं?”

“पता नहीं।”

दुष्यंत ने कूदकर एक लंबा हरा धागा पेड़ से तोड़ लिया।

“लाओ अपना हाथ दो।” दुष्यंत ने कहा।

“नहीं, मुझे नहीं देना कुछ भी तुम्हें।”

दुष्यंत रोहित के पेट पर उचककर बैठ गया और उसके हाथों को चूमते हुए अपने हाथों में लिया।

“बाँध दूँ तुम्हारे हाथों में यह धागा?”

“बाँध दो।” रोहित ने जवाब दिया।

"सोच लो, बँध जाओगे फिर?"

रोहित ने फूलों के गुच्छे देखे दुष्यंत के होंठों पर पड़े हुए। वह उन्हें चूमने उठा, पर दुष्यंत ने उसे दूसरे हाथ से धक्का देकर वापस लिटा दिया। उसकी कलाइयों को प्यार से उठाया और उसमें धागा बाँधने लगा, तभी पेड़ों के बीच हरकत हुई। दोनों ने देखा कि हिरन थोड़ा क़रीब आ गया है। दुष्यंत ने हिरन को देखते हुए रोहित की कलाई पर लगे धागे को चूमा।

"यह हमारी दोस्ती के लिए।"

रोहित ने बचे हुए धागे को दुष्यंत की कलाई पर बाँध दिया।

"तुम्हारी मैडम के लिए भी एक ले जाते हैं, कितना सुंदर लगेगा उन्हें।"

दुष्यंत यह कहते ही तुरंत कूदा और एक हरा धागा पेड़ से तोड़कर उसे अपनी उँगलियों में लपेट लिया।

"चलें?"

दुष्यंत ने कहा और रोहित को उठने के लिए अपना हाथ दिया। रोहित ने दुष्यंत का हाथ पकड़कर अपनी तरफ़ खींच लिया।

"मुझे फूलों की भूख है... बस वह मिटा लूँ।"

रोहित ने कहा और दुष्यंत को चूमने लगा। कुछ देर तक दुष्यंत उस संगीत को नहीं सुन पा रहा था जिस पर रोहित नाचना चाह रहा था। फिर दुष्यंत का शरीर थोड़ा ढीला हुआ, दिमाग़ नदी के दूसरी तरफ़ फैली सारी चिंताओं से अपना नाता तोड़कर यहाँ आने लगा और दुष्यंत ने रोहित की धड़कनों को सुनना शुरू किया, जिनकी गति बढ़ती जा रही थी। हिरन जंगल से खिसककर उन दोनों के पास आकर खड़ा हो गया था। दोनों अब एक ही संगीत पर झूम रहे थे और बीच-बीच में हिरन को ऐसे देखते मानो वही मात्र एक गवाह है- उनके इस पागलपन का। उन दोनों के नग्न शरीर दरगाह की मिट्टी से लतर-पतर होने लगे थे। दोनों उस नृत्य में पूरी तरह डूब चुके थे जिसका संगीत अब पूरी दरगाह में गूँज रहा था। जब वह थककर अलग हुए तो आख़िरी आह से हिरन कुलाँचे मारकर जंगल में ग़ायब हो गया, मानो वह वहाँ कभी था ही नहीं।

दुष्यंत नदी किनारे खड़े होकर वर्मा मैडम को अपना हाथ दिखा रहा था। उसे दिख रहा था कि वर्मा मैडम अपने हाथ बहुत ज़ोर-ज़ोर से हिला रही हैं। रोहित को अचानक तरबूज़ ले जाने की बात याद आई, पर तब तक दुष्यंत

भागते हुए पानी में कूद गया था। रोहित भी उसके पीछे कूद पड़ा। कुछ ही हाथ मारने पर रोहित ने महसूस किया कि पिछले तैरने की थकान वापस आ गई है। रोहित का पूरा बदन दर्द करने लगा। उसका शरीर इतना ज़्यादा तैरने का आदी नहीं था। उसने दुष्यंत को रुककर देखा तो वह लगातार अपने हाथ पैर चला रहा था। उसे लगा कि वह दुष्यंत को बोल दे कि धीरे, थोड़ा रुक-रुककर तैरे, पर वह जानता था कि वह जल्द से जल्द वर्मा मैडम के पास पहुँचना चाह रहा था। नदी के बीच में पहुँचकर दुष्यंत रुक गया। रोहित उसके पीछे ही था, सो वह भी रुक गया।

"क्या हुआ ?" रोहित ने पूछा।

"मेरी पिंडलियाँ अकड़ रही हैं।" दुष्यंत का दर्द उसकी आँखों में दिख रहा था।

"पैर कम चलाओ और सिर्फ़ हाथ से आगे बढ़ो... और थोड़ा आराम से... आप बहुत तेज़ तैर रहे हैं... धीरे-धीरे... बस आ ही गए हैं।"

कुछ गहरी साँसें लेकर दोनों ने फिर तैरना शुरू किया, पर दुष्यंत बार-बार रुक जाता। रोहित ने देखा दुष्यंत से दर्द बर्दाश्त नहीं हो रहा है। उसका चेहरा और आँखें लाल हो चुकी हैं। रोहित ने दुष्यंत का हाथ लिया और कहा, "मेरे कंधे को पकड़ो कसकर... मैं आपको खींच लूँगा। आप बस साँस लेते रहो।" दुष्यंत ने रोहित के कंधे को मज़बूती से पकड़ लिया। रोहित को मुश्किल हो रही थी, पर वह लगातार दुष्यंत से संवाद बनाए हुए था।

"आप कुछ मत करो... बस कंधे को मत छोड़ना... मैं धीरे-धीरे तैरता हूँ।"

रोहित ने देखा कि दुष्यंत बार-बार अपने पैरों को छूना चाह रहा था। दुष्यंत के पैरों की नस चढ़ रही थी। रोहित जानता था कि नस चढ़ना कितना पीड़ादायक होता है। रोहित के भीतर घबराहट घर कर गई। उसने अपने तैरने की गति थोड़ी बढ़ा दी। हर कुछ झटकों पर दुष्यंत का हाथ छूट जाता। रोहित वापस दुष्यंत के हाथ को खींचकर अपने कंधे पर रख देता।

"आप मुझसे बात करो... और सिर ऊपर रखो... पानी मत पियो, वरना शरीर भारी हो जाएगा।"

रोहित लगातार दुष्यंत को सलाहें देता चल रहा था। दुष्यंत की आँखें

आसमान पर अटकी हुई थीं। वह बस ज़्यादा-से-ज़्यादा साँस लेने की कोशिश कर रहा था। हर कुछ देर में दुष्यंत की चीख़ रोहित को सुनाई दे जाती। वह थोड़ी देर थमता और फिर अपने हाथ चलाना जारी रखता।

"बस आ गए... वह देखो वर्मा मैडम दिख रही हैं... देखो... देखो।"

दुष्यंत वर्मा मैडम को देखने के चक्कर में थोड़ा उठा और उसका हाथ रोहित के कंधे से फिसल गया। रोहित ने दुष्यंत का हाथ खींचकर अपने गले में डाल लिया। दुष्यंत साँस लेने की कोशिश में रोहित के ऊपर चढ़ा जा रहा था। रोहित ने महसूस किया कि दुष्यंत का पूरा शरीर कड़क हो चुका है।

"दुष्यंत... देखो बस आ ही गए।"

दूसरी तरफ़ से वर्मा मैडम की आवाज़ आ रही थी। उन्हें दिख रहा था कि दुष्यंत रोहित की पीठ पर लटका हुआ है। वह बार-बार दुष्यंत का नाम चिल्ला रही थीं। दुष्यंत साँस लेने की कोशिश में रोहित की गर्दन दबाए जा रहा था। रोहित का साँस लेना मुश्किल हो रहा था। दोनों वर्मा मैडम के बहुत पास पहुँच गए थे। तभी साँस लेने की कोशिश में रोहित को ठसका लगा और उसने खाँसना शुरू किया। उसे साँस लेने की ज़रूरत थी। वह दुष्यंत के वज़न से पानी के नीचे घुसा जा रहा था। वह दोनों बस दस हाथ की दूरी पर थे। रोहित ने खाँसने के लिए और कुछ साँस बटोरने के लिए दुष्यंत को अपने से अलग किया, पर खाँसी रुक नहीं रही थी। रोहित तीन-चार हाथ मारकर किनारे आ गया और उसका खाँस-खाँसकर बुरा हाल हो गया। तभी उसने अचानक वर्मा मैडम की चीख़ सुनी। जब उसने पलटकर देखा तो उसके पीछे नदी में उसे दुष्यंत नहीं दिख रहा था, पर पास ही में पानी के बुलबुले उठ रहे थे। उसकी खाँसी पूरी तरह बंद नहीं हुई थी, पर वह हड़बड़ाहट में पानी में कूद गया और जहाँ बुलबुले उठ रहे थे, वहाँ उसने गहरा ग़ोता लगा दिया। वर्मा मैडम की चीख़ें सुनकर, वहाँ बहुत से लोग जमा होने लगे थे। रोहित को बहुत नीचे पानी में दुष्यंत का शरीर दिख रहा था। उस शरीर से आँखें कुछ बाहर की तरफ़ निकल आई थीं। रोहित को आश्चर्य हुआ कि वे आँखें लाल नहीं थीं... सफ़ेद थीं। उसे खाँसी आ रही थी, पर पानी के भीतर वह हतप्रभ-सा दुष्यंत की आँखों से अपनी निगाह नहीं हटा पा रहा था। वह वापस ऊपर आया और कुछ गहरी साँस लेकर फिर नीचे दुष्यंत को उठाने गया, पर अब दुष्यंत वहाँ उस जगह

पर नहीं था। वह शायद आगे बह गया था। वह और गहरे गया। नीचे पत्थर की आड़ से रोहित को दुष्यंत का हाथ दिखा जिसकी उँगलियों में हरा धागा बँधा हुआ था जो दुष्यंत वर्मा मैडम को देना चाहता था। उसने दुष्यंत का हाथ पकड़ा और उसे ऊपर की तरफ़ खींचने की कोशिश की, पर उसका शरीर बहुत भारी हो चुका था। वह दुष्यंत के पास गया और उसके अकड़े हुए चेहरे को देखकर वह चिल्लाने लगा और दुष्यंत को झँझोड़ने लगा कि वह क्यों इस तरह डरावना बुत बना बैठा है। रोहित को साँस की ज़रूरत थी। उसका शरीर ऊपर की तरफ़ जा रहा था। पर वह दुष्यंत को यूँ नहीं छोड़ सकता था। रोहित ने अपने पैर दुष्यंत की कमर में फँसा लिए और अपने हाथ उसकी गर्दन में। तब तक ऊपर से कई लोग पानी में कूदे और उन्होंने नीचे दोनों को एक-दूसरे से चिपके हुए देखा। जब दोनों को पानी से बाहर निकाला तो दोनों को एक-दूसरे से अलग करने में लोगों को बहुत वक़्त लगा। दोनों का शरीर कड़क हो चुका था। चिल्लाने की वजह से वर्मा मैडम की आवाज़ चली गई थी। उनके चेहरे से बस ठंडे आँसुओं की धार बह रही थी और सारा कुछ चुप हो चला था। लोग उनसे जो भी कह रहे थे, उन्हें कुछ भी सुनाई नहीं दे रहा था। वर्मा मैडम की इच्छा हुई कि वह अपनी आँखें बंद कर लें और यहीं सो जाएँ... गहरी... लंबी नींद। जब आँखें खोलें तो सारा कुछ सपना हो। उन्होंने आँखें बंद कीं और उनके सपने में दुष्यंत की जगह ख़ाली पड़ी रही।"

मैंने लिखना बंद किया और निढाल-सा सोफ़े पर गिर पड़ा, मानो बहुत देर से दौड़ रहा हूँ। मैंने देखा मेरा चेहरा गीला था, आँखों में जलन थी और साँस लेने में थोड़ी तकलीफ़ हो रही थी। मैं आँख बंद करना चाह रहा था, पर आँखें बंद करते ही क्या दिखेगा उसके डर से मैंने अपनी आँखें खुली ही रखीं। पर खुली आँखों से भी मैं बच नहीं पा रहा था। मुझे कमरे की छत पर दुष्यंत का कड़क हो चुका शरीर पसरा पड़ा दिख रहा था। तभी वर्मा मैडम का हाथ मेरे बालों को सहलाने लगा। मैंने एक राहत की साँस ली और अपनी आँखें बंद कर लीं।

"मैं यह नहीं लिखना चाह रहा था।" मैंने कहा।

"तो क्या लिखना चाह रहे थे?"

"मैं तो बस टीचर-स्टूडेंट के प्रेम का एक छोटा क़िस्सा गढ़ना चाहता था।"

"मैं भी वही सुनने आई थी, पर फिर तुमने दुष्यंत का प्रवेश करवा दिया। जबकि उसका नाम दुष्यंत था ही नहीं।"

"हाँ... उनका नाम..."

"अभी भी तुम्हारे मुँह से 'पवन' नाम नहीं निकलता है। तुमने सोचा था कि मैं उसे दुष्यंत कह दूँगा और कोने-कोने एक हल्की-फुल्की प्रेम-कहानी कहकर बच जाऊँगा।"

"पवन कितना ख़ूबसूरत नाम है।" मैंने अपनी आँखें खोल दीं और कई बार पवन नाम मेरे मुँह से निकला। कमरे की छत पर मुझे दरगाह पर खड़ा हुआ हिरन दिखा।

मैं उठकर किचन में आ गया। मुझे एक वाइन की और ज़रूरत थी। पर पता नहीं किचन में पहुँचकर क्या हुआ मैं वाइन के बजाय फ्रिज से अदरक और दूध निकालने लगा और मेरे हाथ ख़ुद-ब-ख़ुद मुझसे चाय बनवाने लगे। मैंने अपना सिर पीट लिया... अब मेरे लिखे पात्रों के साथ-साथ मेरे हाथ-पैर भी मेरी नहीं सुन रहे हैं। मैं मन में दोहराता रहा कि मैं वाइन पीना चाहता हूँ और मेरे हाथ मुझसे चाय बनवाते रहे। कुछ देर में चाय लेकर मैं वापस लैपटॉप के सामने आकर बैठ गया। मैं अपनी कहानी को देख रहा था और लगा कि मैं किसी ऊँचे पहाड़ के छोर पर अकेला खड़ा हूँ। मैं इस पहाड़ पर आना भी नहीं चाह रहा था। मैं तो कहानी को तराई के इलाक़े में रखना चाह रहा था, जहाँ छोटी ठोकरें हों और उन ठोकरों से गिरने की गुदगुदी हो। कहानी शुरू आप करते हैं, पर बीच में सारे पात्र आपसे कमान छीन लेते हैं और फिर अंत में सब लोग आपको अकेला छोड़कर ग़ायब हो जाते हैं। अब आप अकेले पहाड़ के छोर पर खड़े हैं, नीचे गहरी खाई में आपको कहानी ख़त्म होती दिख रही है... और आप गुहार लगाते हो एक आख़िरी धक्के की।

तभी हरे धागे से लिपटे हाथ का एक छोटा धक्का लगता है और मैं अंत में गिरने लगता हूँ।

वह अपने हिस्से की कहानी फाड़कर जा चुका था।
हम उस फटी हुई कहानी से टपक रहे सन्नाटे में,
अपनी कहानी की कतरनें बटोरने की असफल
कोशिश कर रहे थे।

"रोहित को अस्पताल की छत पर छिपकली मँडराती हुई दिखी। उसने नर्स से कहा कि इस छिपकली को भगा दो।

"यह ICU है- इधर छिपकली नहीं घुस सकती।" वह जिससे भी शिकायत करता कि इस कमरे में छिपकली है तो लोग उसे घूरते रहते। माँ रोने लगती। उसे समझ नहीं आता कि लोग छिपकली की बात पर इतना असहज क्यों हो जा रहे हैं। उसे छिपकली दिखती है। वह यह बात छुपाने लगा। कभी-कभी जब छिपकली बहुत पास आ जाती तो वह उसे झटक देता। वह भी तब जब उसे कोई देख नहीं रहा होता था।

जब वह घर आया तो वह यह किसी को बता नहीं पाया कि अस्पताल की छिपकली उसके साथ उसके कमरे में चली आई है। उसे नहीं पता था कैसे? अब अगर उसे सपने नदी के भीतर के आते तो वह अपनी आँखें खोलकर छिपकली तलाशता। रतजगों में छिपकली उसके पास आकर उसकी उँगलियों से खेलती और वह अपना हाथ नहीं हटाता था। जिस छिपकली को अस्पताल में देखने भर से वह डर के मारे चीख़ता था, अब वह उसके साथ रहने लगी थी।

बग़ल वाले तकिए पर रोज़ सुबह
मुझे तुम्हारे बाल पड़े मिलते हैं
मेरे सपनों की नदी सूख चुकी है
हम दोनों उसमें दौड़ लगाते दिखते हैं।
मैं तुमसे कह नहीं पाया
कि तुम्हारा होना जवाब था और मैं उसकी पहेली।
मैं तुमसे कह नहीं पाया कभी
कि मैं पगलाया हिरन था और तुम उसकी कस्तूरी।
तुम गए नहीं कभी
तुम आए नहीं थे कभी
तुम बिना धागे की पतंग थे
और मैं छत पर गीला, उलझा पड़ा माँझा।
मैं तुम्हें कभी बता नहीं पाया
कि सुख जब घट रहा होता है
तब उसका स्वाद बहुत सख़्त होता है।
उसके बीत जाने के बाद वह चाशनी-सा बूँद-बूँद टपकता रहता है।
मैं तुम्हें कभी कह नहीं पाया
कि मैं तुम्हारे सामने बहुत सुंदर दिखना चाहता था
तुम्हारे कपड़ों के भीतर घुसकर
मैं तुम हो जाना चाहता था।
मैं तुम्हें कभी बता नहीं पाया
कि मैंने तुम्हारे मुँह से निकले नंगे शब्दों को
अपने झूठे कपड़े पहनाए थे
सजा-धजाकर, तुम्हें तुम्हारा ही सुनाता आया था
और तुमने कहा कि यह तो कविता है।
मैं चोर था और उसका सोना तुम थे
मैं तुम्हें कभी चुरा नहीं पाया
बस जब भी तुम्हारे मूँछ के बालों की चुभन
मेरे होंठों से गिरकर, मेरी नाभि में कहीं पहुँच जाती थी

तब मैं नाभि पर अपना हाथ फेरता था और तुम्हारी ख़ुशबू आती थी
और मैं हिरन हो जाता था।

रोहित ने अपनी कलाई पर बँधे हरे धागे को छुआ और उसे अपनी लिखी कविता से इतनी घृणा हुई कि उसने तुरंत उस कविता को फाड़ दिया। उसे वर्मा मैडम की ज़रूरत थी। दुष्यंत और उसके बीच के संबंध को सिर्फ़ और सिर्फ़ वर्मा मैडम ही समझ सकती थीं। कितने दिन बीत गए थे और उसे लग रहा था कि कल ही वह नदी में ग़ोते लगा रहा था। छत पर जाने के ख़याल से उसका पूरा शरीर गीला हो जाता था। वह अपने सूखने का इंतज़ार करता रहा और दिन बीतते जा रहे थे। घर में हो रही बातचीत के बीच से उसे चीज़ों की कुछ सुध लगती थी। वर्मा मैडम गाँव छोड़कर जा रही हैं, यह बात भी उसने ग़लती से सुन ली थी और यह सुनते ही उसे लगा कि एक बार उनसे मिलना है, पर उसकी हिम्मत नहीं थी- उनका सामना करने की। उसकी ग़लती माफ़ी माँगने की हदों के पार थी।

किसी की मृत्यु पर दुख असल में धोखे का होता है। हम आवाज़ लगा रहे हैं और दूसरी तरफ़ उसे सुनने वाला कोई भी नहीं है अब। कोई ऐसे कैसे बीच में उठकर जा सकता है ? वह तो अपने हिस्से की कहानी फाड़कर जा चुका था और हम उस फटी हुई कहानी से टपक रहे सन्नाटे में अपनी कहानी की कतरनें बटोरने की असफल कोशिश कर रहे थे।

एक रविवार की दोपहर को उसने अपनी कलाई से हरा धागा खोला और उसे एक लिफ़ाफ़े में रख दिया। वह अपनी छत से कूदकर वर्मा मैडम की छत पर गया और छत के रास्ते से नीचे उनके कमरे तक। उनके कमरे का दरवाज़ा बंद था। उसके हाथ में वह लिफ़ाफ़ा था जिसे उसने धीरे से दरवाज़े के नीचे से भीतर की तरफ़ खिसका दिया। कुछ देर वह उस लिफ़ाफ़े के आख़िरी कोने को देखता रहा, इस आशा में कि काश उसे भीतर से कोई खींच ले। वह जाने को हुआ तभी उसे कमरे से एक आहट सुनाई दी। रोहित से रहा नहीं गया।

"वर्मा मैडम, आपको बस बताना चाहता हूँ कि... दुष्यंत..." दुष्यंत कहते ही उसे लगा उसका नाम लेने का हक़ उसे नहीं है। ख़ासकर वर्मा मैडम के सामने तो बिलकुल नहीं। रोहित का गला भर गया। उसने अपना गला साफ़

किया, "वह नदी के उस पार दरगाह गए थे ताकि आपके लिए वहाँ से हरा धागा ला सकें। इस लिफ़ाफ़े में उनका वह धागा है जिसे वह आपके... लिए... और... आप..."

रोहित बहुत कुछ कहने में हकलाने लगा और उसका गला इतना भर गया था कि शब्द छूटे नहीं छूट रहे थे। ग्लानि, कड़वाहट, पश्चात्ताप, घृणा और जाने कितनी वजहों से वह दरवाज़े के सामने से हिल भी नहीं पा रहा था। जब वह वापस घर पर आया तो उसे लगा कि वह अभी भी वहीं उसी दरवाज़े के सामने लिफ़ाफ़े के कोने को ताकता हुआ खड़ा है।

अगले दिन वर्मा मैडम के घर के सामने ताँगा खड़ा हुआ था। वह अपने घर पर ताला लगाकर सिर नीचे किए हुए चुपचाप ताँगे में बैठ गईं। रोहित अपने घर के दरवाज़े पर खड़े उन्हें देख रहा था। जब ताँगा चलने लगा तो वर्मा मैडम ने नज़र उठाकर रोहित की तरफ़ देखा। रोहित को उनकी आँखों में वही गीली आशा दिखी जिसमें उन्हें यक़ीन था कि वह ग़ोता लगाकर दुष्यंत को बचा लेगा। वर्मा मैडम ने अपनी आँखें रोहित के चेहरे से नहीं हटाईं, मानो वह जवाब माँग रही हों जो रोहित के पास नहीं था। रोहित ने देखा कि उनके दाहिने हाथ पर हरा धागा बँधा हुआ था। वह वर्मा मैडम को वापस देख पाता, इससे पहले ताँगा घर के सामने वाले मोड़ से मुड़कर ग़ायब हो गया।

किसी को चाहने में हम किस क़दर उसके जैसा होने लगते हैं! उसकी भाषा, उसका हँसना, उसके उठने-बैठने के अंश हमें हमारे दैनिक जीवन में दिखने लगते हैं। वह कब और कहाँ से भीतर घुस गया था, इसका ब्योरा हम ठीक-ठीक किसी को नहीं दे पाते हैं। उसके अंश दिखते ही एक लाचारी भरी टीस भीतर उठती है और हम गहरी साँस लेकर उसे दबाने की नाकाम कोशिश कर रहे होते हैं। किसी के जैसा हो जाना या किसी को अपना बनाना मृत्यु के कितना क़रीब है!

क्या हर नदी किनारे की कहानी डूबने पर ही ख़त्म होती है? बिना डूबे क्या दूसरा किनारा नहीं पाया जा सकता है? जीने की प्रक्रिया में हमेशा सवाल जमा होते रहते हैं। कुछ जवाब मिल जाते हैं, कुछ सवाल धुँधले पड़ जाते हैं और कुछ आपके साथ, अपनी पूरी तीव्रता लिए रहने लगते हैं। वर्मा मैडम से एक दिन मिलेगा की क़सम वह कभी पूरी नहीं कर पाया था और दुष्यंत चले

जाने के बाद भी कितना सारा रह गया था उसके पास।"

कहानी ख़त्म करके मैं उठा और सबसे पहले अपनी किताबों की अलमारी के पास गया। वहाँ कामू की 'आउटसाइडर' मोटी किताबों के पीछे से निकाली। वर्मा मैडम के गाँव से चले जाने के कई महीनों बाद जो उनका पहला और आख़िरी ख़त आया था, उसे मैंने आज तक इसी किताब में सँभालकर रख रखा था। मुझे पता है कि कहानी का बेहतर अंत होता अगर मैं इस ख़त को कहानी में शामिल कर लेता, पर कुछ चीज़ें हैं जिन्हें बाज़ार में नहीं लाया जाना चाहिए, सो मैंने इस ख़त को कहानी में शामिल नहीं किया। ये कहानी की सच्ची कतरनें हैं, जिन्हें इस कहानी के बाहर ही रहना चाहिए। मैंने जैसे ही उस ख़त को खोला, उसके पीले पड़ गए काग़ज़ से मुझे दालचीनी की ख़ुशबू आई। अभी तक यह ख़ुशबू इस ख़त ने अपने भीतर सँजोकर रखी थी। मैंने इस ख़त को जितना छुपाकर रखा था, वह उतना ही मुझे हर जगह दिखाई देता था।

"रोहित,

यह बोर्खेज़ की कविता दुष्यंत की पसंदीदा कविताओं में से एक थी। वह इसे तुम्हें देना चाहता था। सो भेज रही हूँ-

You Learn *

After a while you learn the subtle difference
Between holding a hand and chaining a soul,

And you learn that love doesn't mean leaning
And company doesn't mean security.

And you begin to learn that kisses aren't contracts
And presents aren't promises,

And you begin to accept your defeats
With your head up and your eyes open
With the grace of a woman, not the grief of a child,

And you learn to build all your roads on today
Because tomorrow's ground is too uncertain for plans
And futures have a way of falling down in mid-flight.

After a while you learn...
That even sunshine burns if you get too much.

So you plant your garden and decorate your own soul,
Instead of waiting for someone to bring you flowers.

And you learn that you really can endure...

That you really are strong

And you really do have worth...

And you learn and learn...

With every good-bye you learn.

हो सके तो ख़ुद को माफ़ कर देना।

पवन की याद में,
अंतिमा वर्मा..."

मैंने कई बार वह कविता पढ़ी। दुष्यंत (पवन) की खनकती हुई आवाज़ अभी भी मैं अपने कानों में सुन सकता था। मैंने उस ख़त को वापस किताब में सँभालकर रख दिया। तभी मुझे किताब के किनारे से धागा बाहर झाँकता हुआ दिखा। मैंने वापस किताब खोली और उस पन्ने पर गया तो देखा कि मैंने दुष्यंत के बाँधे हुए हरे धागे को भी इसी किताब में सँभालकर रखा हुआ था।

इच्छा हुई कि मैं कहानी के उस भाग पर जाऊँ जहाँ मैंने दुष्यंत के हरे धागे को वर्मा मैडम को दिया था और उसे कहानी से बाहर फेंक दूँ। मैंने असल में अंतिमा वर्मा मैडम को कभी वह हरा धागा दिया ही नहीं था। उनसे सामना करने की हिम्मत मैं कभी जुटा नहीं पाया था। मैं कायर था, मेरी कायरता ने मुझे रोक दिया। नहीं असल में यह कायरता भी नहीं थी। यह हमारे सरवाइवल का कमीनापन था। मैं बचना चाहता था। हम बच जाना चाहते हैं उन सारे इल्ज़ामों से भी जो हमें पता है कि भविष्य में भी हम पर कभी नहीं लगेंगे। मुझे आश्चर्य हुआ कि अंतिमा वर्मा मैडम मेरे बग़ल में बैठी हुई थीं और उन्होंने मुझे रोका क्यों नहीं? शायद आपके पात्र भी आपकी कई कमज़ोरियों को अनदेखा कर देते हैं और आपकी बेचारगी को माफ़ करते चलते हैं। मैंने किताब को वापस रखा और कहानी को तुरंत अपने संपादक को भेज दिया।

*इस कविता को ज़्यादातर कविताप्रेमी बोर्खेज़ की कविता के तौर पर जानते रहे हैं, लेकिन मार्च 1986 से इस कविता का कॉपीराइट अमेरिका के लाइब्रेरी ऑफ़ कॉन्ग्रेस में अमरीकी कवयित्री Veronica A. Shoffstal के नाम दर्ज है।

मुझे सूखे पत्ते पर बैठी
छिपकली की एक कविता दिखती है,
जिसे बूढ़े बरगद-सी, वह अपने भीतर पाले बैठी थीं।

पूरा ख़र्च हो जाने के बाद भी कितना कुछ बचा रहता है! उस बचे हुए अनंत की संभावनाओं में जाने कितनी यात्राएँ की जा सकती हैं, जाने कितने मोड़ों पर सुस्ताकर किसी घने जंगल में भटकने के लिए निकला जा सकता है! इस वायरस की वजह से मैं पहाड़ों पर नहीं जा पाया, किसी क़िस्म की कोई यात्रा नहीं कर पाया। बस अपने घर में गोल-गोल घूमते हुए ख़ुद को हर जगह जाता हुआ दर्ज करता रहा। अब लगता है कि कितना ज़रूरी था बाहर का सारा कुछ बंद होना... वरना मैं कभी भी भीतर इस तरह से नहीं झाँक पाता। पवन के भीतर दुष्यंत को नहीं देख पाता और दुष्यंत के भीतर पवन को नहीं छुपा पाता। मैं असल में नदी के भीतर छुपा बैठा था और जब भी नदी के भीतर से ऊपर की तरफ़ देखता तो मुझे अंतिमा वर्मा मैडम खड़ी दिखतीं। क्योंकि पानी में हलचल थी, इसलिए हर बार मुझे कई अंतिमा दिखतीं। और मैं अंतिमा की सारी संभावनाओं को लिख देना चाह रहा था। महज़ अंतिमा वर्मा मैडम नहीं बल्कि उनकी उस कस्तूरी को भी जिसकी ख़ुशबू मुझे जहाँ भी आई थी, मैंने वहाँ उन्हीं को खड़ा पाया था।

कहानी भेजे कई दिन हो गए थे। मुझे लगा कि संपादक को शायद मेरी कहानी पसंद नहीं आई। कई बार इच्छा हुई कि फ़ोन करके पूछ लूँ कि कहानी पढ़ी आपने? पर इसकी हिम्मत नहीं जुटा पाया। पूरा घर अंतिमा वर्मा मैडम का न होना महसूस कर सकता था। मेरा चलना मेरे ही घर में गूँज रहा था।

मेरा हर क़दम कहीं भी पहुँचने की वजह खो चुका था। कहानी ख़त्म होकर... कहानी आपके नाचने से सारा संगीत निकाल देती है और आप अपनी ज़िद में फिर भी नाचने की असफल कोशिश में लगे रहते हैं। क्या हम अपने लिए कुछ संगीत बचा नहीं सकते हैं? सिर्फ़ उतना जितने में हमें सिर टिकाने का सहारा मिल जाए। तभी मेरे दिमाग़ में वह बूढ़ी औरत घूमने लगी जिन्हें पार्क की बेंच पर बैठे हुए देखा था। उनके बारे में सोचते ही एक हल्की धुन कहीं सुनाई देने लगी। मैं कुछ देर आँखें बंद किए उस धुन में बहने लगा और तभी लगा मानो रेगिस्तान के बीच में कहीं बरगद उग आया हो। मेरे क़दम अब उस दिशा में बढ़ रहे थे। मैं उनसे मिलना चाह रहा था अभी। मैं उस बरगद के नीचे सुस्ताना चाहता था।

वह पार्क की बेंच पर बैठी हुई थीं, मानो मेरा ही इंतज़ार कर रही हों। उन्हें देखकर लगता है कि मैं इन्हें सालों से जानता हूँ। कैसे मैं इतने दिनों इनके बग़ल से निकल जाया करता था? क्या नाम हो सकता है इनका? उनके क़रीब गया तो देखा उनकी गोद में मरी हुए छिपकली पड़ी है। उन्होंने मुझे ऐसे देखा मानो वह एक छोटी बच्ची हों जिनसे उनका सबसे पसंदीदा खिलौना टूट गया हो।

"क्या हुआ?" मैंने पूछा।

"पता नहीं... मैं जब आई तो यह यहाँ मरी हुई मिली मुझे। चींटियाँ इसके चारों तरफ़ थीं, मैंने इसे साफ़ किया। मुझे लगा साफ़ कर दूँगी तो यह ज़िंदा हो जाएगी।"

मैं उनके बग़ल में बैठ गया। कुछ ही देर में उन्होंने कुछ सूखे पत्ते उठाए और उसमें उस छिपकली को लपेटकर अपने छोटे बटुए में डाल लिया।

"घर में लगी तुलसी में इसे दफ़न कर दूँगी। जवान लोग जब मरते हैं तो उन्हें ज़्यादा सुकून की जगह चाहिए होती है।"

कुछ ही देर में उनके चेहरे से छिपकली के मरने की सारी शिकन ग़ायब हो गई थी। जाने कितनी उम्र होगी इनकी! जाने कितने लोगों का जाना इन्होंने देखा होगा! शायद एक उम्र के बाद मृत्यु भी दैनिक जीवन का हिस्सा जान पड़ती होगी, जिसका घटना, दूध के उबलकर गिर जाने जितना दुख देता होगा। क्या तभी मैं इतनी शिद्दत से बूढ़ा होना चाहता हूँ, ताकि अपने जीवन से गए लोगों को किसी सुकून की जगह दफ़न कर सकूँ?

"क्या उम्र है तुम्हारी?" उन्होंने पूछा।

"मैं ख़ुद आपकी उम्र के बारे में सोच रहा था।"

"तो?"

"ओह... मैं पैंतालिस का हो जाऊँगा।"

"अभी बहुत वक़्त है तुम्हारे पास।"

"हर उम्र पर आकर यही लगता है कि बहुत उम्र हो गई है।"

वह हँसने लगीं। उनकी हँसी में इतनी चंचलता थी जिससे रश्क किया जा सकता था।

"तुम्हें पता है कि बहुत उम्र क्या होती है?" उन्होंने कहा, "बहुत उम्र का होना शादी में आए उस मेहमान की तरह है जिसे सारा कुछ जीकर अपने समय से चले जाना चाहिए था। पर वह उस घर में टिका हुआ है, शादी के कई सालों बाद भी। इसलिए अगर कोई तुम्हें लंबी उम्र की दुआ दे तो उसे दौड़ा लेना। वह असल में तुमसे बदला लेना चाहता है।"

उनकी बातों में हँसी थी। जो ख़ुद पर और ख़ुद की स्थिति पर हँस सके, उससे बेहतर कोई इंसान नहीं हो सकता है।

"आपका नाम क्या है?"

"सुरभि।" उन्होंने कहा।

"तभी आपकी आँखें इतनी अलग हैं आपके चेहरे से।"

मेरे यह कहते ही वह झेंप गईं। सुरभि मतलब हिरन, क्या मैं अपनी दूसरी कहानी के साथ हूँ या अभी भी पहली ही कहानी के इर्द-गिर्द ही मँडरा रहा हूँ?

"मैं आपको सुरभि कहूँ तो आपको ठीक लगेगा।"

"कहीं तुम मेरे प्यार में तो नहीं पड़ रहे हो?"

यह कहते ही वह ज़ोर से हँसने लगीं। उनकी मुक्त हँसी को देखकर मैं भी हँस दिया। तभी मेरे संपादक का फ़ोन आया।

"यह फ़ोन मुझे लेना पड़ेगा... सॉरी!"

मैं बेंच पर से उठा और बरगद की तरफ़ चलते हुए फ़ोन उठा लिया।

"हैलो... जी?"

"अभी पढ़कर ख़त्म की कहानी। यह तो अलग है अब? इसमें पवन, अरु, पिता, सलीम कब शामिल हो गए? जब पिछली बार पढ़ा था तो कहानी

तो सिर्फ़ दुष्यंत, रोहित और वर्मा मैडम की थी?"

यह सुनते ही मुझे अपनी ग़लती का एहसास हुआ।

"अरे मैंने ग़लती से आपको कहानी के साथ-साथ उसकी प्रक्रिया भी भेज दी। मेरी यह एक बुरी आदत है कि मैं प्रक्रिया भी लिखता चलता हूँ। आप प्रक्रिया को जाने दें, सिर्फ़ कहानी पर ही ध्यान दें।"

"नहीं-नहीं..." संपादक ने मेरी बात काटी, "मुझे लगता है कि यह ज़्यादा इंट्रेस्टिंग है।"

"मतलब?"

"मतलब एक कहानी का उसके लिखे जाने की प्रक्रिया के साथ छपना नया है।"

"मैंने तो इस कहानी की प्रक्रिया में पता नहीं क्या-क्या लिख डाला है।"

"यह कहानी नहीं है अब।"

"तो?"

"यह उपन्यास है। मैं कहानी-संग्रह अभी रोक रहा हूँ... और पहले इसे छापता हूँ।"

"यह उपन्यास है?" मेरे कहने में घनघोर आश्चर्य था, "मुझे लगा था कि मैं उपन्यास अपने बुढ़ापे में लिखूँगा।"

"बुढ़ापा आ ही गया समझो।" संपादक अपने ही जोक पर बहुत देर तक हँसते रहे। उसके बाद हमारी क्या बात हुई, मुझे कुछ भी याद नहीं रहा। मैं अपने संपादक की बात सुनते हुए सुरभि को देख रहा था।

"अच्छा है, आप मेरे साथ हैं अभी।" मैंने वापस बेंच पर बैठते हुए कहा, "मैं अकेला नहीं हूँ।"

"बहुत ख़ुश लग रहे हो।"

"मुझे पता भी नहीं चला और मैंने अपना पहला उपन्यास लिख डाला है।"

"तुम लिखते हो?"

"जी।"

"तो कुछ सुनाओ।"

यूँ मैं इस तरह के आग्रह से चिढ़ जाता हूँ, पर उनके कहने में इस क़दर भोलापन था कि मुझे हँसी आ गई।

"एक कविता लिखी है सालों बाद... असल में मैं इसी कविता को सुनाने के लिए आज आपसे मिलना चाह रहा था।"

"बिलकुल सुना डालो।"

वह मेरी तरफ़ मुड़कर मुझे ऐसे देखने लगीं कि जैसे कोई बच्चा पैदा होकर इस दुनिया को पहली बार देखता है...

"उलझे पड़े बूढ़े माँझे-सी
वह पार्क की बेंच पर अपने में गुँथीं
कम-से-कम जगह घेरे हुए
एक पूरा ब्रह्मांड अपने भीतर पाले हुए हैं।
उनकी हँसी पूरा चेहरा नहीं पाती
जैसे उनकी उदासी उनकी आँखें नहीं छूती
क्या उन्हें छुआ जा सकता है ?
क्या उनके चेहरे की गहरी दरारों में झाँका जा सकता है ?
उन्हें किसी की ज़रूरत नहीं है
फिर एक पत्ता क्यों कहीं से उड़कर उनकी गोद पाता है ?
क्यों छिपकली उनके होने की गवाह है ?
मुझे सूखे पत्ते पर बैठी छिपकली की एक कविता दिखती है
जिसे वह बूढ़े बरगद-सी अपने भीतर पाले बैठी हैं।"

मैंने कविता कही और उन्होंने अपना उदास हाथ मेरे कंधे पर रख दिया।

"काश यह छिपकली भी इस सुंदर कविता को सुन पाती!"

छिपकली की मृत्यु ने इस कविता के मानी बदल दिए थे। मैंने उनका हाथ अपने हाथों में लिया और मुझे लगा कि इसके पहले कोमल शब्द की मेरी समझ कितनी झूठी थी। उनके हाथों का स्पर्श कोमल था। वह सामने खड़े बरगद को देखने लगीं।

"शहरों में बरगद और पीपल के सामने बैठो तो लगता है कि पहाड़ आ गए हैं।" उन्होंने कहा।

"तभी आप इस बरगद के सामने बैठती हैं।"

"बैठती तो बेवजह हूँ, पर बैठे-बैठे बैठने की वजह मिल जाती है।"

"मुझे पेड़ चंचल लगते हैं। उनमें पहाड़ों का धैर्य नहीं दिखता।"

"तुम तो लेखक हो फिर पहाड़ों पर क्यों नहीं रहते?"

"इसका जवाब मैं भी कभी ख़ुद को नहीं दे पाया। अगर बैठे-बैठे वजह खोजूँ तो लगता है कि मुझे पहाड़ लिखने के लिए शहरों की ज़रूरत होती है और शहर लिखने के लिए पहाड़ों पर जाना पड़ता है।"

"अजीब विरोधाभास है।"

"आप पैदा कहाँ हुई थीं?"

मेरे इस प्रश्न पर उन्होंने अपने बटुए से पेन और एक कॉपी निकाली और उस पर लिखना शुरू किया। वह लिख रही थीं, कुछ भी कह नहीं रही थीं, पर मैं सुन रहा था।

"मैं लाहौर में पैदा हुई थी। किस सन् में यह मत पूछना। उस वक़्त सालों के कोई मायने नहीं होते थे। जब मैं छोटी थी तो तितली हो जाने का सपना देखती थी, पर कैटरपिलर के तितली हो जाने की तकलीफ़ से बचना चाहती थी। क्या किसी भी चीज़ से बचा जा सकता है!"

मेरा उपन्यास धुँधला पड़ता जा रहा था और सुरभि उस धुंध को फाड़कर बाहर आती हुई तितली थी। ऐसा लग रहा था कि किसी हिरन ने अभी-अभी सुंदर पंख पाए थे।

Covid-19 अपनी तीव्रता धीरे-धीरे खो चुका था। मृत्यु की ख़बरें बहुत कम हो चुकी थीं और साथ ही साथ डर भी ख़त्म होने लगा था। पहले डॉक्टर दवाइयों के प्रयोग कर रहे थे, अब उन्हें कुछ दवाइयों पर यक़ीन हो चला था। भारत दूसरे नंबर पर था, पर सभी अपने-अपने काम पर वापिस जाने लगे थे। Pfizer और BioNTech कंपनी ने घोषणा की थी कि इस वायरस की दवा उन्होंने खोज ली है। उनके प्रयोगों के हिसाब से उनकी दवाई वायरस से लोगों को बचाने में नब्बे प्रतिशत कारगर साबित हो रही है। इसके अलावा कई दूसरी कंपनियाँ भी थीं जो अपने तीसरे चरण के प्रयोग करने का दावा कर रही थीं। पूरी दुनिया को इस वायरस की दवाई बस अगले मोड़ पर दिखने लगी थी। अगर दवाई जल्दी बन भी गई तो भी आम लोगों तक इसे पहुँचने में बहुत वक़्त लगेगा। इस वायरस ने इतना लंबा वक़्त ले लिया था कि सबने इसके साथ रहने के अपने चालाक रास्ते खोज निकाले थे। कभी-कभी लगता है कि हम

सबने दुनिया के ख़त्म होने की इतनी फ़िल्में देख रखी हैं कि हम सब कल्पना करते थे कि एक दिन हम भी विश्व के संकट से भरी हुई फ़िल्म में अभिनय करेंगे। इस वायरस के फैलते ही लगा वह दिन आ गया है। पर फ़िल्म इतनी लंबी चलेगी ये अंदाज़ा किसी को नहीं था। हम एक बहुत ज़्यादा उबा देने वाली फ़िल्म को कई महीनों से जी रहे थे। इस उबाऊ फ़िल्म की कहानी का जितना कम अंदाज़ा हमें था, उतने ही अँधेरे में सारी सरकारें थीं। चमत्कार के इंतज़ार की आदत का फ़ायदा उठाते हुए सारे बड़े किरदार, धर्मगुरु, बाज़ार और नेताओं ने हथिया लिए थे। जबकि इस फ़िल्म की मुख्य भूमिका वैज्ञानिकों की होनी थी। पर मुनाफ़े के ऐसे मौक़े सदियों में आते हैं। इसे कौन अपने हाथ से जाने देगा! बाक़ी सारे लोगों ने मास्क अपने मुँह के बजाय अपनी आँखों पर लगा लिए थे और न्यू नॉर्मल की गहरे साँस लेकर इस फ़िल्म में बतौर जूनीयर आर्टिस्ट अपनी भूमिका निभाने अपने-अपने घरों से निकल पड़े थे। पर दूसरा विकल्प भी नज़र नहीं आ रहा था। इस कभी न ख़त्म होने वाली फ़िल्म में हर व्यक्ति अकेला था और अपनी जान का ख़ुद ज़िम्मेदार।

मैं अपने ख़ाली पड़े घर में सुरभि को लेकर घुसा था। घर के हर कोने में उनकी कहानी पसरी पड़ी दिख रही थी। किचन में लाहौर था। बाहर के कमरे में पंजाब और बेडरूम में वह मुंबई में आकर बस गई थीं। मैं लाहौर, पंजाब और मुंबई के बीच अपनी चहलक़दमी में सुलझता जा रहा था। मैं अब वह रोहित नहीं था जो अपनी छत पर गीला पड़ा, उलझा हुआ माँझा लिए खड़ा रहता था। मैं बदल चुका था। मैं पंजाब के रास्ते जल्द ही लाहौर में घुसने के रास्ते तलाश रहा था। इसी तलाश में किसी छोटी ख़ुशी-सी एक तितली मेरी बालकनी में चक्कर काटने लगी। उस ख़ुशी को जीने की तलब से मैंने अपना लैपटॉप खोला और लिखा...

"यह बहुत पुरानी बात है, लाहौर में एक लड़की रहा करती थी- सुरभि। जो तितली हो जाने के ख़्वाब देखा करती थी।"